U0362378

语言符号学译丛

莫泊桑：文本符号学实践练习

[法]阿·朱·格雷马斯　著
刘吉平　译

南開大學出版社
天　津

莫泊桑：文本符号学实践练习
Maupassant: La sémiotique du texte, exercices pratiques

天津市版权局著作登记号：图字 02-2017-281

图书在版编目(CIP)数据

莫泊桑：文本符号学实践练习 / (法) 阿·朱·格雷马斯著；刘吉平译. —天津：南开大学出版社，2022.1
(语言符号学译丛)
ISBN 978-7-310-06251-5

Ⅰ. ①莫… Ⅱ. ①阿… ②刘… Ⅲ. ①莫泊桑(Maupassant, Guy de 1850-1893)-小说语言-符号学-小说研究 Ⅳ. ①I565.074

中国版本图书馆 CIP 数据核字(2021)第 263160 号

莫泊桑：文本符号学实践练习
MOBOSANG: WENBEN FUHAOXUE SHIJIAN LIANXI

南开大学出版社出版发行
出版人：陈　敬
地址：天津市南开区卫津路 94 号　　邮政编码：300071
营销部电话：(022)23508339　营销部传真：(022)23508542
https://nkup.nankai.edu.cn

河北文曲印刷有限公司印刷　全国各地新华书店经销
2022 年 1 月第 1 版　　2022 年 1 月第 1 次印刷
230×170 毫米　16 开本　17 印张　2 插页　245 千字
定价：86.00 元

如遇图书印装质量问题，请与本社营销部联系调换，电话：(022)23508339

本书系“语言符号学译丛”分册之一，该丛书为

天津外国语大学语言符号应用传播研究中心项目成果

总主编 王铭玉

前　言

I

1. 笔者在这里向大家推荐一篇短篇小说的阅读，它会是实践练习的一个范例，也就是说，此为符号学家与文本的际会。符号学家追问、使用文本；而文本时而晦浊，时而透明，它执意折射着潜藏在文本中众多游戏的多个侧面。本书是对文本的研究，犹如人种学家的探索工作，它基于实地调查，对于符号学家而言，这是一次天真的溯源之旅。

我们可以将这种比较推向更远：就像一个外国人，他在一个自己能意识到的不同的社群中落脚驻留，其对新社团产生的共情之感（sympathie）建立在差异的基础之上，这种情感不失真诚；此外文本分析者也承载着移居之前结构明晰的知识，他与文本的关系不会是单纯的，他提出问题时表现出的天真往往也是矫饰的。所幸的是，他会时不时地遇到一些事情，促使他动摇以往的认知，对已有现成答案的问题提出质疑——这恰是对探索之旅上付出的艰辛不成比例的回报。正像大家熟知的孔狄亚克图景一样，这条道路与其他科学实践的道路一样，充满着诸多的阻碍。

2. 如果符号学研究成功构建起自己的一个专属领域的话，那一定是对意指过程的句法组织的符号学研究。无疑，它既不是确切的知识，也不是一劳永逸的认知，而是一种接近文本的方式，一系列（图像分割）的过程，是对某些规则性的认知，尤其是对叙述组织前瞻性的图示，总体而言，这一图示可应用于各种文本，在合理的推论归纳后，它可以应用于对人类活动的连贯性的分析——它们或多或少被刻板化、样板化。

杜梅齐尔和列维·斯特劳斯开创的神话分析引入了普罗普的研究方法，这一方法也是本研究得以进行的重要工具。普罗普在民间故事中发现了简练的叙事结构，他选择的研究场域非常恰当，所以，普罗普研究方法的回归成为必然：儿童神奇故事以其简约明了而成为首选的分析对象。我们曾经就此做过研究，也做过一些调适和普遍化处理，我们将继续在普罗普研究方法的道路上走下去。

今天，这种分析方法的启发式功能似乎越来越走到尽头，以下方法尽管缺乏新意，但是充满诱惑，那就是按照从已知走向未知、从最简走向最繁的原则，将普罗普开创的道路拓展延伸，从口头文学过渡到书写文学，从民间故事过渡到学术故事（conte savant），以求佐证我们已经掌握的部分理论模式，从而获取叙事抗阻性（résistance），进一步增加我们对叙事和话语的知识。

3. 在这一领域，从方法论层面上对叙事话语分析做出界定，这就是文学符号学。这一领域的研究专家人数众多，学术成果上乘，所以文学符号学无疑占据着首要的位置，它在得到赞誉的同时也饱受批评。该领域发展之快，学科雄心之大，不得不让人心存担忧，贪多嚼不烂，这是古人的睿智之言。这一领域相关研究当下给人这种印象也源于此：我们涉猎的事物颇多，但是却没有把它们融通。这一增长危机——我们这里讨论的就是这一危机——表现在诸多征候里，有时呈现出死胡同的形态：

（1）对普罗普模式的某些机械性应用从对文学文本的简单分析开始，然后导出一系列“意料之中”的功能，更准确地说，是对某些简化模式的应用，这样的应用将叙事文规定为一系列情景的增益或强调，类似一些没有科学规划的重复性的技巧。这些分析应用既不能改善我们对叙事组织的知识，又无法厘清被研究文本的特性。

（2）某些文学研究往往通过选取一些用心写作而成的现代非典型文本，专注于调和符号学研究和 20 世纪的文学研究要求。他们的分析固然有助于展示符号学的启发价值，有助于丰富新观念（比如不应该漠视遮蔽直觉的重要性），但是符号学也包含着重大瑕疵，即它彻底堵死了自身价值的实现之路。

这些研究充满新意，有时会与最好的文学批评散文交相辉映，在其中加入文本“观点”。事实上，这样反倒使得相关研究丧失了符号学特质。在一些更常见且不太中肯的例子中，相关的研究被视作符号学对文学批评的“贡献”，它从符号学词汇的短暂更新开始，发展为符号学“写作”的出现。

（3）一面是存在着大量的被研究文本，一面是因无法全面掌握这些文本而产生的无力感，第三种态度弥合了这一矛盾的效应。这种退场在理论层面的自辩会呈现多种形式。比如人们会强调每个文本的一体性，认为每个文本都自成乾坤，有人提出了为每个文本构建一个语法体系的必要性。然而，一种语法的功用在于能够为大量文本的生产和阅读提供清晰的条理，对“语法”这一术语的隐喻性使用——这是对语法负面功用的赞誉——难以掩饰这一举动对符号学的背弃。人们还提出，一切文本都能有无数的阅读方式，这是逃避阅读，特别是逃避枯燥无味的阅读最好的借口。最后，有人也提出，文本的丰富性源自其自主代码的无限性。这是一种转移话题的方式，它不能解决问题，叙述的主项——也就是文本的生产者——是一个没有穷尽的魔王，或者说，叙述主项本身已经在自身内容中分崩离析，化作千百个碎片，所以，我们应当从其他的深度隐喻中寻求文本一体性的原则。

（4）人们可以为逃避的态度找出意识形态的理由。然而在当下，用基础的语用学来解释就足够了：符号话语学的方法论目前尚不具备，或者说仍未如人所愿具备分析复杂文学文本的工具。然而，分析手段与分析需求之间的不对称性既不能归咎于分析工具，也无助于甄别各种抗拒分析的文本，我们无法识别某些文本的句法一致性，也无法掌握文本自身语义世界的系统性特点，这种能力上的不足不应该统统先入为主地归咎于文本一致性或系统性的缺乏。

总之，一切因素都促使我们提出这样的命题：将话语符号学当作分析策略或者手段，换言之，就是为特定学科提供整体策略。根据这一策略，研究者将根据从简到繁的原则检视符号学对象，运用特定手段考察特定的话语目标，旨在使分析达到最高层级且最适合于分析对象，从而既能对文本的具体性做出定位，又可以规整叙述、话语形式之社会言习的参与模式。

我们认为最好的建议方式即先行践行这些建议，上策就是分析一篇表面上看似简单的文本，该文本应当出自过时作家之手，这样我们就能看清符号学分析的精微之处。

II

1. 选择莫泊桑的作品，在某种意义上就是在对短篇小说这种文学"类别"的符号学分析中延续普罗普的路线。莫泊桑的短篇小说介于梅里美小说和契诃夫短篇小说之间，他的作品被普遍认为具有里程碑意义。选择莫泊桑小说就是选择一个大众熟悉的文本：事实上，莫泊桑是法国读者最多的作家之一。选择一篇稍显过时的文本，就是事先确保在读者与作者之间保持一定距离，确保对文本的目光没有受到各种现代再诠释的扭曲。

2. 对文学文本的研究，总会或多或少牵涉到该文本在文学社会言习（sociolectal）空间中的位置问题。我们是要通过"文学空间"指称那些与文化区域维度相对应的（有时是与自我封闭社会极限相对应的）文本分类，这些分类会呈现人种-分类学特点，在相互区示的范畴与恰当的词汇化的帮助下，人种-分类学会规整阶层话语和亚阶层话语，并会影响后期的新话语生产；我们认为这种"新的"分类可以被视作"类型理论"，如果上述假设成立，我们立刻就会明白，如果要分析像莫泊桑小说这样的文学文本，必须首先思考我们如何才能避免不会将之写成一个带有19世纪法国散文传统的"现实主义"文本。

3. 模棱两可的不确定性变成了研究的前提条件。符号学对普罗普叙事图式的重新应用，其意义不在于厘清俄罗斯故事（或者说欧洲的故事，因为它们属于同一文化区域）的叙事结构，也不在于它可以被广泛地用作人种-文学分析的模式，而在于普罗普模式在经过必要的调适后，可以视作一种叙事话语组织和形象话语组织的普遍的、假定的模式。

从符号学角度出发的大量研究在试图界定"志怪类型"和"现实

主义类型”时，带来的问题多于其提供的解决方法。是故，如果选择把传统上或习惯上贴了固定标签的文本作为分析的对象，那么，我们无法保证对某种类型的界定条件会一成不变，也无法保证它不会出现在乍看起来相去甚远的类型中——比如我们见过的悲剧话语。这不是因为某种完美类型的文本不存在，而是从逻辑上看，类型作为非时间性组织（organisation achronique），先于一切文本表现而存在。

“现实主义话语”是一个具备自身组织结构，独立于其所在的文化区域和文学空间的文化概念，它恒久的结构性质可以像欧洲、亚洲、非洲成语或者谜语一样被辨识出来。我们有必要首先假设它的存在吗？如何树立作为普遍概念的现实主义呢？

尽管我们雄心勃勃，但不会将研究的文本视作现实主义文本。

4. 欧洲的类型理论从一开始就内含着一种二分法，它可用来区分诗歌文本和散文诗文本。“文学整体”的概念代表一个历史阶段的话语形式，“文学整体”和类型理论之间的关系在演进过程中不停地产生二者谁处于优先位置的问题。比如，当所有古典文学作为整体与浪漫主义文学针锋相对时，诗歌与散文诗之间的区别只处于次级层面。到了19世纪后半叶，这种等级关系发生了逆转，文体区别成为主导，进而驱动着思潮的变革，产生了表面上无法兼容的“象征主义”和“现实主义”。

我们看到，那个年代对诗歌语言进行了再次神圣化（re-sacralisation）。这种创新性的区分——在某种意义上，专家们禁绝这种区分——可以对应一种更加深层的思想：我们尤其想到了罗曼·雅各布森（Roman Jakobson），他主张将诗歌与散文诗的区别类同于隐喻话语（le discours métaphorique）和换喻话语（le discours métonymique）之间的区别。

与此同时，我们也不得不天真地反思：处于同一代际，属于同一社会言习空间，参与同一知识形态的人们，他们的思想怎么可能迥然不同，他们的思想形式和框架——不管是隐喻话语还是换喻话语，不管是象征主义还是现实主义——何以相去甚远？左拉即使是紧贴“现实”的作家，怎么会同时又是最理解马奈绘画作品的批评家？如果诗歌语言具备自有的约束——这里指的是它本身必要的关联性，更确切地说，是表达与内容之间的关联性——我们无法理解，语义学空间的组织及其话语的、隐喻的、换喻的实现方式何以在诗歌文本和散文诗文本中不能进行比较。

我们的分析涵盖的文本可能不够全面，但是足以得出如下结论：一方面，莫泊桑与同时代的其他作家一样，也是“象征主义”作家；另一方面，从组合关系或者聚合关系来看，故事作为一种类型，可以视为一首诗歌的散文诗体。这不是随心所欲的结论，因为如果现实主义不具备现实主义的特点，那么符号学家能毫无困难地证明，“象征主义”也不具备象征主义特征。特别是从我们平时赋予“象征主义”本体论意涵的角度看，更是如此。

我们试图避免表层的概念化，在随后的片段式分析中读者会领略到文本整体的符号学特点。

凡　例

1. 本书的分析文本为莫泊桑短篇小说《两个朋友》的法语版本。作者格雷马斯在对它进行符号学分析的过程中，有时将分析的着力点放在实词或介词、副词等虚词的隐性义素上，有时也会重点分析法语的时态、语态，部分内容涉及法语中词汇的多义性，而这些要素往往在文学性译文中无法对应呈现，故在本书的序列分析中会出现分析引文与前面的《两个朋友》中译文不完全对应的情况，读者可参阅中译文后的小说原文来帮助理解。

2. 文中黑体字及加有下画线的术语或字段均源自格雷马斯的法语原文。作者有意进行强调，故译文做了对应的突出标记。

目　录

两个朋友

（莫泊桑小说文本中译文）

巴黎陷入重围，忍饥挨饿，痛苦呻吟。屋顶上的麻雀显著地稀少了，连阴沟里的老鼠也数量骤减。人们什么都吃。

莫里索先生，职业是钟表匠，因为时局变化成了家居兵。一月里的一个早晨，天气晴朗，他两手揣在制服的裤袋里，肚子空空，在环城林荫大道上溜达。他突然在一个同样身穿军服的人面前站住，因为他认出对方是他的一个朋友。那是索瓦热先生，以前常在河边钓鱼的一个老相识。

战前，每逢星期日，莫里索都是天一亮就一手拿着竹制钓竿、一手提着白铁罐出门了。他乘坐开往阿尔让特伊的火车，在科隆布下车，然后步行到玛朗特岛。一到这个令他梦绕魂牵的地方，他马上就钓起鱼来，一直钓到天黑。

每个星期日，他都在那儿遇见一个快活开朗的矮胖子，就是这位索瓦热先生。他在洛莱特圣母院街开服饰用品店，也是个钓鱼迷。他们常常手执钓竿，两只脚在水面上摇晃着，并排坐在那里度过半天的时光。他们就这样互相产生了友情。

有些日子，他们一句话都不说。有时候，他们也聊聊天。不过即使一言不发，他们也能彼此心领神会，因为他们有着相同的爱好和一样的情怀。

春天，上午十点钟左右，恢复了青春活力的阳光，在静静的河面上蒸起一层薄雾，顺水飘移；也在两个痴迷的垂钓者的背上洒下新季节的一股甜美的暖意。偶尔，莫里索会对身旁的伙伴说：“嘿！多舒服啊！”索瓦热先生会回答：“真是再舒服不过了。”对他们来说，这就足以让他们互相理解、互相敬重了。

秋天，白日将尽的时候，在夕阳照射下天空如血，猩红的云彩倒映在河面上，整个河流变成了紫红色，天际仿佛燃起了大火，两个朋友笼罩在火一样的红光里，预感到冬天将至而瑟瑟发抖的枯黄的树木也披上了金装。索瓦热先生微笑着看看莫里索，慨叹道："多美的景致啊！"而心旷神怡的莫里索，眼睛不离浮子，回答道："比林荫大道美多了，嗯？"

且说他们彼此认出来以后，就用力地握手；在这样迥然不同的情况下不期而遇，他们都十分激动。索瓦热先生叹了口气，咕哝着说："发生了多大的变化哟！"本来脸色阴郁的莫里索也感慨地说："多好的天气呀！今天，还是今年第一个好天气。"

天空的确是一片蔚蓝，充满阳光。

他们心事重重、闷闷不乐地并肩走着。莫里索接着说："还记得钓鱼吗？回想起来多么有趣呀！"

索瓦热问："咱们什么时候再去？"

他们走进一家咖啡馆，每人喝了一杯苦艾酒，然后又继续在人行道上溜达。

莫里索忽然站住，说："再喝一杯呀，嗯？"索瓦热先生同意："随您的便。"他们又走进一家酒馆。

从那家酒馆出来的时候，他们已经晕晕乎乎，就像一般空着肚子喝酒的人一样，有些头晕眼花了。天气暖和，微风轻拂着他们的脸。

经和风一吹，索瓦热先生完全醉了。他停下来，说："咱们现在就去？"

"去哪儿？"

"当然是去钓鱼。"

"去哪儿钓？"

"当然是去我们那个岛上了。法国军队的前哨就在科隆布附近。我认识迪穆兰上校；他们会放我们过去的。"

莫里索兴奋不已："就这么说。我同意。"他们便分手，各自回去取钓鱼工具。

一小时以后，他们已经并肩走在公路上。他们来到上校占用的那座别墅。上校听了他们的请求，觉得很可笑，不过还是同意了他们的奇怪念头。于是他们带着通行证继续前行。没多久，他们就越过前哨阵地，穿过居民已经逃离的科隆布，来到几小块葡萄园边上；从葡萄园沿斜坡下去，就是塞纳河。这时是十一点左右。

河对面，阿尔让特伊村一片死寂。奥热蒙和萨努瓦两座山冈俯视着整个地区。辽阔的平原一直伸展到南泰尔，除了光秃秃的樱桃树和灰突突的土地，到处都是空荡荡的。

索瓦热先生指着那些山冈，低声说："普鲁士人就在那上头。"面对荒无人烟的原野，一阵莫名的恐惧令他们毛骨悚然。

普鲁士人！他们还从来没有亲眼见过；不过几个月以来，他们时刻感觉到这些人就在那里，在巴黎的周围，蹂躏着法兰西，烧杀抢掠，散布饥馑；虽然看不见他们，但感觉得到他们无比强大。他们对这个得胜的陌生民族，仇恨之外更有一种近乎迷信般的恐惧。

莫里索结结巴巴地说："喂！万一碰上他们呢？"

尽管情况险恶，但是索瓦热先生依然以巴黎人特有的幽默口吻回答：

"咱们就请他们吃一顿生煎鱼。"

但是周围是那么寂静，是否还冒险穿越田野，他们吓得犹豫不决了。

最后，索瓦热先生还是下了决心："走，继续前进！不过要小心。"他们弯着腰，利用葡萄藤作掩护，睁大眼睛，竖直耳朵，从一片葡萄园里爬了下去。

现在还剩下一条裸露的地带，越过它就到达河岸了。他们一阵快跑，到了河边，马上蹲在干枯的芦苇丛里。

莫里索把脸紧贴地面，听听附近是否有人走动。他什么也没有听见。只有他们，肯定只有他们。

他们于是放下心来，开始钓鱼。

荒凉的玛朗特岛挡在他们面前，也为他们挡住了河对岸的视线。岛上那家饭馆的小屋门窗紧闭，就好像已经被人遗弃了多年似的。

索瓦热先生首先钓到一条鱼。莫里索接着也钓到一条。他们隔不多时就抬起钓竿，每一次钓线上都挂着一个银光闪闪、活蹦乱跳的小东西。这次钓鱼的成绩简直神了。

他们小心翼翼地把鱼放到一个织得很密的网兜里，网兜就浸在他们脚边的水中。他们内心喜滋滋的；这种喜悦，是一个人被剥夺了某种心爱的乐趣，时隔很久又失而复得的时候，才能感受到的。

和煦的阳光在他们肩头洒下一股暖流；他们什么也不听，他们什么也不想，仿佛世界的一切都不存在，他们只知道钓鱼。

但是，突然沉闷的一声巨响，仿佛是从地下传来一样，大地都应声发抖。那是大炮又轰鸣起来。

莫里索扭过头去，越过堤岸，向左上方望去，只见瓦雷利安山巨大身影的额头上有一朵白絮，那就是它刚刚喷出来的硝烟。

紧接着第二朵烟花从堡垒顶上冲出来；过了一会儿，又是一声炮响。

炮声一下连着一下，山头喷出一股股死亡的气息；吐出的乳白色烟雾，在静静的天空里缓缓上升，在山的上空形成一片烟云。

索瓦热先生耸了耸肩膀，说："瞧，他们又开始了。"

莫里索正在紧张地望着他的一次又一次往下沉的浮子；突然，这个性情平和的人，对这些人疯子般地热衷于战争怒从中来，低声抱怨道："一定是傻瓜才会这样自相残杀。"

索瓦热先生接着他的话说："连畜生也不如。"

莫里索刚钓到一条欧鲌，他表示："可以这么说，只要这些政府还在，这种情况永远也不会改变。"

索瓦热先生接过他的话，说："不过，如果是共和国，就不会宣战了……"

莫里索打断他的话："有了国王，打外战；有了共和国，打内战。"

他们就这样平心静气地讨论起来。他们以温和而又眼界狭窄的老好人的简单理智分析重大的政治问题，最后取得了一致的看法，就是人类永远都不能得到自由。瓦雷利安山上的炮火依然无休止地轰鸣。敌人的炮弹正在摧毁一座座法国人的房屋；粉碎无数人的生活；摧毁数不清的生灵；葬送许多人的梦想，许多人期待着的欢乐，许多人梦寐以求的幸福；在妇女们的心里，在女儿们的心里，在母亲们的心里，在这里和许多其他的地方，留下永远无法治愈的痛苦的创伤。

“这就是生活。”索瓦热先生感慨地说。

“还不如说这就是死亡。”莫里索接过他的话茬，微笑着说。

但是他们突然吓得打了个寒战，因为他们真切地感觉到有人在他们身后走动。他们回过头去一看，只见四个人，四个全副武装的彪形大汉，全都蓄着胡子，衣着像是身穿号衣的家丁，戴着平顶军帽，正紧挨他们的肩膀站着，手中端的枪指着他们的面颊。

两根钓竿从他们手中滑落，掉进河里。

几秒钟的工夫，他们就被抓起来，绑起来，带走，然后扔进一只小船，划到对面的岛上。

在那座他们原以为没有人住的房子后面，他们看到二十来个德国兵。

一个满脸胡须的巨人似的家伙，倒骑着一把椅子，抽着一个老大的瓷烟斗，用一口纯正的法语问他们：“喂，先生们，钓鱼的成绩挺好吧？”

这时候，一名士兵把满满一网兜鱼放到军官的脚边；他倒没忘了把这鱼兜也带来。那普鲁士军官笑着说：“嘿！嘿！我看成绩不错嘛。但是我们现在要谈的是另一回事。请听我说，不要慌嘛。

“我认为，你们两个是间谍，是派来侦察我的。我捉住你们，就该枪毙你们。你们假装钓鱼，是为了更好地掩盖你们的企图。你们落到我手里，也是你们活该；这是战争嘛。

“但是，你们是从他们的前哨阵地过来的，肯定知道回去用的口令。把口令告诉我，我就饶了你们。”

两个朋友脸色煞白，并排站在那里，紧张得两手微微颤抖，但他们一句话也没说。

那军官接着说：“谁也不会知道的；说出来，你们就可以平平安安回去了。你们一走，这秘密也就随着你们消失了。可是如果你们拒绝交出来，那就是死，而且马上就死。由你们选吧。”

他们一动不动，一声不吭。

普鲁士军官依然平心静气，伸手向河那边指了指，说："你们想想看，再过五分钟你们就要淹死在这条河里了。再过五分钟！你们想必都有亲人吧？"

瓦雷利安山仍旧炮声隆隆。

两个垂钓者始终站在那里，沉默不语。德国人用本国话下了几道命令。然后，他把椅子挪了个地方，以免离两个俘虏太近。十二个士兵走过来，站在距他们二十米的地方，枪柄抵着脚尖。

那军官又说："我再给你们一分钟，多一秒都不给。"

然后，他猛地站起来，走到两个法国人跟前，抓住莫里索的胳膊，把他拉到一边，低声对他说："快说，口令是什么？你的伙伴绝对不会知道的；我就假装心软了。"

莫里索先生没有回答。

普鲁士人于是又把索瓦热先生拉到一边，向他提出同样的问题。

索瓦热先生没有回答。

他们又并排站在一起了。

那军官开始发令。士兵们举起武器。

这时，莫里索的目光偶然落在几步以外草丛里装满鱼的网兜上。

在一缕阳光的照射下，那堆还在挣扎的鱼闪着银光。他几乎要昏过去；尽管他强忍住，但还是热泪盈眶。

他结结巴巴地说："再见了，索瓦热先生。"

索瓦热先生回答："再见了，莫里索先生。"

他们握了握手，浑身不由自主地哆嗦着。

那军官喊了声："开枪！"

十二支枪同时响起。

索瓦热先生脸朝下，一头栽倒。比较高大的莫里索晃了几晃，身子打了个半旋，仰面倒在他伙伴的身上；从被打穿的制服的前胸涌出一股股鲜血。

德国军官又下了几道命令。

他手下的人散去，然后带着绳子和石头回来。他们把两个死者的脚捆在一起，然后把他们抬到河边。

瓦雷利安山还在轰响，现在硝烟已经像一座小山压在山头。

两个士兵抓住索瓦热先生的头和腿，另外两个士兵同样地抓住莫里索先生。他们用力荡了几下这两具尸体，便把它们远远抛出去。尸体画了一道弧线，系着石头的脚冲下，站立着落到河里。

河水溅了起来，翻滚了几下，颤动了片刻，又逐渐恢复了平静，微微的涟漪一直扩展到两岸。

水面漂浮着一点鲜血。

始终泰然自若的军官低声说："现在轮到鱼去结束他们了。"

然后他向那小屋走去。

他突然看到草丛里的那兜鱼。他捡起鱼兜，欣赏了一会儿，微笑了一下，呼道："威廉！"

一个穿白围裙的士兵连忙跑来。那普鲁士军官把两个被枪杀的人钓来的鱼扔给他，吩咐道："趁这些小东西还活着，赶快去给我煎一煎。味道一定很美。"

然后他又抽起烟斗来。

DEUX AMIS

Paris était bloqué, affamé et râlant. Les moineaux se faisaient bien rares sur les toits, et les égouts se dépeuplaient. On mangeait n'importe quoi.

Comme il se promenait tristement par un clair matin de janvier le long du boulevard extérieur, les mains dans les poches de sa culotte d'uniforme et le ventre vide, M. Morissot, horloger de son état et pantouflard par occasion, s'arrêta net devant un confrère qu'il reconnut pour un ami. C'était M. Sauvage, une connaissance du bord de l'eau.

Chaque dimanche, avant la guerre, Morissot partait dès l'aurore, une canne en bambou d'une main, une boîte en fer-blanc sur le dos. Il prenait le chemin de fer d'Argenteuil, descendait à Colombes, puis gagnait à pied l'île Marante. A peine arrivé en ce lieu de ses rêves, il se mettait à pêcher; il pêchait jusqu'à la nuit.

Chaque dimanche, il rencontrait là un petit homme replet et jovial, M. Sauvage, mercier, rue Notre-Dame-de-Lorette, autre pêcheur fanatique. Ils passaient souvent une demi-journée côte à côte, la ligne à la main et les pieds ballants au-dessus du courant, et ils s'étaient pris d'amitié l'un pour l'autre.

En certains jours, ils ne parlaient pas. Quelquefois ils causaient; mais ils s'entendaient admirablement sans rien dire, ayant des goûts semblables et des sensations identiques.

Au printemps, le matin, vers dix heures, quand le soleil rajeuni faisait flotter sur le fleuve tranquille cette petite buée qui coule avec l'eau, et versait dans le dos des deux enragés pêcheurs une bonne chaleur de saison nouvelle, Morissot parfois disait à son voisin: «Hein! quelle douceur?» et M. Sauvage répondait: «Je ne connais rien de meilleur.» Et cela leur suffisait pour se comprendre et s'estimer.

A l'automne, vers la fin du jour, quand le ciel ensanglanté par le soleil couchant jetait dans l'eau des figures de nuages écarlates, empourprait le fleuve entier, enflammait l'horizon, faisait rouges comme du feu les deux amis, et dorait les arbres roussis déjà, frémissants d'un frisson d'hiver, M. Sauvage regardait en souriant Morissot et prononçait: «Quel spectacle?» Et Morissot émerveillé répondait, sans quitter des yeux son flotteur: «Cela vaut mieux que le boulevard, hein?»

Dès qu'ils se furent reconnus, ils se serrèrent les mains énergiquement, tout émus de se retrouver en des circonstances si différentes. M. Sauvage, poussant un soupir, murmura: «En voilà des événements.» Morissot, très morne, gémit: «Et quel temps! c'est aujourd'hui le premier beau jour de l'année.»

Le ciel était, en effet, tout bleu et plein de lumière.

Ils se mirent à marcher côte à côte, rêveurs et tristes. Morissot reprit: «Et la pêche? hein! quel bon souvenir?»

M. Sauvage demanda: «Quand y retournerons-nous?»

Ils entrèrent dans un petit café et burent ensemble une absinthe; puis ils se remirent à se promener sur les trottoirs.

Morissot s'arrêta soudain: «Une seconde verte, hein?» M. Sauvage y consentit: «A votre disposition.» Et ils pénétrèrent chez un autre marchand de vins.

Ils étaient fort étourdis en sortant, troublés comme des gens à jeun dont le ventre est plein d'alcool. Il faisait doux. Une brise caressante leur chatouillait le visage.

M. Sauvage, que l'air tiède achevait de griser, s'arrêta: «Si on y allait?

—Où çà?

—A la pêche, donc.

—Mais où?

—Mais à notre île. Les avant-postes français sont auprès de Colombes. Je connais le colonel Dumoulin; on nous laissera passer facilement.»

Morissot frémit de désir: «C'est dit. J'en suis.» Et ils se séparèrent pour prendre leurs instruments.

Une heure après, ils marchaient côte à côte sur la grand'route. Puis ils gagnèrent la villa qu'occupait le colonel. Il sourit de leur demande et consentit à leur fantaisie. Ils se remirent en marche, munis d'un laissez-passer.

Bientôt ils franchirent les avant-postes, traversèrent Colombes abandonné, et se trouvèrent au bord des petits champs de vigne qui descendent vers la Seine. Il était environ onze heures.

En face, le village d'Argenteuil semblait mort. Les hauteurs d'Orgemont et de Sannois dominaient tout le pays. La grande plaine qui va jusqu'à Nanterre était vide, toute vide, avec ses cerisiers nus et ses terres grises.

M. Sauvage, montrant du doigt les sommets, murmura: «Les Prussiens sont là-haut!» Et une inquiétude paralysait les deux amis devant ce pays désert.

«Les Prussiens!» Ils n'en avaient jamais aperçu, mais ils les sentaient là depuis des mois, autour de Paris, ruinant la France, pillant, massacrant, affamant, invisibles et tout-puissants. Et une sorte de terreur superstitieuse s'ajoutait à la haine qu'ils avaient pour ce peuple inconnu et victorieux.

Morissot balbutia: «Hein! si nous allions en rencontrer?»

M. Sauvage répondit, avec cette gouaillerie parisienne reparaissant malgré tout: «Nous leurs offrirons une friture.»

Mais ils hésitaient à s'aventurer dans la campagne, intimidés par le silence de tout l'horizon.

A la fin M. Sauvage se décida: «Allons, en route! mais avec précaution.» Et ils descendirent dans un champ de vigne, courbés en deux, rampant, profitant des buissons pour se couvrir, l'œil inquiet, l'oreille tendue.

Une bande de terre nue restait à traverser pour gagner le bord du fleuve. Ils se mirent à courir; et dès qu'ils eurent atteint la berge, ils se blottirent dans les roseaux secs.

Morissot colla sa joue par terre pour écouter si on ne marchait pas dans les environs. Il n'entendit rien. Ils étaient bien seuls, tout seuls.

Ils se rassurèrent et se mirent à pêcher.

En face d'eux, l'île Marante abandonnée les cachait à l'autre berge. La petite maison du restaurant était close, semblait délaissée depuis des années.

M. Sauvage prit le premier goujon, Morissot attrapa le second, et d'instant en instant ils levaient leurs lignes avec une petite bête argentée frétillant au bout du fil: une vraie pêche miraculeuse.

Ils introduisaient délicatement les poissons dans une poche de filet à mailles très serrées, qui trempait à leurs pieds. Et une joie délicieuse les pénétrait, cette joie qui vous saisit quand on retrouve un plaisir aimé dont on est privé depuis longtemps.

Le bon soleil leur coulait sa chaleur entre les épaules; ils n'écoutaient plus rien; ils ne pensaient plus à rien; ils ignoraient le reste du monde; ils pêchaient.

Mais soudain un bruit sourd qui semblait venir de sous terre fit trembler le sol. Le canon se remettait à tonner.

Morissot tourna la tête, et par-dessus la berge il aperçut, là-bas, sur la gauche, la grande silhouette du mont Valérien, qui portait au front une aigrette blanche, une buée de poudre qu'il venait de cracher.

Et aussitôt un second jet de fumée partit du sommet de la forteresse, et quelques instants après une nouvelle détonation gronda.

Puis d'autres suivirent, et de moment en moment la montagne jetait son haleine de mort, soufflait ses vapeurs laiteuses qui s'élevaient lentement dans le ciel calme, faisaient un nuage au-dessus d'elle.

M. Sauvage haussa les épaules: «Voilà qu'ils recommencent», dit-il.

Morissot, qui regardait anxieusement plonger coup sur coup la plume de son flotteur, fut pris soudain d'une colère d'homme paisible contre ces enragés qui se battaient ainsi, et il grommela: «Faut-il être stupide pour se tuer comme ça.»

M. Sauvage reprit: «C'est pis que des bêtes.»

Et Morissot, qui venait de saisir une ablette, déclara: «Et dire que ce sera toujours ainsi tant qu'il y aura des gouvernements.»

M. Sauvage l'arrêta: «La République n'aurait pas déclaré la guerre...»

Morissot l'interrompit: «Avec les rois on a la guerre au dehors; avec la République on a la guerre au dedans.»

Et tranquillement ils se mirent à discuter, débrouillant les grands problèmes politiques avec une raison saine d'hommes doux et bornés, tombant d'accord sur ce point, qu'on ne serait jamais libres. Et le mont Valérien tonnait sans repos, démolissant à coups de boulets des maisons françaises, broyant des vies, écrasant des êtres, mettant fin à bien des rêves, à bien des joies attendues, à bien des bonheurs espérés, ouvrant en des cœurs de femmes, en des cœurs de filles, en des cœurs de mères, là-bas, en d'autres pays, des souffrances qui ne finiraient plus.

«C'est la vie, déclara M. Sauvage.

—Dites plutôt que c'est la mort», reprit en riant Morissot.

Mais ils tressaillirent effarés, sentant bien qu'on venait de marcher derrière eux, et ayant tourné les yeux, ils aperçurent, debout contre leurs épaules, quatre hommes, quatre grands hommes armés et barbus, vêtus comme des domestiques en livrée et coiffés de casquettes plates, les tenant en joue au bout de leurs fusils.

Les deux lignes s'échappèrent de leurs mains et se mirent à descendre la rivière.

En quelques secondes, ils furent saisis, attachés, emportés, jetés dans une barque et passés dans l'île.

Et derrière la maison qu'ils avaient crue abandonnée, ils aperçurent une vingtaine de soldats allemands.

Une sorte de géant velu, qui fumait, à cheval sur une chaise, une grande pipe de porcelaine, leur demanda, en excellent français: «Eh bien, messieurs, avez-vous fait bonne pêche?»

Alors un soldat déposa aux pieds de l'officier le filet plein de poissons qu'il avait eu soin d'emporter. Le Prussien sourit: «Eh! eh! je vois que ça n'allait pas mal. Mais il s'agit d'autre chose. Écoutez-moi et ne vous troublez pas.

«Pour moi, vous êtes deux espions envoyés pour me guetter. Je vous prends et je vous fusille. Vous faisiez semblant de pêcher, afin de mieux dissimuler vos projets. Vous êtes tombés entre mes mains, tant pis pour vous; c'est la guerre.

«Mais comme vous êtes sortis par les avant-postes, vous avez assurément un mot d'ordre pour rentrer. Donnez-moi ce mot d'ordre et je vous fais grâce.»

Les deux amis, livides, côte à côte, les mains agitées d'un léger tremblement nerveux, se taisaient.

L'officier reprit: «Personne ne le saura jamais, vous rentrerez paisiblement. Le secret disparaîtra avec vous. Si vous refusez, c'est la mort, et tout de suite. Choisissez.»

Ils demeuraient immobiles sans ouvrir la bouche.

Le Prussien, toujours calme, reprit en étendant la main vers la rivière: «Songez que dans cinq minutes vous serez au fond de cette eau. Dans cinq minutes! Vous devez avoir des parents?»

Le mont Valérien tonnait toujours.

Les deux pêcheurs restaient debout et silencieux. L'Allemand donna des ordres dans sa langue. Puis il changea sa chaise de place pour ne pas se trouver trop près des prisonniers; et douze hommes vinrent se placer à vingt pas, le fusil au pied.

L'officier reprit: «Je vous donne une minute, pas deux secondes de plus.»

Puis il se leva brusquement, s'approcha des deux Français, prit Morissot sous le bras, l'entraîna plus loin, lui dit à voix basse: «Vite, ce mot d'ordre? votre camarade ne saura rien, j'aurai l'air de m'attendrir.»

Morissot ne répondit rien.

Le Prussien entraîna alors M. Sauvage et lui posa la même question.

M. Sauvage ne répondit pas.

Ils se retrouvèrent côte à côte.

Et l'officier se mit à commander. Les soldats élevèrent leurs armes.

Alors le regard de Morissot tomba par hasard sur le filet plein de goujons, resté dans l'herbe, à quelques pas de lui.

Un rayon de soleil faisait briller le tas de poissons qui s'agitaient encore. Et une défaillance l'envahit. Malgré ses efforts, ses yeux s'emplirent de larmes.

Il balbutia: «Adieu, monsieur Sauvage.»

M. Sauvage répondit: «Adieu, monsieur Morissot.»

Ils se serrèrent la main, secoués des pieds à la tête par d'invincibles tremblements.

L'officier cria: Feu!

Les douze coups n'en firent qu'un.

M. Sauvage tomba d'un bloc sur le nez. Morissot, plus grand, oscilla, pivota et s'abattit en travers sur son camarade, le visage au ciel, tandis que des bouillons de sang s'échappaient de sa tunique crevée à la poitrine.

L'Allemand donna de nouveaux ordres.

Ses hommes se dispersèrent, puis revinrent avec des cordes et des pierres qu'ils attachèrent aux pieds des deux morts, puis ils les portèrent sur la berge.

Le mont Valérien ne cessait pas de gronder, coiffé maintenant d'une montagne de fumée.

Deux soldats prirent Morissot par la tête et par les jambes; deux autres saisirent M. Sauvage de la même façon. Les corps, un instant balancés avec force, furent lancés au loin, décrivirent une courbe, puis plongèrent, debout, dans le fleuve, les pierres entraînant les pieds d'abord.

L'eau rejaillit, bouillonna, frissonna, puis se calma, tandis que de toutes petites vagues s'en venaient jusqu'aux rives.

Un peu de sang flottait.

L'officier, toujours serein, dit à mi-voix: «C'est le tour des poissons maintenant.»

Puis il revint vers la maison.

Et soudain il aperçut le filet aux goujons dans l'herbe. Il le ramassa, l'examina, sourit, cria: «Wilhem!»

Un soldat accourut, en tablier blanc. Et le Prussien, lui jetant la pêche des deux fusillés, commanda: «Fais-moi frire tout de suite ces petits animaux-là pendant qu'ils sont encore vivants. Ce sera délicieux.»

Puis il se remit à fumer sa pipe.

Deux amis ont paru dans *le Gil-Blas* du lundi 5 février 1883, sous la signature: MAUFRIGNEUSE.

序列一　巴黎

巴黎陷入重围，忍饥挨饿，痛苦呻吟。屋顶上的麻雀显著地稀少了，连阴沟里的老鼠也数量骤减。人们什么都吃。

1. 文本组织

1.1 时间与空间的分离

我们选择的文本以书写的形式出现，包含一个图示设置（dispositif graphique），它的特点是选用了印刷体，有句子分隔和段落分隔等。人们喜欢将分隔的设置看作完全自然的标准，或者至少是叙述者组织话语时直接介入的明显标识，很不幸，它仅仅具备指示特点，也就是说，是可选择而非必须的特点。我们认为，这一特点源自所有话语——尤其是叙述性话语——均呈现的多平面组织，也源自段落设置无可争辩的划定，段落会出现在话语推进的任意层级中。

研究者常常会首先求助于切分（segmentation）的时间-空间标准。它的优势在于它会出现在所有实用话语中，这就是说，它会出现在含有一系列“事件”和“事实”的话语中。事件和事实都会必然地呈现在时间-空间的协调体系中。我们无须辨识出时间和空间切分的普遍特点和等级特点——我们在本分析中能见到一些超越普遍特点和等级特点的逻辑性分离——为了保证分析步骤的明晰，我们应该在此首先明确在分析文本中运用时间-空间切分。

1.1.1 时间性

从时间的角度看，文本的前两段像是形象化指示的整体，指向特定的被称为“战争”的时间阶段。然而，指示词“战争”直到第三段才出现，这一段落在叙述“战争之前”的事件。只有通过对前两段的回读（rétrolecture），读者才能确定一个时间基础，它通过一组相对的时间概念呈现出来：

“战争之前” vs （战争之中）

这组对立的时间概念也会被分解成两个范畴，进而组成一个纯粹的时间范畴：

（1）/（战争）之前/ vs /期间/ vs /之后/

或者分解为一组名词性范畴，给时间性分段：

（2）/战争/ vs /和平/

在开头的前两段中，通过变换（1）和（2）中选择的术语，文本的空间才得以确定下来：“期间”指明了被叙述事件存在的时间，“战争”是文本中时间框架的语义指称，它通过文本中的价值实现了语义指称的价值。

备注：我们注意到，叙述者没有借助于任何“历史性定位”(ancrage historique)，即对事件的社会政治内涵进行映射或者年代推定。叙述者似乎通过这种故意的省默，从文本的开头就把这场战争界定为一种普遍而又绝对的恶。

1.1.2 空间性

叙事文的历史性定位处于省默状态，但是它的“空间性定位”（ancrage spatial）却是明显的：文本的第一个词即为“巴黎”，就是一个地名词，指称叙述指定的一个地方。

这一地标——巴黎（作为专有名词，原则上这个词不具备任何意指功能）——立刻就被限定形容词“被包围的”修饰，该形容词是众多空间限定中的第一限定，可以做如下图示：

/被包围的/ vs /包围的/

“巴黎” vs “非巴黎”

依据时间的限定，这一简单的义素范畴将文本的前两段和第三段对立起来，第三段以主角莫里索先生的位移分离开始，即从“被包围的”转移到“包围的”（莫里索天一亮就出发……）。

1.2 施事分离

我们刚才用到的时间-空间标准可以帮助我们在文本的前两段和其余部分划分界限，然而对两者进行内部区别却无计可施，这迫使我们找寻新的切分标准。

施事分离看起来就是这样的切分标准。事实上，通过对文本第一次的粗浅阅读，根据文中提到的主导的话语施动者，我们可以把文本分为泾渭分明的两部分。这样，第一部分的特点是以“他们”形式一再重复出现的句子主项（或者主项有时是“莫里索”先生，有时是“索瓦热”先生），第二部分的特点是句子主项“他”（指普鲁士军官）的重复出现。

为了强调第一段的独立性，同时为了加强书写指示，我们可以在本段中找到一组对立的情况，根据叙事主项的区别，我们可以引入“序列”的术语概念：

序列一		序列二、序列三
主项：巴黎	vs	主项：莫里索和索瓦热先生

这样的施事分离事出有因，应当满足两个条件：首先应当指出施事方“巴黎”是一个话语施事方，它在系列中一直存在着；其次，应当在范畴区分的原则下区分出两种类型的施事方，这两种施事方分别被“巴黎”和“莫里索和索瓦热先生”所代表。

我们马上发现第一序列的句法组织遇到了困难，它由四个从句组成，每个从句的主项都不同：“巴黎”“麻雀”“阴沟”和“人们”。直觉性阅读会让我们觉得这四个从句的地标词很明显一直是“巴黎”，但是文本却丝毫没有相关展现，四个紧挨的从句可以被**极端地**认为是自主的形象化表达，富有比较性，可以说，这四个从句好似组成了象征主义诗歌一节诗句的四幅图像。我们提出的这个问题对于不熟悉语法分析要求的读者而言显得有些冗余，但是它恰恰是话语（文本）语法的绊脚石，话语（或者文本）语法的任务是通过话语推进中不同的句法施事键位来保证文本的一致性，搞清楚施事者的恒在性（permanence）。所以，为了分析这个序列，我们需要对句法从句做出解释，保证序列的**施事同素复现**（isotopie actiorielle）。

从语言学的角度——这里涉及的是话语语言学问题，而非可被视作跨语言学的叙事层级问题——出发，我们可以用令人满意的方式澄清施事者“巴黎”的恒在性，如果上述假设成立的话，我们可以建立起一个跨序列的对立关系：

集体施事者（“巴黎”）vs 个体施事者（“两个朋友”）

这样的话，整个序列都可以被解读为是构成性、修饰性的限定整体，因此“巴黎”就可以被看作集体施事者。

备注：我们说的个体施事者不仅指具有个体形象的施事者，也指大家熟知的神话中不同类型的组合（如孪生兄弟、祖母与孙子，等等）。

2. 第一个句子

2.1 主题角色

这样，我们就临时地确立了序列一的自主性，它的篇幅等同于第一段落，接下来要做的语义分析可以按照法文中线性文本经过句法切割而成的句子展开，这毫不费力。第一个句子是：“巴黎陷入重围，忍饥挨饿，痛苦呻吟。”这个句子在系词的参与下构建起来，具有修饰性的三元结构，其修饰性赋予了句子**不悦的内涵**，它构成了支撑整个序列的继续性载体。从语义的角度看，其三元结构可以被轻易消解掉；

它的第一个要素属于空间性限定，事实上与其余的两个限定处于分离状态，后两个要素不包含空间要素，表现着高强度的价值化内容。如果我们认为，系词从句具有定义功能，那么我们可以说在“巴黎”的指称中既包含着空间定义又蕴含着价值定义。

这个从句包含两个词素，按照通用的词典，它们可以被解释为：

（1）“忍饥挨饿” ≃ 承受饥饿之苦
（2）“痛苦呻吟” ≃ 让人听见垂死者沙哑的声音

第二个句法限定首先引起我们的注意，它具有非同寻常的特点：它只是通过附带的方式对声音行为做了描写，将它附着到一个代理的名字（“垂死者”）上，声音就成了一种特殊的表现。我们很容易就能从这个代理的名字中辨认出**主题角色**，也就是说，辨认出具备恰当话语过程的主项。

我们从上述观察中得出的第一个结论就是，词素“痛苦呻吟”里可以抽取出“人的”义素，然后将它转移到“巴黎”这个命名中去。在此之前，“巴黎”只是一个不悦的空间性限定，现在它具有了人的形象，受到“拟人化处理”，可以被书写为：

“巴黎”=/被包含体/+/不悦的/+/人的/

我们从中得出的第二个结论是，在“痛苦呻吟”这个声响的形象化表现的背后，存在着一个主题角色，我们可以将它指称为/垂死的/，并且将它与另一主题角色/活着的/进行对比，词素“忍饥挨饿”表现的就是/活着的/这个主题角色，因为只有活着的人才可以感受到饥饿。同时，如果我们说一个人处于垂死状态，也就是承认它属于/非-死/的状态，就像活着的人的状态属于/生/一样，的确，这是一种不稳定的状态，因为二者都在朝着矛盾的方向过渡，即/死/与/非-生/的方向。我们可以通过符号学矩阵对这两种倾向做出图示：

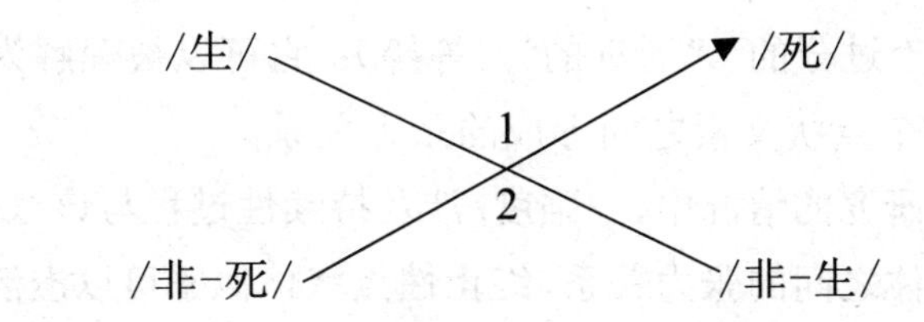

词项“痛苦呻吟”与“忍饥挨饿”所界定的是/垂死者/与/活着的人/两个角色不稳定的键位，这两个角色位于两个矛盾的主轴上：（1）/垂死者/主轴与（2）/活着的人/主轴。

2.2 体的结构

很明显，上述表现会遇到简单逻辑的强烈抗阻：上述矛盾的词项属于不引人注目的范畴性词项，它们本身无法解决连续性的问题，否定其中的一个必定会凸显出另外一个词项来。

/垂死者/与/活着的人/这两个角色的叙事过程要求我们安排好两个相反词项之间的过渡，那么我们应该如何来阐释这两个角色呢？我们只有通过确认符号学再现的两个不同层级——**逻辑语义层级和叙事层级**——的自主性来克服这个阐释困难：在逻辑-语义层级上，逻辑性的操作将澄清文本内容的表现；在叙事层级上，同样的逻辑操作受到类转，在语法层面上，逻辑操作会接受属于表层叙事语法的施事性阐释；在语义层面，它会带来体性的和过程性的表现。

我们暂时把逻辑语义层级放到一边，先试着在叙事层级上说明主题角色的运作情况。/垂死/或者/活着/在叙事层级上是一个继续性的过程，所以，它具备/持续性/的**体性义素**：具有**逻辑性的**状态会对应着一个延续性的过程，这是**体性化**（aspectualité）程序作用的结果，换句话说，**绵延**是一种**状态**时间性的呈现。延续性过程可能受到两种点状体性（deux aspectualités ponctuelles）的限制，即/始动体性/与/终止体性/。顺着这一思路，在/垂死的/的情况中，它的过程本身就包含着持续体与终止体，前者与逻辑性词项/非-死/相对应；后者与词项/死/相对应。我们应当在此处导入第三个形容体的义素——/强度/（这在界定某些词素的语义呈现的时候是不可或缺的，这些词例如“足够的”“接近的”“过分的”“遥远的”，等等)：它可以被理解为一个持续性义素与另一个点状义素之间形成的张力关系。

在我们所研究的情况中，/强度/涉及持续性过程与该过程的完成，即终止性点状体之间的张力关系，终止性点状体似乎可以澄清/垂死者/与/活着的人/两个角色的叙事行程。我们刚才的阐释可以用以下图示来呈现：

/活着的/	逻辑层级	/生/		⟷		/非-生/
	体性层级	/持续性/	→	/+强度/	→	/终止体/
/垂死的/	逻辑层级	/非-死/		⟷		/死/
	体性层级	/持续体/	→	/+强度/	→	/终止体/

从图示上看，张力关系是一种**受到导向的**关系：如果从与/生/对应的/持续性/的位置出发，张力关系受到逆向导向，聚焦于词项的/始动性/，它对主题角色/诞生的/进行了阐释。如果从相反的与/死/相关联的持续性位置出发，则这种张力关系可以针对与/非-死/对应的终止体建立起紧张的张力来，同时促成对角色/复活的/的再现。

我们可以思考一下，词素“忍饥挨饿”与“痛苦呻吟”在刚刚建立起的设置中处于何种确切的位置。很明显，这些词素出现在文本中，所以我们有理由构建一个机制来澄清这些主题角色的体性运作机制，同时在深层的“死亡性”内容与“巴黎”的指称之间建立起中继关系。分析还需要继续深入下去。这些词素属于**形象化**表达，暗示着生的要素逐步耗尽，它们属于一个富有多样性的文体学集合，陈述行为的主项对各类文体修辞进行了精心选择。我将这些文体手段放置在符号学的规制之中，以求对它们做出说明，当我们的分析进展到形象化层级时，前述的文体选择会显得更加具有随机性特点（乍看起来，我们看不明白，为什么陈述发送者会在一系列表达困苦的词项中选择了“忍饥挨饿”，会在各种表现濒临死亡的词项中选择了“痛苦呻吟”)。/强度/这个最后的体性词项应当被导入分析中来：它在/活着的/与/垂死的/的叙事过程中靠近终结点的附近标清了确切的键位。

2.3 近似的逻辑

我们辨识出两个语义再现的自主层级——逻辑层级与话语层级，而且在二者之间找到了某种等值要素，这对我们符号学理论中的普遍简要性概念至关重要。内容的逻辑结构为了在话语中表现出来，就必须受到时间化处理，深层的符号学组织的逻辑-语义范畴也可以借助时间性的体的范畴阐释清楚，做到了这一点，我们就能理解并调和两种类型的转换，即结构性转换与话语性转换。所以，在由一连串深层结构转换构成的基本故事描述中，转换并不排斥在时间性轴线上的投射，在时间性中，故事变成了话语，具备了绵延特点，也具备了准时性与张力。为了说明我们的观点，在此只举法语史中的一个细节作为例证：古法语具有格的变化，后来过渡为没有格的现代语言，这似乎是一种结构性转换，这一转变在表层的时间性层级上花费了近三百年的时间，在这三百年间，部分性的话语转换、调节与替代程序却无时无刻不在呈现着。

时间性以及通过体性对时间性做出的阐释超越了逻辑矛盾，通过体性对时间性的阐释通过张力的词项表达出来，这一张力位于现时中的事物与现时中缺位的事物之间。我们已经看到，对矛盾逻辑的超越可以对两类矛盾词项进行强度上的超级限定，并拉近两类矛盾词项中的内容，对一些难以解释且不容忽视的符号学现象做出解释。事实上，在神话文本、宗教文本以及诗歌文本中经常出现的自然逻辑（或者称为具体逻辑）具有一个特点，它们经常使用相对的范畴，这些相对范畴的词项没有呈现出范畴断裂，不会在内部对立，它们会或多或少地呈现出不足或者过分的特点，会呈现出价值剩余或者价值不足（请参见列维-斯特劳斯在俄狄浦斯神话故事解读中对亲缘性高估与低估的分析）。通过对矛盾的相对化处理，我们可以设想一种**近似的逻辑**，这一逻辑可以用拓扑学的方式处理周边的事物，这一逻辑与**范畴性逻辑**一样严密。

现在再回到我们的分析对象中来。我们能看到，刚刚建构的体性机制能在时间延展性的轴线上确定主题角色的话语键位，它在距离延展性起点很近的地方——这是终止性张力和超级限定这一键位的强度所致，大家不要忘记，这一键位在逻辑语义层级上与词项/非-生/和/死/分别对应着。如果我们采用符号/±/来表示近似关系的话，我们可以将主题角色用等值的方式，使用范畴性词项表达出来：

/生/≃±/非-生/

/垂死的/≃±/死/

我们可以将系词性分句的语义再现视作对“巴黎”的地名性限定，我们可以图示为：

巴黎＝[被包含体]+[/±非生/+/±死/]+[不悦的]+[/人的/+/形象化的/]

3. 第二个句子

3.1 话语性同素复现

如果在自然语言中实现的一个句子要过渡到紧随其后的另一个句子，我们会在文本层面遇到话语一致性的问题：话语（而不是一系列独立的句子）要存在，则我们必须要能获取构成公共同素复现的句子整体，这个公共同素复现可以通过范畴或者范畴集合的循环重复在它的铺展过程中辨认出来。是故，我们可以认为，一个“逻辑性”话语将会得到照应网络的支撑，该网络将通过句子间的呼应，保证网络的场所恒在性。与之相反的是诗歌话语，因为它有意地“破坏句法”，所以造成了大量循环重复标志的缺省，它就会表现出某种语法的不一致性。在这两种极端的情况中间是各种各样的话语，我们可以称之为不完善的话语，因为相对于我们提出的理想的语法形式而言，所有自然语言的表现都是不完善的。这些话语都可以立刻得到理解，在表层往往缺乏一致性，对它们的解读往往依赖于语言的惯习，但是会给语言学家提出几乎无法克服的困难，语言学家总是试图穷尽各种可能，通过对循环重复痕迹的辨认，客观地建立起话语同素复现的恒在性。语言学家经常拘于细节，试图对所有的话语都建立起复杂的分析网络，但是这对符号学家而言常常显得缺乏价值，我们只对超越句子的宏大文本的剖析感兴趣。

对我们所分析的这个序列而言也是同样的道理。在这个由两个分句构成的序列的第二个句子中，没有任何迹象表明二者是连贯的，它只是对巴黎城的描述；除了二者前后相接外，没有任何这方面的迹象：二者之间的毗连和弗洛伊德梦境中的句法毗连没有区别，这一毗连关系在表达层面独自构成了覆盖两个句子单元关系的要素，并且建立起了意指过程的接续。

然而，为了搞清楚这种关系的性质，我们最好从另一个端点切入。叶尔姆斯列夫认为，句法学家应当进行的首要操作是催化（la catalyse），也就是让句法要素中的隐形元素凸显出来，如果我们认可他的观点，那么就能将“巴黎”导入两个关系分句中，它会占据限定项的位置：

“（巴黎的）屋顶”
“（巴黎的）阴沟”

这样一来，一边是巴黎，另一边是“屋顶”和“阴沟”，二者的关系即限定项与被限定项之间的关系，或者我们可以粗略地称之为**前位性**关系。这还不是我们要介绍的全部。如果词素“巴黎”（在我们的符号学术语中，应当称为施事者巴黎）在第一个句子中占据着行为者主项的键位的话，那么它在第二个关系从句中则扮演着限定主项的角色：我们可以在两个句子中观察到“巴黎”的循环重复，我们将它视为两个句子同素复现的信号，并且断定这两个句子之间存在着**简单的前位性关系**。如果我们注意一下第一个分句，情况却不是这样的，此处巴黎不再是主项的限定，而是状语“屋顶”的限定。鉴于在简单陈述的等级中状语只处于下端的支流位置，所以作为第一个句子主项的“巴黎”与修饰屋顶的隐形的“巴黎”之间的关系已经不再是简单的前位性关系了。这种关系由一系列的前位性关系构成，前位性关系的数量等同于陈述构成要素中的分支数量。我们将它称为**复杂的前位性关系**。

备注：我们当然也可以采纳渥太华同人的意见，认为“屋顶”与“阴沟”之前的定冠词具有附加的照应功能，这里的定冠词是话语循环重复的标志。它此时也可能具有中继功能，同时指涉第一个句子中的先行词“巴黎”和第二个句子中暗含的限定词“巴黎”（请参见：“我喜爱巴黎”→“我喜爱（那个）战前的巴黎”）。

此外，我们还可以在此基础上增加两点说明。

（1）在刚才提及的前位性关系中，我们无法从结构的角度依据简单的语法配合辨识出话语同素复现。此处我们明显地感觉到了**支配关系**的机制，就像拉丁语介词与其支配的所有格之前的语义支配关系一样，我们这里谈的语义支配关系与特斯涅尔（Tesniere）的定义吻合。如果照应词项之间的关系是有选择的句法关系，那么这样连接起来的词项只能通过它们的语义限定来辨识。顺便提一句，大家能看到，我们直觉性地想借用修辞学术语借代来指称上面遇到的现象，但是它显得有些模糊，我们完全有必要用具体的语法定义来替代这一修辞学术语。

（2）只要研究结论值得推广，对话语同素复现的这种特殊情况的研究会为澄清话语与句子之间的关系、话语语言学与句法语言学之间的关系带来帮助。大家看到，整个话语序列都建构在**空间性**的同素复现之上，同素复现在文本中以显性或者隐性的词汇术语（“巴黎”）形式呈现出来。句法呈现与这里的**语义线性**不同，句法关系中的每个句子的关系都是分立的，每次都能让人感受到不同的**修辞学距离**。

3.2 空间再现

我们首先辨认出支撑整个话语序列的空间同素复现——同时也辨认出个体的句子与话语基石之间的挂接方式，接下来，我们就可以赋予这种空间性更深的语义再现。

大家已经看到，方位词素“屋顶”“阴沟”都是对空间“巴黎”的前位性指代，二者在聚合轴上一旦接近，就能在垂直轴上这样被图示出来：

“屋顶”　　vs　　“阴沟”
/高处/　　　　/低处/

我们基于词素“被封锁的”建立起来的空间范畴/被包含体/vs/包含体/却位于水平轴线上，这样施事者巴黎就被限定在了坐标系统中：

/高处/
/包含体/　　　　/包含体/
/低处/

我们随后在其中加上/高处/和/低处/两个词项，它们只标明垂直轴线上的位置，是水平轴线的参照。大家能看到，如果把空间比作一口锅的话，“屋顶”层就是锅盖，而“阴沟”层就是锅底，两侧则是垂直表层与/包含体/水平球形附接而成的圆柱体。这口锅的形状就是施动者巴黎的形象化空间，它是在词项“被封锁的”“屋顶”“阴沟”的基础上构建起来的。

3.3 语义外显

我们对两个分句做一比较：

（三）　　（一）　　（二）
1）屋顶上的　　麻雀　　显著地稀少了，
（三）　　（二）
2）连阴沟里的老鼠　　也数量骤减。

二者之前的语义亲缘性不容置辩。尽管“屋顶”与“阴沟”的句法位置不同，但它们都属于空间方位词的同一语义等级；两个谓词看起来像两个<u>亚同义词</u>，都在表达着/稀疏/的共同意象。“麻雀”这个动物形态的施事者可以与其空间进行对应认同，只有它在分句2）中找不到对应项。要从直觉的层级对这个缺失的项做出解释毫不费力。不管读者有着什么样的经验，大家都会毫不犹豫地做出以下关系图示：

$$\frac{\text{“屋顶”}}{\text{“麻雀”}} \simeq \frac{\text{“阴沟”}}{\text{（老鼠）}}$$

我们使用的催化剂属于语义层级而非语法层级，这和我们在解释“巴黎”时借助限定项“屋顶”与“阴沟”的情况如出一辙。这一催化剂体现在两个词项“阴沟”和“老鼠”在同一**话语外形**中共存的事实中，这里的共存基于**习惯**，而非基于由成见（stéréotype）构成的语言学结构。

3.4 价值投入

用这种方式辨认出来的两个施事者，都具有动物形态，属于某种生命形态。作为施动者，它们都可以被视为**主题角色**，也就是说，它们都是叙事主项，都可以各自铺展一个叙事过程，它们对应的文本都能指示出潜在实现的**地点**。在此基础上，多种组合过程可以发展出同等数量的潜在程式来。我们可以就此对文本做出大量的不同解读，文本“财富”的幻觉也来源于此。

然而，只有解读停下来，只有解读在某一时刻对文本进行凝固，潜在化才有可能出现；文本的动力过程会和抛弃死胎一样拒斥某些过程，最后只保留有助于保证文本整体一致性的过程。所以，我们这里只做一种解读，即符合序列语义组织和整体文本频现的同素复现的解读。

动物形态生命体“麻雀”与“老鼠”之间可以进行对应认同，我们可以将它们对应的空间做一延展：

$$\frac{\text{“屋顶”}}{\text{“老鼠”}} : \frac{\text{“麻雀”}}{\text{“阴沟”}} : \frac{\text{/高处/}}{\text{/低处/}} : \frac{\text{/空中的生命体/}}{\text{/地下的生命体/}}$$

后续的文本会展示出/气/与/土/两个元素，它们在莫泊桑个人言习中被指称为/天/与/瓦雷利安山/，是典型的不悦性元素，二者是对内容/非-生/与/死/的形象化再现。因为采取的是线性分析的办法，无法提前来展示这一分析，所以此处我们只做出假设：我们的两个具有生命的施事者与两个“致命性的”空间联系在了一起：

$$\frac{\text{“麻雀”}}{\text{/有生命的/}} \simeq \frac{\text{/气/}}{\text{/非-生/}}$$

$$\frac{\text{“老鼠”}}{\text{/垂死的/}} \simeq \frac{\text{/土/}}{\text{/死/}}$$

如果对上述分析与此前分析词项“忍饥挨饿”“痛苦呻吟”时建立的体性图示做一对比，二者具有令人吃惊的相似性：主题角色位于左侧，它们对应着范畴性词项，范畴性词项在形象化层级用来指涉死亡空间，位于右侧。两种描写还是存在着实质差别，主要表现在：在我们之前分析的情况中，话语中介作用促成了矛盾词项/生/、/非-死/向/非-生/、/死/的过渡，我们当时将这种过渡视作持续体与终结体之间张力攀升的结果；而在我们此刻分析的情况中，同样的过渡也通过话语的手段实现了，却是以始动词项（分别对应着/生/与/非-死/）与持续词项（分别对应着/非-生/与/死/）之间的张力缩减而形成的。此外，强度体在第一种情况中通过质量的方式（通过饥饿和沙哑的声音）表达出来；而在第二种情况中，强度减弱体则是通过数量的方式（通过生命的稀缺，也就是说，通过/大量/向/少量/的过渡）呈现出来。这一差别可以通过比较下列图示与此前的图示凸显出来：

/活着的/	逻辑层级	/生/		⟷		/非-生/
	体性层级	/始动性/	→	/-强度/	→	/持续体/
/垂死的/	逻辑层级	/非-死/		⟷		/死/
	体性层级	/始动体/	→	/-强度/	→	/持续体/

备注：我们曾经用/+/表示强度体，为了对比，我们这里用/-/来表示强度减弱体。

这个图示的意涵很简单：不管是什么形式的生命，如果它位于处于恒久和持续状态的“死亡”空间里，那么它只是相对于死亡的始动状态。两个死亡空间呈现在两个水平层级中——一个在上层，一个在下层，巴黎城中所剩无几的生的气息在垂直轴的上部和下部都在逐步地消散。

大家可以看到，通过导入性的空间特性，序列中的第二个句子只是重复了同样的价值内容：

/±非-生/+/±死/

4. 第三个句子

4.1 巴黎的空间形象

我们似乎没有必要重新推理，证明本序列最后的句子也从属于空间的同素复现。在水平轴和垂直轴上逐步对巴黎空间的展现就要画上句号了，叙述者可以将状语组合体置于整体文本中来考察，而不是仅仅考虑组合体中的限定词“巴黎”。状语提示出了催化剂：

（/在/巴黎）

其中，巴黎代表序列的方位场所，而/在/在两个事物之间建立起了方位关系：一方面是由巴黎构成的**包含体**，另一方面是最后的句子的陈述过程所在的**被包含体**。后者是内部方位，是相对于/包含体/的/被包含体/，它们在前两个句子生产的时候被创建起来，现在共同组成了施事者巴黎的空间形象轨迹。

4.2 走向意义的消亡

如果我们考察这个句子的语言学行为者，如下图：

主项	vs	对象
“人们”		“（无论）什么”

大家就会注意到，二者都属于形态学范畴，通常都用不定代词引

导出来，它们包含着语法义素。

/不定的/+/照应的/

但是二者却像范畴中的词项一样对立着：

/人的/ vs /非-人的/

两个不定代词作为照应项，指向前面已经表现出来的内容：主项“人们（on）”对应着在第一个句子中投入的内容，它的词项表现“忍饥挨饿”“痛苦呻吟”将巴黎限定为一个/人的/主项；而对象“无论什么”对应着第二个句子中的动物生命体，它们被限定为/非-人的/，它们既是消费的对象，又是任意的消费者。

如果我们厘清了限定两个句法行为者的语法限定和它们的照应性特点（我们正是通过照应性特点才对前面分析的价值内容进行重新研究和总结），我们就可以把目前研究的第三个句子由下列图示来表示：

主项		对象
/照应项/+/不定的/+/人的/ /±非−生/+/±死/	vs	/照应项/+/不定的/+/非-人的/ /±非−生/+/±死/

我们只剩下对谓词“吃”的性质进行分析了，它作为**功能**，在行为者间建立起了关系，构成了陈述文。这是一个及物性谓词，我们可以说，经典的陈述文在功能关系层面包含着少量的语义投入，它是我们的句子表现的论据，所以经典的陈述文构成了一个作为（faire）的陈述文。该作为旨在改变先于其生产的事物的状态。这种状态的改变可以描述成主项与价值对象（食物）的合取。如果我们考察投入两个行为者中的价值内容——这两个行为者在谓词“吃”的过程（procès）中发生了合取，我们能发现二者经过我们的分析，呈现出了相同的语义再现：

/±非−生/+/±死/

我们可以近似地阐释为“垂死者吃垂死者”。

通过参照意指过程显现的普通概念（意指过程的显现标志应该暗示着差异的出现），也就是通过析取性操作，我们可以认为，最后一个句子中展现的同一性的合取属于**意义消亡**的形象化形式。我们注意到这一意义的悬置得到了主项和对象/不定的/特点的推广，但却受到价值内容近似限定的局限和弱化。巴黎的状态处于意义空缺的极限里。

5. 最后的说明

如果要用几句话来概括对这一简短序列的分析的话，我们可以做出下列的结论性观察：

（1）本序列中投入的内容被列置在时空坐标中，空间坐标被用来促进话语发展，而时间坐标则通过对内容与"战争"阶段的同一认同对内容做出指称，为后面话语的对应认同创造条件。

（2）我们在深层层级中分析的价值内容反复重现：从这个观点出发，我们可以认为，它们在话语中的参与无法带来附加信息。

（3）话语性通过两个不同的方式表现出来：1）通过对构成本序列基本同素复现的空间范畴群的范畴性切分来表现；2）通过主题角色之间的终结获得内容后，再对这些内容进行形象化处理。

（4）表层的句法组织与内容重复的恒定性相对应，前者扮演着文体学的角色。事实上，我们所研究的三个句子每个句子的句法结构各不相同——它们的句法结构分别是系词性、不及物和及物性质的。

（5）从叙事的角度看，我们可以说，本序列是对施事者巴黎之命名的定义。然而，命名不是静态的，而是动态的：开始的转变并没有被终结，巴黎没有死亡，她正在死去。这一动态的特点通过位于比逻辑语义结构较浅层级的体性结构凸显出来，但是二者却通过某种方式发生了对应认同。在过程的持久性和反复重现的内容的重复性的帮助下，转变的时间化操作得到辨认。

（6）最后，为了避免遗忘，我们有必要提醒大家，叙事文以消费的形象化举动开始，它也是以消费的形象化举动终结的。

序列二　友情

（他突然在一个同样身穿军服的人面前站住，因为他认出对方是他的一个朋友。那是索瓦热先生，以前常在河边钓鱼的一个老相识。）

战前，每逢星期日，莫里索都是天一亮就一手拿着竹制钓竿、一手提着白铁罐出门了。他乘坐开往阿尔让特伊的火车，在科隆布下车，然后步行到玛朗特岛。一到这个令他梦绕魂牵的地方，他马上就钓起鱼来，一直钓到天黑。

每个星期日，他都在那儿遇见一个快活开朗的矮胖子，就是这位索瓦热先生。他在洛莱特圣母院街开服饰用品店，也是个钓鱼迷。他们常常手执钓竿，两只脚在水面上摇晃着，并排坐在那里度过半天的时光。他们就这样互相产生了友情。

有些日子，他们一句话都不说。有时候，他们也聊聊天。不过即使一言不发，他们也能彼此心领神会，因为他们有着相同的爱好和一样的情怀。

春天，上午十点钟左右，恢复了青春活力的阳光，在静静的河面上蒸起一层薄雾，顺水飘移；也在两个痴迷的垂钓者的背上洒下新季节的一股甜美的暖意。偶尔，莫里索会对身旁的伙伴说：“嘿！多舒服啊！”索瓦热先生会回答：“真是再舒服不过了。”对他们来说，这就足以让他们互相理解、互相敬重了。

秋天，白日将尽的时候，在夕阳照射下天空如血，猩红的云彩倒映在河面上，整个河流变成了紫红色，天际仿佛燃起了大火，两个朋友笼罩在火一样的红光里，预感到冬天将至而瑟瑟发抖的枯黄的树木也披上了金装。索瓦热先生微笑着看看莫里索，慨叹道：“多美的景致啊！”而心旷神怡的莫里索，眼睛不离浮子，回答道：“比林荫大道美多了，嗯？”

（且说他们彼此认出来以后……）

1. 序列和它的语境

1.1 插入（intercalation）

我们把第一序列命名为“**巴黎**”，其后将会有另一个被称为“**散步**”的序列，本序列将会呈现两个朋友的会面及他们沿着巴黎林荫大道散步等场景。在该序列的第一个句子之后，读者便能看见一个插入的序列，我们将首先来分析这个序列。读者在看完分析后便会明白首先对它进行分析的理由。

在连续性的话语中重现的插入（l’insertion）是被添加的自主序列，它经常被称为“嵌入”（enchâssement）。一般而言，我们认为这是在一个大的叙事中插入的一个小叙事（sous-récit）。眼下的难题是如何界定这里提出的小叙事，阐明一个添加的序列需要多大的自主性，它才能获得微叙事（micro-récit）的地位。所以我们在这里倾向于使用“插入”这一术语，只研究本序列文本中出现的情况，如果它的特点足够明显充足，我们可以进一步推而广之对它进行界定。我们这里需要面对的是一个处于叙事表层的现象，它不像是插入，而是处在文本线性外部的被排异（expulsion）的序列，它受到**时间和空间析取手段**的排异。

1.1.1 脱离（débrayage）

我们这里所讲的脱离是指这样一种机制，它可以使某个特定的同素复现，从它的要素中投射出来，其目的是重新构造一个新的想象**地点**，进而构造一个新的同素复现。

（1）时间脱离在这个文本中是通过“战争前”这个概念产生的。它打乱了文本整体的时间性，插入了新序列。从这个角度看，重新获取的同素复现可视为时间性失序的结果，它部分地破坏了叙事文的时间线性特点。

指示词“前”暗示着一个悄无声息地展开的范畴（catégorie）：

前 vs 期间 vs 之后

“期间”由第一个时间脱离促成，标明一种想象的当下，它相当于任何一个“当时”，与陈述者的时间毫无关系。

（2）动词“出发”宣布了空间脱离，它交代了主角莫里索从“巴黎”——我们前面已经把它界定为被包含体——的空间中移身出来，移向了外部，因为析离，这个外部看起来好似一个“包围起来”的空间。读者能看到，话语的“空间化”不是随着文本推进的任意想象空间，文本开发的话语施动者和空间化粘连，与它同步。

1.1.2 挂接（embrayage）

（1）被抛出文本的添加序列通过挂接机制重新回到了话语的继续性中。此处的挂接机制通过处于两个嵌入（insertion）边际的同一个前置性词素的重复在整个序列中显现出来：

1）前置标识：“他认出是一位朋友”
2）附属标识：“他们一互认出来就……”

从时间性的角度看，被插入的时间（即从数量上说等同于几个年头的时段）与正在插入的时间（即当下仅有的几秒钟）发生了粘连。如果我们把被插入的时间看成一种被挂接的时间性，也就是说，它指向叙事文整体的时间性，那么被插入的序列不再是时间失序的现象，恰恰相反，它变成了“时间的扩张”，变成了语段时间上被定位的膨胀（enflure）。

这个“时间的扩张”伴随着两个施事者的“认知活动”。叙事的推进与位于两个语段间的插入序列的时间长度对应起来：

语段 1=认出（莫里索→索瓦热）
语段 2=认出（索瓦热→莫里索）

如果严格依据《法语小罗贝尔词典》（再次认出＝通过记忆的同一识别），在叙述两个朋友的“辨认”过程中，我们能发现插入序列扮演着记忆术语比较的角色，它促成了相互的辨认，从插入序列的角度看，它就等同于“认出”。从认知的角度看，两个序列的关系如下：

$$\frac{\text{正在插入的序列}}{\text{被插入的序列}} \simeq \frac{\text{再次认出}}{\text{辨认}}$$

（2）此外，传统上被称为“传递”（transition）的二级机制得以确立，它对被插入的序列起到促进作用。“传递”利用了空间性指示词：实际上，我们注意到正在插入的序列最后的词语是“水边”，它指明了被插入序列的位置，而被插入序列的最后的词语是“林荫大道”，道出了两个朋友会面的地点，也就是正在插入的序列的空间。这些空间指示在不同的序列之间呼应着，“完善了传递”。

如果看得更仔细一点，读者能注意到“包容性”空间的出现属于次级现象，它由“水边”字样导出，容纳在“再次认出”的过程中：莫里索通过“再次”认出他的老友，将索瓦热抛向了乌托邦空间和往昔之中。对“林荫大道”的暗示也如出一辙，“林荫大道”促成了一个认知性比较，即被现时化的惬意空间和被“林荫大道”代表的烦躁空间之间的比较。换句话说，事实上，被插入序列的空间是一个“精神性”空间，它属于“再次认出”的认知行为，与两个朋友相遇的事件空间（或者叫“实用”空间）相对。

1.2 话语的线性

1.2.1 认知维度与它的形象化（figurativisation）

如果关于挂接与脱离机制的分析是正确的，我们至此可以得出一些结论：插入——至少就像我们在这一文本中遇到的那样——具备了话语组织的形式程序，它貌似从文本中被抛出来，却将相关内容更加内在地融入连贯且唯一的话语中。

这一程序通过将插入性序列变成语段时间的逃离（évasion），模拟了时间性的析取。事实上，它为独特的话语程式导入了一种全新的维度，一个次级的“内在时间”。在“显现”层面，它将当下抛入往昔，在“存在”层面，这一程序又实现了往昔的现时化。

这一程序在空间转化层面也同样如出一辙：它不是创造了一个独立于被包容空间的包容性空间，而是构成了一个内在的乌托邦空间。

在话语组织层面，这一手段既像“话语的内在化”，又像“内在性的形象化”。得益于上述的机制，特别是时间和空间的脱离，插入性文本尽管处于“宇宙论”层面，但从整体上看属于“精神性”层面。这样一来，该文本具备了形象化再现功能，堪比隐喻性的同素复现。

1.2.2 话语的施事同素复现

“叙事主项”不考虑时间和空间的切分，表面上看起来有些怪异，但是它们的行为却重建了话语的线性。尽管话语的线性在水平切换和认知层级进入语用延续性的叙事层级时短暂中止过，但它整体上还在延展推进。所以，施事者莫里索作为叙事主项，被安置在正在插入的序列中，在句子的推进过程中，受到一系列首语重复的“他”（il）填充，很自如地跨越了两个序列的界限，继续在被插入的序列中充当主项。在插入文本中，这种“施事同素复现”被新出现的话语主项“他们”（即两个朋友）取代。新双重施事者一旦确立后，会跨过第二道界限，继续在下一个序列中充当主项。对典型的插入而言，施事恒在性的标准很受局限。

1.2.3 照应化（anaphorisation）与顺向照应化（cataphorisation）

如果插入语段的空间-时间脱离（即它被抛出文本之外）足够明显，挂接程序（指插入语段重新融入文本）需要受到进一步的检视。哪怕只为明确这一程序在研究文本中运作的普遍特点，我们也需要进一步予以检视。实际上，我们阐释过的“再次认出”的形式，在第一时间就是《法语小罗贝尔词典》中解释的“通过记忆的同一识别”，挂接在研究文本中就是这样出现的。同一识别属于“认知行为”，它的结果会促成一种“知识”的获取，进而明确任意两个术语间的身份关系。在我们的研究中，是明确“当下的”索瓦热先生和“往昔的”索瓦热先生身份间的关系：同一识别促成了“往昔”vs“当下”时间范畴的中性化，而这个对比性时间范畴的目的恰恰是促成脱离。认知活动建立起了身份关系对时间范畴的主导地位。然而，这种身份关系属于形式上的照应关系，它拉近了任意两个术语之间的距离，我们说，这是一种“认知照应”。

当然，以这种方式拉近的术语之间会蕴含其他内容。比如说，如果我们形容一个人，“我承认他有智慧”，我们会识别出一系列他的智慧的征候，它们应当和我们默认的智慧的概念契合。同样道理，我们的莫里索先生“（把索瓦热）先生视作朋友”，“朋友”的义素无疑就是“友谊”的内容，其中一个术语出现在同一识别的过程中，出现在辨认中；另一个术语由包含等值内容的插入序列构成。这就是“语义照应”。

这样一来，我们也许有必要创造一个术语体系，它应当足以囊括上述分析的话语情景。如果“认知照应”指话语中任意两个术语之间的身份逻辑关系，那么我们可以认为，“语义照应”则标明等值关系（部分的语义身份），这一关系将位于话语内容前部和后部的两个文本术语（而非时间术语）连接起来。两种情况都属于话语现象的“扩张”或“浓缩”，我们就用“照应项”（anaphorisant）来指称浓缩现象，用“被照应项”（anaphorisé）来指称扩张现象。

如果我们做出更为细致的分析，根据被照应项在文本中占据的位置澄清两种等值关系，这无疑是有益的。如果从“照应”的严格意义上讲，“被照应项”应当先于“照应项”，这就是我们之前说过的呼应。与此相反的是“顺向照应”（cataphore），顺向照应是一种话语关系，“照应项”在扩张过程中导出“被照应项”。是故，“朋友”就成了照应项的词义表现，而对应的被插入序列就成了被照应项。

2. 序列内部的组织

2.1 聚合关系组织

2.1.1 分界标志

按照书面法语的传统，从整体上讲，序列顺应分界明晰的段落而彼此区别。

除“书写设置”外——书写设置毫无必要，但是它具有可操作的特点——分界标志强化了文本的切分，分界标志有以下两类：

1）时间指示词

2）施事者专有名词

这三类切分勾勒出被研究文本的框架。

2.1.2 切分法

通过切分，我们可以得到五个自主的片段，它们按照下列方式呈现：

“每个星期日”　　　　　　　　“每个星期日”

片段1：施事者：莫里索　⟷　片段2：施事者：索瓦热

片段3：（交流）
施事者：他们

片段4：“在春天”　⟷　片段5：“在秋天”
交流：莫里索→索瓦热　　　　交流：索瓦热→莫里索

在深入研究这种切分之前，我们需要注意两点：

1）片段1和片段2作为一个整体，片段4和片段5作为另一个整体，它们分别对称出现，而片段3则位于两个主轴之间的中枢（pivot）。不难发现，这种外在的切分法在序列的句法铺陈中投射着聚合关系。

2）所有的时间指示词都是分界标志，都蕴含着**惬意的内涵**，它们与在文本表现之外的不悦词项形成了对比。这样就形成了以下对比：

“星期日” vs（一周中的其他日子）

“春天”
“秋天” } vs（冬天）

“日晚”
“早晨” } vs（夜）

它们与前一序列（序列一）形成对比，给整个序列带来了惬意的气氛。

2.1.3 对称与不对称

（1）片段1和片段2以同样的指示词开始，第一个术语是一个数量指示标志（quantificateur），它的作用是使分布在两个片段和重复系列中的所有的事件都按时上演（简单过去时赋予了这些事件的谓语动词未完成过去时的价值）。重复的标记（notation）交代了两个片段时间上的共时性。

为了平衡这种身份的同一确认，施事者——莫里索和索瓦热——被分列到两个片段中，受到对称性析取，在文本表层产生了有差异的印象。

（2）片段 4 和片段 5 借助于时间性指示标志来切分：

$$\frac{\text{“春天”}}{\text{“早晨”}} \quad \text{vs} \quad \frac{\text{“秋天”}}{\text{“日晚”}}$$

它们通过指示词展示出季节和一天中不同时段的对比。与片段 1、片段 2 中使用的**时间识别**（identification temporelle）不同，新程序属于**时间的整体化**（totalisation temporelle），二者的析取和补充如下图：

“春天“+”秋天“=/全年/——/冬天/

“早晨“+”晚上“=/白昼/——/黑夜/

这是两种受到时间化处理的程序，第一种程序是通过重复体实现的，第二种程序是通过延绵体实现的，二者一起在文本的表层制造出“状态描述”的效应。

两个施事者已经在前述的片段中聚集在一起，片段 4 和片段 5 的区别性特征通过“言语轮次”的对立表现出来；片段 4 中莫里索首先说话，索瓦热先生只是接受，而在片段 5 中，优先权被赋予了索瓦热先生，莫里索也表示接受。从互换性（interchangeabilité）的角度看，这种角色转换只是加强了本已个体化的主项，使二者合并为共同主项。

备注：片段 3 的枢纽角色只有在进行完更深入的语义分析后才能显现出来。

2.2 组合关系的组织

2.2.1 作为（le faire）与存在（l’être）

上述片段的分割只是加重了对立的感觉：

$$\frac{\text{重复性片段}}{\text{（片段 1=片段 2）}} \text{ vs } \frac{\text{附加性片段}}{\text{（片段 4+片段 5）}}$$

片段 3 中既黏合又分离的“但是”（mais）加强了分离性的对立。这一对立将序列一分为二，第一部分中反复强调描写性**作为**（le faire），第二部分已经完成了转化，它统摄着这一**作为**带来的**状态**。

2.2.2 作为

（1）如此一来，整个片段 1 都用来呈现其中的一个施事者莫里索描写程式，但在片段 2 中，这一程式却没有被施事者索瓦热重复，而是被用浓缩的方式，通过“别的钓鱼迷”表现出来。从语义的角度看，片段 1 彻底地被片段 2 照应。

这样精简的手段会造成话语两个层面——聚合关系和组合关系——的表面矛盾：两个片段分别服务于两个不同的施事者，它们满足语义照应的条件，根据聚合关系分隔的两个片段被持续的组合关系洪流穿越着，这样，内容的重复性身份就被新的信息超越了。所以，该序列表面的聚合性关系的组织仅仅是表层现象，它并没有阻碍渐进的组合关系角度的阅读。

（2）片段 2 中出现了新的“话语主项”——“他们”（ils），促成了该片段的句法让渡。此前的话语程式由主项莫里索主导，但进入片段 2 后被一个双重的主项取代，双重主项通过以下两种方式呈现：

1）以主有代词“他们”的方式；

2)以两个专有名词的方式，它们二者之间具有对话性，彼此分离，其中一者的存在需要另一者也同样存在。

从叙述的角度讲，双重话语主项的出现是叙事文的关键节点，它构造起了独一无二的叙述性行为元（l’actant narratif）。此外，文本标明了两个**作为**，它们分别服务于前两个片段，序列的第一部分以“他们就这样互相产生了友情”而结束。

（3）接下来，我们需要引出一种特别的“话语手段”（procédé discursif），它的作用是方便个体化话语主项向双重主项的过渡。片段 2 的第一个句子包括两个主项：一个句法主项“他”，即莫里索，另一个“语义主项”索瓦热，即“垂钓”程式的主项。两个程式按下列方式相交汇：

叙述程式 1：主项：莫里索；谓词：相遇

叙述程式 2：主项：索瓦热；谓词：钓鱼

从话语的角度看，叙述程式 1 是外显的，叙述程式 2 是隐蔽的，这种结构便于将两个施事者融合在同一个行为者中。

2.2.3 枢纽（le pivot）

（1）我们现在可以来分析枢纽语段（即片段 3）的结构。我们已经在前文中提取出逻辑性析取词“但是”（尽管“但是”在文本的其他部分随处可见，但是在该序列中却绝无仅有）。它的出现，会让人从直觉上感受到序列主要主轴的回转。但是，如果仅有第一个功能，即片段中的连接功能，我们还无法认可它的枢纽作用。

（2）在该片段中，“但是”所析离的是“人的交流”（communication humaine）的两种形式，它们可以这样的图示对立起来：

言语交流 vs 非言语交流

前者属于“言语行动”（un faire verbal），它有可能是实在的，也可能被否定，也就是说，它是作为**虚拟作为**（un faire virtuel）提出来的，下列的区别凸显出它的独特性：

“聊天” vs “没有说话”

某种意义上，这是被中和的对立，因为这种对立被分配素（les distributifs）的使用所统摄：

“在某些天” vs “有时候”

雷同于：

有时 vs 有时

这种对立既提出了“整体性”（la totalité），又在整体性中填充进了时间性的重复。

（3）与这两种形态的“言语行动”相对应的是“非言语行动”（un faire non-verbal）（例如“一言未发”）。读者看得很清楚，“但是”一词标明了整个序列的第一部分和第二部分，扩展了“行动”（包括跨交际的话语行动），第二部分主要用来描述这一“行动”的连续性状态（包括无言的“默契”）。

非言语交流在法语中的呈现方式尤其显得自相矛盾（这里是“s'entendre”，即互相听到对方所言说的内容[①]），除非我们找出表示不说话的“se taire”（沉默不语）这个词，它是“说话”的反义词：

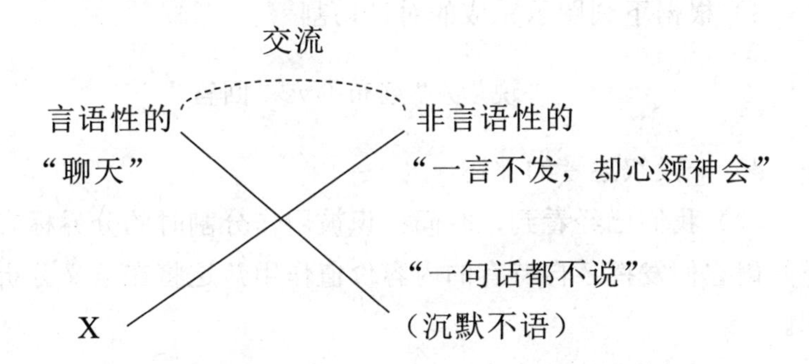

以上图示在分析叙事文的第二部分时还会用到，它在诠释两个朋友的沉默时会发挥不容忽视的作用。

（4）在莫泊桑看来，这种“心领神会”的原因是：

二人类似的品味和相同的感觉

然而，“品味”明显地在呼应本序列的第一部分，第一部分就这样变成了“被照应项”，而“感觉”在预示着第二部分中描写的内容，并对第二部分进行了“顺向照应”。连词“但是”把本序列肢解为两部分，它后续又被连词“et”（和）连接并统摄起来。

文本强调了品味的“一致”和感觉的“相同”，这是“心领神会”的基础，这样一来，两个施事者就化合为单一的“叙事行为者”。“品

① 法语中“s'entendre”既有“相互倾听”又有“心照不宣地融洽相处”的意涵，所以作者格雷马斯说法语中的非言语交流充满自相矛盾。——译者注

味”的一致正是对“虚拟的”、欢快的、重复性的叙事程式的共同占有，叙述行为者就这样受到共同的“意识形态模式”的定义。此外，相同的“感觉”表明了“价值性内容”的身份。

2.2.4 存在（l’être）

（1）对最后两个片段（片段 4 和片段 5）的表层分析将能解释照应词“相同的感觉”所宣示的内容，我们首先可以从它们句法组织的严格对称性入手分析。两个片段分别包括下列内容：

1）时间标识

2）用“quand”（当……的时候）引导的表明时间同一性的从句

3）根据下列图示完成的对话切割

“说”/“宣布”vs“回答”

4）一段叙述者的评述

（2）我们已经看到，时间标识被用作分割时的分界标志。但是这不妨碍它们发挥各自特有的内容价值作用，这将在语义分析中加以阐明。

（3）叙述者的评述应该引出以下两点评注：首先，评述在片段 5 中没有再次出现，词素“林荫大道”出现在片段的尾部，它促成了空间的挂接。我们可以说，片段 5 中的评述被悬置了，它不是不存在。

其次，“互相理解，互相敬重”只是片段 3 中“相互倾听”的拓展。这样一来，片段 4 和片段 5 的组织看起来像是句法对调，片段 3 已经提出了句法对调。“心领神会”的意涵被文本后面出现的一致感觉加强，在这里，“心领神会”属于形象化延展，恰似对“感觉一致”的后续评论。

（4）我们接下来应该细致分析两个片段中的 2）和 3）要素。两个要素意在强调时间同一性的关系，它们代表了主项面对“感觉”时的两个互相补充的面：视觉感受（和体感，如“温煦的热”）和言语化（la verbalisation）。

在片段 3 中，和非言语性交际相比，言语性交际屈指可数（如动词“聊天”），我们应当保留 2）与 3）之间的关系，前者还原“真实的”

感知，后者给出言语性的阐释。2）与3）之间的关系是“伪等值”关系，外在的等值却凸显出一种主导，即“各种感觉”的形象化呈现的主导。

（5）在片段4和片段5中，3）所标明的言语化内容之间的对立用如下对立的两个感叹句表达出来：

“多舒服啊！[①]” vs “多美的景致啊！”

《法语小罗贝尔词典》中“感觉”一词的解释意外地印证了这种对立：感觉就是指“一种以情感为主导、凸显再现性的状态，或者状态的变化”。是故，世界以两种方式呈现在人的面前：要么以连接的方式呈现，它就是“情感”；要么以析取的方式呈现，它就是“再现”。这种表层的区别会将更为重要的矛盾隐藏得更深，我们在后文中会看到这一点。

3. 惬意作为（le faire euphorique）

3.1 话语程式

（1）我们在前文中已经看到，前两个片段可以综合起来考察：它们是两个施事者共同行动的平行分节（articulation）。所以，分配给施事者索瓦热的修饰语**“另一个痴迷的垂钓者”**可以转移到施事者莫里索身上，这需要借助于下列分配范畴：

/相同的/ vs /另一个/

“垂钓者”一词构成了“主题角色”（rôle thématique）的词汇化手段，一方面，它揭示出合格的行为者的句法配置，宣示了行动的程式；另一方面，语义构建（通过词根）具体说明了需要付诸实施的程式。“垂钓者”的主题角色与话语程式“垂钓”相呼应。

① 法语原文为“quelle douceur”。——译者注

（2）这一话语程式在片段 1 中得到具体描述，按照普罗普简单术语，可以这样来介绍它：

①出发 ②位置移动 ③到达 ④经受考验

这个话语程式是主题角色的任意扩展，蕴含着一系列“暗示性的”补充信息，这些信息的语义和叙事价值很多样：

1）“垂钓者”作为施事者在完成它的话语角色时会完成“形象化覆盖”（une couverture figurative），具备了一系列情境性暗示，例如“一手拿着竹制钓竿、一手提着白铁罐”。

2）话语程式会伴随着许多“空间-时间暗示”，它们都是“历史固位”（ancrage historique）的构成要素。这方面的例子如：方位词阿尔让特伊村、科隆布、玛朗特岛；时间标识如“每逢星期日”“天一亮”，等等。

3）话语一旦受到时间化限制，就会包含许多“体的暗示”，它们高度规约着叙事功能：例如，说到“位置移动”，后续出现了“铁路”“步行”等确切信息。

所有这些情景形象化不仅包含着暗示功能，同时也在更大的意涵网络中蕴含着许多的语义价值和叙事价值。

3.2 程式的价值化（la valorisation du programme）

（1）陈述发送者通过使用“另一个痴迷的垂钓者”，特别是其中的“痴迷的”，赋予整个话语程式一种价值判断，它给作为主项的两个施事者规定某些特点。

1）首先，主项对这一计划的态度是激烈的：“痴迷（的）”一词以及第一片段中的时间暗示“从黎明……一直到夜晚”包含着一个被“强化”的体的要素。

2）“痴迷（的）”和片段 1 中的“梦”相呼应，它蕴含着“惬意的”本体感受的内涵。

3）这个术语特别交代了主项对他的选择持有“痴迷（的）”态度，我们可以粗略地分解一下这一态度，它可以归入 1）与 2）中分析到的量，我们可以得到下列的语义图示：

主项＝/意愿/+/欢欣/+/强度/

这一图示揭示出，两个施事者从此具备了同样的意愿模态，这也是他们转化为“主项”的条件，并且，这一意愿被强烈地赋予了惬意的特点。

（2）意愿的两个主项归属于同一个行动的程式，这一程式的实现取决于两个严格的条件：一个是时间的条件，他们只能在“星期日”完成它；另一个是空间性条件，为了完成它，他们必须动身去他们的“梦想之地”玛朗特岛。日常生活和星期日相比，只具备虚拟形式的欲望行动程式，它就是一种想象的建构：“做梦都想逃离”，这就需要从一个压抑的空间置身到一个欢快的空间去。

3.3 双重行为者（l’actant duel）的确立

作为的两个平行程式受到两个主项相同意愿的主宰，就这样在“钓鱼的形象化同素复现”中展开了。这一同素复现一旦确立，立刻又让位于“一个新的同素复现”，即“友谊”的同素复现。两位施事者在空间上的连续性宣告了新同素复现的到来（“肩并肩”的说法在这里第一次出现，它在这个叙事文中一直都显得冗余）。上述程式确立了友谊的主题。另外，最小限度的跨交际可被视为一个“相互性的行动”，也加强了友谊的主题。

然而，从叙事的角度看，在本序列中确立的这两个同素复现只能被视作**主题性同素复现**，这只是文本叙事组织，特别是**双重主项行为者**确立的第一阶段。唯一的行为者的出现标志着文本偏重非言语交流，标志着言语交流被压缩到简单“寒暄性”的“闲聊”。

4. 价值的象征化空间

4.1 价值的辨认

通过对片段 4 和片段 5 组织形式的分析，我们发现了一个伪等值的存在，它位于对感觉的言语化再现和对感觉的形象化描述从句之间。我们现在需要对这些从句做出更为精细的分析，即使是为了验证我们的初步假想，也有必要这样做。

在做出类似描述之前，我们需要说明这种方式的局限。有种公设认为，任意的个体空间都拥有它的语义组织，该语义组织既可以是一种抽象的语义结构，也可以是形象化的符号学图景。如果我们接受这一公设，那么对这两种语义组织形式对应的描述就要求我们对被分析的空间拥有全部的知识，至少要对代表性样本具备全部的知识。然而，我们做不到这一点，在某种意义上，我们有待去做的描述注定只能停留在假设和部分的层面。

以下一点也是真实的：我们试图要描述的某些形象化价值之所以能被理解，“得益于它们在封闭文本中的复现”或者“得益于对陈述活动主项造就的双重辨认”。

4.2 太阳的变容（les transfigurations）

（1）在众多复现的词义单位中首先出现的是太阳的形象，它作为主项，出现在片段 4 和片段 5 中。在两个片段中出现的太阳具有不同的功能——这正是引发我们兴趣的要点——它和具体的时间标识相关，我们可以用如下图示表示：

片段 4	泛黄的太阳		“早晨”		“在春天”		“新的季节”
———：	———	≃	———	≃	———	≃	———
片段 5	西下的太阳		（傍晚）		“秋天”		“冬日的颤抖”

一方面是围绕太阳神秘的、形象化的活动，另一方面是宇宙生命两个自然轮回，二者的关联性让人吃惊。两个自然轮回——季节的轮

回和昼夜的轮回——在这里被同一化，以至于二者的术语可以互相调换。例如，第一轮回中的“泛黄的太阳”与第二轮回中的“西下的太阳”相对。这样一来，我们就可以确定“泛黄的太阳”＝新生的太阳，我们可以用“残阳”代替“西下的太阳”，用“太阳光照的终了”替代“一日的终了”，等等。

（2）谓词“使……年轻”一方面对太阳施事者进行了拟人化处理，另一方面直指生死交替的观念，提示出了永恒回归的神话。该观念按照严格的图示特点这样呈现出来：

1）通过赋予时间的指示——季节事关生死的内容；

2）通过对施事者太阳与相关的时间指示进行分离或挂接。

（3）此外，季节的结构是二元的、极化的：

夏天　vs　冬天

它们受到“春季”和“秋季”两个过渡季节的调节。我们在对第一序列的分析中已经看到，第一序列存在着两个自主的层级：“夏天”和“冬天”反义词汇聚的逻辑运行层级和更为表面的另一个层级，即对这对反义词实行时间化的层级，在这一层级中出现了体的分节过程。我们只有区分这两个层级才能确定“春天”和“夏天”各自所处的区位。按照这一逻辑，只有站在“夏天”的角度上——这是暗示第一序列和第二序列对立的隐形术语，它处在“冬天”所示的指示性上——我们才能说“夏天”受到始动体和限定体的凸显，即“春天”和“秋天”，“夏天”经过时间化处理后变成了延续性的过程。

太阳受到两个形容词“泛黄的”和“西下的”的拟人化和激发，当它处于夏天的空间时，我们可以认定它为表示“生”的术语，表示“非生”的术语被安排在“冬天”的空间内。太阳从一个空间到另一个空间的变化可以用下图来表示：

冬天	1	夏天	2	冬天
非生	⇒	生	⇒	非生

我们可以说，变化（1）经过时间化后和始动性过程对应起来，开

启了“夏天”，顺便指称了“春天”；变化（2）以同样方式经过“秋天”的限定体，终结了“夏天”。现在，我们可以用以下图示来描述这些体的过程：

$$\frac{\text{春天}}{/\pm\ \text{生}\ /} \quad \text{vs} \quad \frac{\text{秋天}}{/\pm\text{非生}/}$$

（4）被描述的现象可以有双重诠释。片段 4 和片段 5 的对称已经与片段 1 和片段 2 的平行构成了聚合关系，片段 1 和片段 2 的平行关系使序列二变成了“描述性文本”，（春天和秋天）两个术语只是隶属于同一过程的两个体性术语，这个过程等同于“生”，被命名为“夏天”。

从组合性的角度看，我们需要对两个片段做线性和延续性阅读。“秋天”不再是先天的限定体，而是冬天的始动体，时间呈现出宇宙悲剧的色彩，好似一出太阳竭死与重生的宇宙悲剧。这样的阅读角度会把片段 5 在宇宙层面凸显出来，它归结为两个朋友的死亡。

4.3 水汽

近距离观察片段 4 中的形象化语段 2，我们能发现，太阳作为“及物主项”（sujet transitif）发挥着双重作用：

1）它使“水面”之上漂浮着“小水汽”；

2）它在垂钓者的“背上”倾洒“温煦的热”。

太阳的这两个活动被汇入“温柔”一词，我们可以就此认为，太阳作为（faire）的结果是在两种不同形式下表现“生存的温柔”：

1）在宇宙层面上（太阳与水汇合，产生出一小点的“水汽”）

2）在精神层面上（太阳和人类汇合，在他们的背上倾洒“温煦的热”）

4.4 天空的水汽

（1）为了更好地理解太阳和水的汇合，我们有必要对整体的文本做一个聚合考察。

春天时，太阳的活动作用于“低层空间”，就在“水面”之上，而在秋天时却恰恰相反，秋日会显现在“高层空间”，它会将“天空”染上血色。同一个形象化施事者会在两个不同空间有差别地运作，第一个作为是惬意的，第二个作为是不悦的：

$$\frac{\text{底层空间}}{\text{高层空间}} \simeq \frac{\text{与水汇合}}{\text{与天空汇合}} \simeq \frac{\text{惬意的}}{\text{不悦的}}$$

事实上，初生的太阳闪现在水面上，而垂死的太阳却定位于天空。

（2）更为甚者，在被我们命名为“战争”的第六序列中，与“生之乐”断裂的第一个视觉信号便是天空中出现由瓦雷利安山喷发出的像“死亡气息”的“粉状水汽[①]”，它是由陈述发送者说出来的。“天空中的水汽”是死神般的象征化施事者——瓦雷利安山和天空结合而发出的，山与天空都是高空中的不悦空间。我们将在后面分析这一现象。我们现在明白一点就够了：瓦雷利安山被选为死神的象征，这是叙事者实用性的选择，它可以将高空中和地面上的不悦空间合接起来。

我们可以根据这两个“水汽”——文本中唯一的两个现次（occurences）建立如下平行且对立的形象化系列：

$$\frac{\text{太阳}}{\text{瓦雷利安山}} \cap \frac{\text{水}}{\text{天}} \simeq \frac{\text{水汽}}{\text{天空中的水汽}}$$

4.5 太阳之血

（1）如果我们现在将分析从片段 4 过渡到片段 5，则会发现，太阳尽管是形象化语段的语义主项，但是它是以“被动的”形式出现的。作为“被动”主项（它的生机已经耗竭了），它的功能就是“将天空染成血色”：天空在第一阶段被处理成一个可以容纳的空间，太阳之血漫洒其间（请参照序列三中“天空的确是一片蔚蓝，充满阳光”）。

“天空”以一种空泛的空间而出现，它有被填充的可能。这与代表“生”的太阳形成对比，而天空则成为它的对立面，代表着“非生”。就此我们可以说，失血的枯竭的太阳将血漫洒在天空中，这里的同素

① 本书开头的《两个朋友》中译文里为“乳白色的烟雾”，法语原文义为“粉状水汽”。

复现与前文中出现的季节的转变可划归一类。在季节转变中，“秋天”呈现了生命过程的“限定体”，从这个意义上讲，“血”只是行将枯竭的太阳的下位词（hyponyme）。

（2）我们从宇宙悲剧过渡到人间悲剧，能在叙事文最后的几个序列中发现被放大的两个朋友的双重死亡，能发现词素“血”的另外两个现次。

在枪毙的场景中，作者这样描写莫里索：

> 他挣扎着…… 脸冲着天，大股的血从他被子弹穿透的上衣中汩汩而出。

我们不能忽视这里的太阳之死和人之死的平行。太阳之死在同一个句子中用“天”这个词表现出来。读者会感受到空泛而敌对的空间的冲击（参见“脸冲着天”），而生命正在通过“汩汩而出”的血而流逝。

在浸没的场景中，在终于平静的水面上，血扩散开来，作者把一句话用作一个段落来交代：“水面漂浮着一点鲜血。”身体和水的空间汇合了，“血”的下位词特点毕现无遗。

4.6 天的显现

（1）靠近太阳的死亡信号在高层空间中展露出来，底部世界接受到它的折射：作为交际元与惬意空间产生交流的不是太阳，而是天空，天空在被动转换的作用下变成了形象化语段的活动主项。我们可以做出这样的阐释：这一位于文本表层的语言学转换可以在更深的叙事层级上取决于显现（le paraître）的主项，它也可能是虚假的主项。太阳的作为（faire）在展开的同时，也实现了对天空的再次激活，这一激活受到“漫洒”“染成紫色”“变成火红色”等谓词的强化。大家能注意到，从空间-施事者（acteur-espace）向活动的主项-施事者（acteur-sujet）的转变并非孤立现象：在题为“和平”的序列（即序列五）中，作为场所地点（le lieu topique）的“水”用类比的方式构成，水被看作鱼的提供者。

（2）在这个语段中用谓词表达出来的天空的自反性作为（faire

réflexif）具有双重性：

1）一方面，它的重点在“向水中投射‘**鲜红云朵**’的形象”；

2）另一方面，它为列举的各个不同物品“着上了红色”，“着红”的过程通过一系列亚近义词（parasynonyme）表达出来：

染成紫色
变成火红色
使……变红
着上金色

就此分配，我们可以做出以下结论：

1）天空的第一大功能似乎是实现了“云”和“水”的连接（参见动词“Jeter”）。然而，就像在第六序列“战争”中看到的那样，一切都围绕着“云”来展开，所以，“太阳之血”变成了“鲜红的云朵的颜色”。事实上，这一连接是通过显现的模式展开的，因为和水相接的是云的“形象”，而不是云本身。太阳之血用云映衬出来，只是通过“颜色”这种最表面化的形式再现出来。宇宙事件就这样被转化为“折射”和“再现”。

2）我们前面已经看到，天空的第二大功能是把所及之物都染成红色。我们可以说，太阳既是“热”又是“光”，太阳处在光亮中，它这种受到调节的存在与前一片段中的热形成对比，成为显现的组成部分。同样道理，太阳的血漫洒在天空中，它也是通过红色的表象存在于低层空间里。

被太阳之血的余光浸染的各个物体水平分布在各个平层。在由“水”（参见“河流”）组成的低层平层和属于“地面”的高层平层（“树已经变成橙黄色，在冬日的风中战栗着”）之间存在着一条水平线，这条水平线悬浮在水面（参见“两只脚在水面上摇晃着”）和大地（我们已经见过，我们还会看到，大地位于高层空间）之间，这是属于友谊的空间，因为两个施事者变成了一个双重行为者，这一友谊空间被“变成了火红的颜色”。片段 4 中含有太阳挥洒的“温煦的热”，它蕴含着生的信息，而对死的前端预告出现在片段 5 中。

（3）对太阳生命终了的赞叹却引发了美学层面的感叹：“多美的景致啊！”这颇能引发我们的好奇。

这说明两个朋友暂时对宇宙生命的真实并不知情（un non-savoir）。这是（福楼拜传统中的）生命美学概念吗？也就是说“美好的死亡”胜过活在在第一序列中描述的死气沉沉的巴黎，莫里索最后的话说明了这一观念：“比林荫大道美多了，嗯？”还是福楼拜写作中典型的反语表达（expression antiphrastique）呢？

4.7 符号学矩阵

我们在分析片段 4 和片段 5 这两个语段时，因为找不到足够数量符号总域的信号，不得不对整个小说局部地做一个聚合性的探究。就这样，对这一符号总域的形象化组织假设模式就逐步成型了。后续的分析会验证这一模式，我们目前姑且将它提出来，将我们业已确认的形象和价值描述在这个符号学矩阵中：

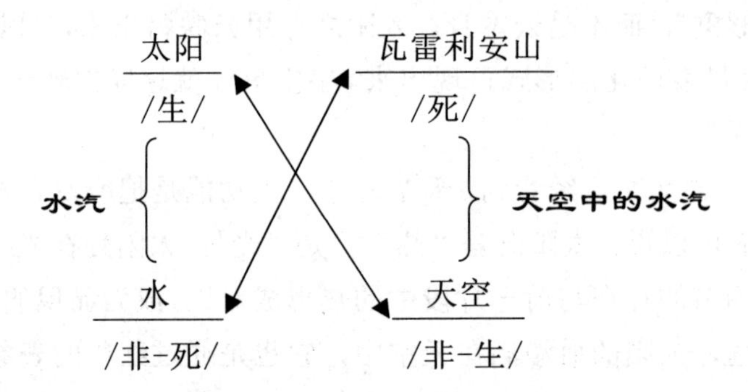

以下的解释有助于读懂这一矩阵：

1）加了下画线的术语代表“形象化施事者”，而括号中的术语指称这些术语所处键位承载的价值。

2）我们需要区别两种指示性：第一种是正面的、惬意的，包括“生”“非-死”，我们可以称之为“生存”；第二种则是负面的、悲戚的，汇集了“死”和“非-生”，我们可以称为“非生存”。

3）“生”与“非-死”汇集在一起，共同组成了“生存”，在文本中拥有由“水汽”代表的形象化“下位词”；同理，“天空中的水汽”

则是“非生存”的形象化下位词。

备注：我们拥有的负面指示性论据还不够，不足以详细地考察基本价值结构（la structure axiologique élémentaire），我们将在第六序列中予以考察。

5. 施事元分配（distribution actantielle）

（1）如果我们认为片段4和片段5组成一个讲述太阳的宇宙悲剧的微型叙事文，那么不能忘记这个叙事文是指向人——更确切地说是指向组成单一施事元主项的两个朋友，这个信息受到内化、记忆，成为以形象化形式呈现的主项价值结构的主要元素。发送者施事键位存在的一个理由，就是它可以将一个价值体系转化为可操作的组合体。太阳是生命原则的化身，它承载着转化这些重要价值的重任，这些价值可谓重中之重的**知识**（savoir）。

（2）微型叙事文的作用不止于此，它容纳了不同的施事键位，其中包含为两个朋友预留的主项施事键位。这样一来，“随着水流流淌的小水汽”在某种程度上就凝聚了/生/与/非-死/的价值合取。在宇宙层面上，这是生存的潜在项；“温煦的热”则被“发送者-太阳”直接转化为指向“接收者-朋友们”的**赠予**。“热”在文本其他地方出现过两次（一次作为“虚拟”内在化程式的对象，另一次作为“被实现的”程式的对象），我们应该对它做出不同的阐释：它首先组成了/想要-存在/的主项，这是一个将会执行叙述程式的主项（我们在下一个序列中分析“苦艾酒”时能见到类似的情况）；它同时又是一个/被期待的存在/，一种价值，一个追求目标，它的整体组成了作为“存在”（étant）的主项。

（3）我们有必要在此指出，发送者-太阳的活动是从“后面”——“在背上”或者“在肩膀之间”——展开的。我们在对发送者动作的空间进行形象化处理时也要考虑到这一点：发送者应该“推着”接收者-主项，给后者指清它探求的方向。主项对“天”的态度却截然不同，大家已经看到，它突出了前部，用面孔冲着“天”。这是“非发送者”（non-destinateur），属于敌对的指示性。这就是片段 5 的主要施事元“天”的施事键位。

我们无须进入细节，也无须预测分析的结果，现在就可以用假设的方式绘出叙事文中所有发送者的施事元分布模式。根据其他符号学家和我的经验，无论分析对象是繁是简，都有必要预设至少四个施事键位上的任意键位的爆裂（éclatement）。根据让-克洛德·皮卡尔（Jean-Claude Picard）倡导的符号学模式，我们可以得出以下分布模式：

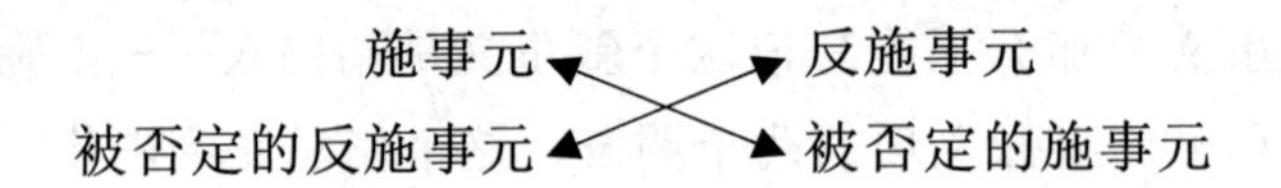

我们对这一发送者“原-施事元”（proto-actantiel）图形做个应用，就能对我们的文本提出下列四种发送者：

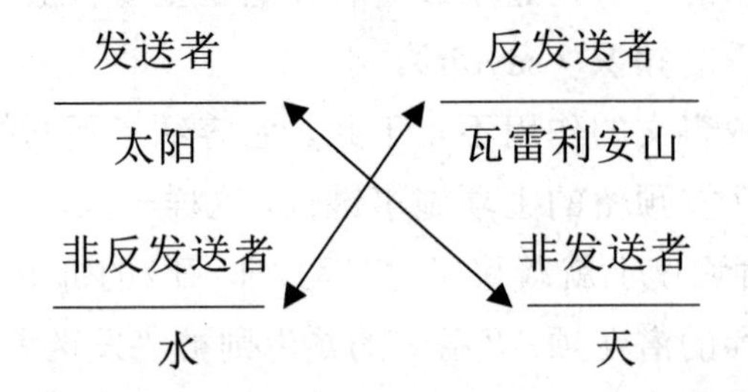

如果考虑到有争议的叙事结构，两个叙事主项，即“两个朋友”主项和“普鲁士人”的反主项，都具备一个双重发送者。我们在后续的分析中将对此做进一步分析。不过我们从现在就应该注意到，根据普罗普模式，在“两个朋友”的叙事程式中，发送者的二分法和叙事文的组合关系内发送者的两个不同键位相对应，第一个键位是发送者的初始键位，第二键位是发送者的终端键位，第二键位接受主项业已实现的程式并对它进行确认。

序列三　散步

莫里索先生，职业是钟表匠，因为时局变化成了家居兵。[①]一月里的一个早晨，天气晴朗，他两手揣在制服的裤袋里，肚子空空，在环城林荫大道上溜达。他突然在一个同样身穿军服的人面前站住，因为他认出对方是他的一个朋友。那是索瓦热先生，以前常在河边钓鱼的一个老相识。

…………

且说他们彼此认出来以后，就用力地握手；在这样迥然不同的情况下不期而遇，他们都十分激动。索瓦热先生叹了口气，咕哝着说："发生了多大的变化哟！"本来脸色阴郁的莫里索也感慨地说："多好的天气呀！今天，还是今年第一个好天气。"

天空的确是一片蔚蓝，充满阳光。

他们心事重重、闷闷不乐地并肩走着。莫里索接着说："还记得钓鱼吗？回想起来多么有趣呀！"

索瓦热问："咱们什么时候再去？"

他们走进一家咖啡馆，每人喝了一杯苦艾酒，然后又继续在人行道上溜达。

莫里索忽然站住，说："再喝一杯呀，嗯？"索瓦热先生同意："随您的便。"他们又走进一家酒馆。

从那家酒馆出来的时候，他们已经晕晕乎乎，就像一般空着肚子喝酒的人一样，有些头晕眼花了。天气暖和，微风轻拂着他们的脸。

经和风一吹，索瓦热先生完全醉了。他停下来，说："咱们现在就

---

① 依据格雷马斯原作，此句没有被归入"序列三"中，疑为原作疏漏。——译者注

去？”

“去哪儿？”

“当然是去钓鱼。”

“去哪儿钓？”

“当然是去我们那个岛上了。法国军队的前哨就在科隆布附近。我认识迪穆兰上校；他们会放我们过去的。”

莫里索兴奋不已：“就这么说。我同意。”他们便分手，各自回去取钓鱼工具。

（一小时以后，他们已经并肩走在公路上。）

1. 序列的组织与身份

1.1 时间与空间的框定（encadrement）

首先我们应当澄清，惯常的文本切分法和序列的框定，尤其是空间和时间的析离，只能部分地应用于本序列。事实上，从时空同素复现的角度看，第三序列与之前的第一序列处于同一时空同素复现的位置上。本序列开头就在与开始的叙事文、第一序列在同样的被限定空间——巴黎展开的，同时，它也是在同样的叙事时间——**彼时**（alors）中展开的。

从这个角度看，这两个序列的开头没有差别，然而，本序列在结尾处却有显著的时间（“一小时以后”）和空间（“在公路上”）析离，它的分界标志开启了后续的序列。第一序列和第三序列在相同的背景——一个持续性的时空——内部行进，我们应该据此找出话语组织的原则。

1.2 散步

（1）在时空标准缺位的情况下，我们可以通过区分施事者来找到两个序列的不同，进而区别这两个序列。事实上，第一序列和第二序列是这样区分的：

集体施事者（巴黎）　vs　个体施事者（两个朋友）

同样道理，在两个施事者的总体谓词化（prédication）层面，区别就更加明显了：

“状态性”谓词　vs　“不及物作为”（faire intransitif）性谓词

第一序列从施事者“巴黎”的本质出发来展开介绍，而第三序列导入了施事者，他们浮于表层，通过作为（faire）——散步——表现出来。

（2）我们在第一时间会把散步当作不及物的作为，这样就可以得到一个更加抽象的语义再现，散步被视作空间内的运动，可以进一步视作普罗普模式中的“位移”（déplacement），它的主项和对象处于缉合（syncrétisme）状态；也就是说，二者被同一个施事者所代表。这是一个“自反性语段”（énoncé réfléchi）：

位移作为（主项：施事者→客体：施事者）

自反性语段也仅仅是主项之想要的**空间形象化**（la figuration spatiale du vouloir du sujet）。

我们能看到：

散步　vs　找寻

从这个图示可以看出一种对立关系，一方面是“没有客体的想要”，另一方面是“有目标的想要”，后者具备虚拟的叙事程式。从叙事的角度看，这种对立关系将序列三和序列四区别开来。

（3）大家能看到，我们的分析步骤起始于施事者，它们表现为话语主项，话语主项拥有可以在叙事语段中触及行为者的谓词，我们的分析步骤也在试图从话语表现中找出一种潜在的叙事组织结构，搞清楚叙事语段是如何实现分节式连接的。这样，话语施事者的行为就能作为文本分节的依据，施事者的在场或缺席、出现或消失以及它的谓词的显著变化，都可以看成文本的“分界标识”，起着与时间-空间标准同样的作用。

“散步”序列的表层组织可以用下列图示呈现：

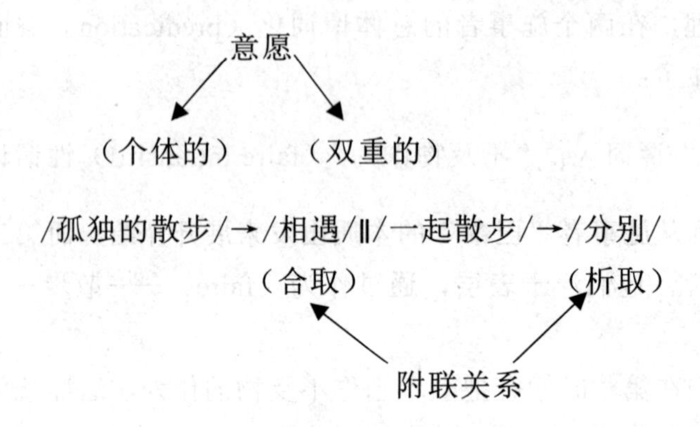

大家能看出来，通过分析散步的形象化表现形式，陈述发送者的叙事计划就呈现出来了。

1.3 走与停

（1）我们上面分析的两个序列的对立性如下图所示：

$$\frac{\text{序列三}}{\text{序列四}} \simeq \frac{\text{散步}}{\text{找寻}}$$

两个句子片段的循环复现（la récurrence）促成了新的辨认（la reconnaissance），两个序列就这样联系起来了：

序列三：“并肩走着……”

序列四：“并肩走在公路上……”

形象化谓词“走”的同一性和持久性通过双重行为者“两个朋友”的“并肩”在空间上表达出来，通过这个共同的语义支撑，表达出了两个**作为**的对立。

“并肩”的第一次出现位于序列的中间，出现在上面的图示中垂直双线的位置，它将该序列一分为二，每一部分都是一个可被本能地识别的亚叙事程式（sous-programme narratif）。在第一部分中，两个朋友孤独散步的唯一目的似乎就是相遇，并组成（或者再次组成）双重行为者；而在第二部分中，“肩并肩”的散步似乎是在准备启动找寻的必要条件（分离是旨在让二人都装备上钓鱼工具）。

我们在这里看到了一种循环复现，我们可以称之为“分界功能”（fonction démarcative）：它标识出重复的句子片段并赋予它们价值，如果没有这种循环复现，句子片段就是任意的句子，不具备任何文本组织功能。

（2）在同一序列中，我们还能观察到另一种循环复现，即动词“停止”的三次重复，这个动词在文本的其他任何地方都没有再次出现。第一次停止能从实用的层面得到解释（两个朋友的相遇，这是被描述的事件），该动词的其他两次使用伴随着发音语段，带有动词“说”的意涵。鉴于这个“说”受到躯体停止的强调和置换，所以它变成了受到强调的“说”：和在第一种循环复现中的情况类似，这个“说”宣示着**持久性中的入射**（l' incidence dans la permanence），而外显的叙事转化却位于“认知层级”，也就是说，这个叙事转化宣告着某个决定。

循环复现的分界功能再次变得清晰起来：第一次“停止”顺延了事件的趋势，属于“实用性质”，它与另外两次“认知性质”的停止相区别。这三次“停止”都是“叙事推进（progrès narratifs）的号角，它们同时也将这个序列进行了分段：第一个停止开启了双重行为者重组的叙事文——在文本中表现为两个朋友相会后的静止，另外两次停止依次由莫里索和索瓦热先生执行，后两次停止将文本的第二部分划分成片段并对之进行了强调，这些片段分别对应着“想要-做”（vouloir-faire）的建立和程式执行的“合同”。

（3）切分法标准的多样化必然会诱发一种现象，即叙事组合体和文本序列中词项的不协调。如果它们之间处于协调状态则反倒会我们惊讶。

具体到我们所在的序列，它的分节也是按照上述基本原则：如果依据施事者的**静止** vs **动态**的标准则可以分为两部分，“实用性停止”和“认知性停止”的对立也确认了这种划分方法，这两种停止是叙事推进的先声，本序列看起来像是对叙事程式的文本覆盖，对叙事文本的解释也必然衍生出上述的划分原则。

2. 事件的降临

2.1 时间化与体化

（1）我们要研究的序列就这样出其不意地开始了，它与前面的序列没有任何明显的联系，而是以一个处于扩展状态的长句开始，长句中能看到两个法语时态的对立：

$$\frac{\text{未完成过去时}}{\text{“散步”}} \quad \text{vs} \quad \frac{\text{简单过去时}}{\text{“停下来”}}$$

我们能看到，这种对立不是源于两个动词时态的区别：我们在前面已经简要地用过分析动词词根的办法，如果这里也用同样的办法，则能看出这里表现出的是句子语义呈现层面的范畴对比，基于此，我们可以说，这种对立通过适当的语法范畴得以产生在具体的自然语言中。

（2）大家知道，在法语中，“未完成过去时”与“简单过去时”的对立只是体的分节，它只属于次要的时间系统，为了与首要的“现在的系统”相区别，我们可以称之为“当时的系统”。这里涉及对时间性的两种分节：第一种和“现在”相关联，也就是说，它处于陈述活动主项的时间键位上，第二种分节则以“当时”的键位为基点，也就是说，它位于时间过程中的任意一个被选择的点上，相对于陈述发送者的键位而言，它要么处于“之前”，要么处于“之后”。

两种情况都属于时间脱离（débrayage temporel）现象，因为语段的时间和陈述行为的时间永远不可能是同一时间。如果考虑到陈述行为的“现在”和语段的“现在”共同具有的口语特点，这两个“现在”似乎具有同一性的特点，但是读者的视角却彻底颠覆了这种虚幻的假象：语段的时间等同于阅读的时间，而陈述行为的时间却被移置，被“脱离”至过往的时间中（在本文中，它位于1883年2月5日莫泊桑的这篇短篇小说第一次出版之前）。

按照这种方法，那么我们可以认为，在一种语言中进行言语组织时，所谓的“时间问题”其实就是对两种不同的时间体系进行选择性开发，这种时间化处理的性质不是时间性的，而是逻辑-语义性的。“现在”和“当时”的两个时间键位具备**参照的指示性**（deixis de référence），时间和体的范畴就在这个指示性的参照下展开。当然，这两个指示性也受到它们与陈述行为的时位指示性之间的关系的调节，对三个指示性之间关系的阐释可能伴随着新程序的确立，新程序可能会给两个时间系统赋予**时间性客观化**（objectivation temporelle）或者**时间性主观化**（subjectivation temporelle）的功能。

（3）这样，有时被我们称为“叙事时间”的时间和“当时”指示性所标明的“当下”一致，这是一个故事性的当下，它可以隶属于“过去”或者“将来”，我们可以据此进行分节：

/从前/ vs /在……时/ vs /之后/

此时的分节与真实的时间性没有任何关联，它就变成对一系列逻辑关系键位的时间化处理：

/时间上的先在/ vs /时间的同一性/ vs /时间上的后在/
（以“当时”为参照）

大家能看到，法语中的时态（用未完成过去时表达的“散步”vs 用简单过去时表达的“停下”）借助于语法形式实现了叙事性的现在时，它也对叙事进行了“客观化”处理。而乔治·贝尔纳诺斯[①]用“现在”取代习惯上的“当时”的努力也并未“破坏”叙事，而是对其实现了“主观化”。

（4）逻辑-语义范畴对时间性的组织伴随着一个新的时间范畴：

/恒在性/ vs /接合/

从本质上讲，它只是对下图时间范畴的变通：

① 乔治·贝尔纳诺斯（Georges Bernanos,1888—1948），法国小说家、评论家。——译者注

/继续/ vs /非继续/

它可以普遍地用来解释奇妙的“自然世界”。

从组合关系的角度看，根据时间的线性，话语是一系列的恒在性和接合的交替，一个接合必然出现在两个恒在性之间，这样就可以区别两个恒在性。二者的这种接续构成了一种自主组织，它将时间性限定导入“状态”和“作为”的叙事语段系列中。

从聚合的角度看，我们能发现多个平行的、共时的叙事文，这些叙事文有的囊括两个恒在性，有的囊括一个恒在性、一个结合。

（5）整个时间配置如果要在话语中凸显出来，就得服从于体的分节。**体态性**（l'aspectualité）是时间在呈现和受到解读时具备的表层形式。从聚合的角度讲，这种现象可用如下公式表达：

$$\frac{/\text{恒在性}/}{/\text{接合}/} \simeq \frac{/\text{持续性}/\text{重复性}/}{/\text{准时性}/}$$

备注：“持续性”可看作是被等值的准时性填充的延续。

我们前面曾见过，在组合连接中，尽管相连的持久性和接合会被从体的角度诠释为延续性和准时性的续接，但是它们并不会被赋予“动力”，也就是说，这些相连的持久性和接合是“过程”（procès），它的准时性就是这个过程的起点或终点。在话语表面的深层，**逻辑转化**（transformations logiques）与**体态转变**（changements aspectuels）相对应，可用下图表示：

/始动性/→/持续性/→/终结性/

（6）最后，我们可以命名时间性，它可以接受一系列的语义限定：我们后面会将被命名的恒在性称为“阶段”（une période）（如冬天、散步），将被命名的接合称为“事件”（un événement）（如攻占巴士底狱、停止）。

2.2 施事者-主项的聚焦

（1）我们终于要开始考察这个序列了。本序列的开头建构一个被命名为“散步”的时间恒在性。作为“阶段”，它被镶嵌在另一个叫作“一月里的一个（晴朗的）早晨”的阶段中，它是第一个阶段的下义性称谓，它是相对于“春天”→“秋天”提出的，秋天是第二序列的时间背景，这个阶段其实就是冬天。而这个阶段又被囊括在一个更为广泛的时间内，它被命名为“战争”(参见：第二序列是以“战争前”开始的)。

我们现在面对着一系列的“时间套置”，从深层上讲，这是一个四重机制，在这个时间背景下，事件被逐一展开。但是另一方面，所有的阶段都互相套合，它们具有相同的性质，有可能形成**同质化**（homologation）。这些阶段都含有**不悦**的内涵，除了一个“晴朗”的“早晨”：但这个阶段所处的模糊位置为**不悦**的特点埋下伏笔。

（2）我们现在来考察一下和事件标识平行的空间限定：

1）“一月里的一个早晨，天气晴朗”

2）“在环城林荫大道上”

我们能从中看到空间套置大致相同的原则：“环城林荫大道”相对于前面已经介绍过的包含性空间巴黎而言是被限定的下位空间，两个空间拥有相同的词素**环性**（circularité）。这样，“巴黎”的空间也似乎是一个受到更大空间限制的空间，另一方面，“林荫大道”的空间变成了**空间地点**（lieu topique），因为两个朋友在场，它被人性化了。

（3）我们要介绍的作为施事者的人被空间性和时间性的坐标界定限制起来，它们似乎被赋予了新的动能，受到“聚焦”，这一聚焦通过连续的同心圆的方式，从最为宽广的时间空间指示性向最为缩略的指示性过渡，最后由发送者给目标客体进行了定位。

在导入莫里索先生的时候，用的也是同样的手段。这个小片段的主项首先以一个具有照应特点的“他”（il）的形式出现，“他”包含着很少的限定成分。与上一序列相比，这里的“他”只是上一序列最后一句中主项“on”[①]的延伸，它明显地标识着从任意的“on”向特殊的和个体化的“他”的过渡。正是通过覆盖一系列的形象化限定的方法，“他”才变成一个由专有名词加强的个体，专有名词是这个代词个体化和单一化的信号。

（4）位于对莫里索先生指称之前的形象化限定有：

1）已经考察过的时间和空间的限定

2）施事者表象外部的限定：“两手揣在制服的裤袋里”

3）施事者表象“内部”的限定：“肚子空空”

人名（l' anthroponyme）之前的限定和它之后的限定相对立：“职业是钟表匠，因为时局变化成了家居兵”。这种对立似乎是“暂时的特点”与“永恒的特点”之间的对比，将“个体化的”修饰语和“社会化的”修饰语分开，在文本中以交错配列法（chiasme）的形式呈现出来：

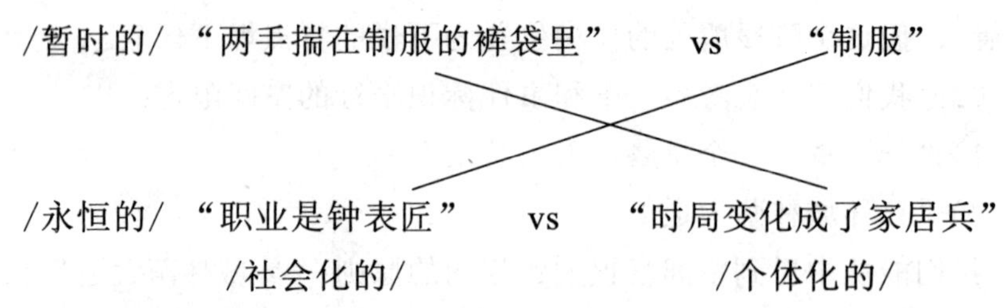

备注：这里应该指出，这个文本中两位都有的“兵役”状态只被标识过两次，分别位于叙事文的开头和末尾：制服“裤子”和与之对立的“制服（上衣）”。

“肚子空空”只是集体施事者“饥饿的巴黎”的照应项，它是施事者内在性的形象化再现（它位于/包括/vs/被包括/的对立关系上）。这样一来，“空空的肚子”就和本序列后面的片段中提到的“肚子里装满了酒精”相对立，它也可以和“充满光的天空”形成比较。

由此可见，同心圆状的方式对施事者-主项实现了最大限度的聚焦，我们认为，它是本片段最主要的文本组织者。

① “on”是法语中的不定代词，有时为了模糊处理主项，可以代指任意的人称。——译者注

2.3 叙事的发起

（1）对施事者莫里索的介绍终结于谓词“忽然站住”，而对索瓦热先生的介绍跨越了序列界限，延续到插入性序列中。散步是叙事文想象性的**当场并立刻**（hic et nunc），如果它标志着空间-时间恒在性的确立，那么“站住”则是接合的标志，它是用来强调事件的信号，是叙事的发起者。这里的“站住”只是散步空间中的简单停止。“时间”也被即刻终止，为了让被记忆的时间分列到线性叙事中：这是话语的断裂，该断裂还原了叙事。

（2）接合在时间化过程中处于组合的连贯中，表现出/准时性/的特点，它可能承载着两种体的阐释：“站住”可以被阐释为孤独散步的终结体，也可以被理解为新的时间延续的始动体。这一叙事始动也能从昼夜轮回和季节更替中得到印证，叙事文是这样开始的：

“一月里的一个早晨，天气晴朗”及“今年第一个好天气”

3. 施事者的重组

3.1 辨认

（1）大家知道，在亚里士多德的叙事理论中，辨认占据着选择的位置，它通过将（生命、事物和事件的）/不-知/的状态转变为/知/的状态，并由此促成叙事文的推进，在叙事文中扮演着“枢纽”的作用。我们接受“辨认”的这种功能性阐释，同时，我们可以视它为话语分节的更宽泛形式，它属于话语的自主“认知维度”：在这种情况下，这是两个分离的认知状态的牵连，也涉及这两个状态的互相转化。根据对认知状态的限定模式，认知在从/不-知/向/知/转化时是简单模式；而当简单模式被认定为“虚假的谎言”时，认知的第二状态才是“真实的”，则这个辨认就变成复杂的，受到了过度限定。

（2）具体到我们的分析，这里的辨认是简单性的辨认，它指向施事者-客体：它的转化由莫里索先生或者另一个任一的“同事”（即朋友）承担。

我们知道，词素“同事”和“朋友”指代与“行为者角色”对应的“主题角色”，“行为者角色”由“不-知”和“知”的模式定义，当只存在“知道”的行为者-客体时，分离范畴（catégorie disjonctive）会受到语义限制，对辨认做出定义：

/未知/ vs /已知/

“同事”和“朋友”作为**主题角色**可能被扩展，最终发展为完全的话语程式——我们在前面的“垂钓者”分析中见过类似的情景。“同事”这一词素在当前可能没有被这样开发，但是“朋友”却不同，它被具体化为“河边认识的熟人”，引发了介绍这段友情的进一步话语发展。

我们之前已经充分讨论过插入式程式，所以此处就不再赘言。在此我们只补充一点：插入序列内容的照应化伴随着“主题角色的”组合化。如图所示：

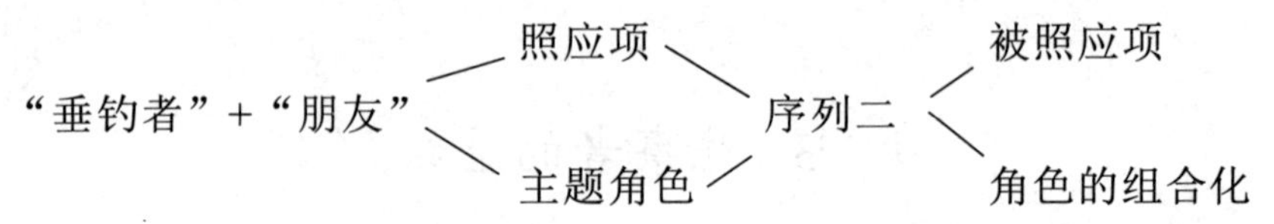

3.2 重逢

（1）鉴于序列二的功能是建构双重施事者，所以辨认过程中价值内容的再现可被看作是两个施事者的重新合取，从认知层面看，这种合取建构了旧的施事者。此时我们可以区分：

“互相认出”vs“再次重逢”

这个区分首先标明的是在“认知层面”的双重合取，其次是“身体层面”的双重合取。文本赋予体距学关系极重要的地位，它曾经两次用交错配列法的形式强调体距学关系：

$$\frac{\text{/运动/ “用力地握手”}}{\text{/静止/ “站住”}} \simeq \frac{\text{/静止/ “并肩”}}{\text{/运动/ “步行”}}$$

某种意义上，形象化的合取确认了双重行为者的建立。身体作为的描写很快就得到一个同质化（homologation）的阐释：

“握手” ╲╱ “用力地”
“非常” ╱╲ “受到感动”

身体行动表现得很激烈，像精神层面上的运动。

备注：两个朋友握过两次手：第一次在重逢时，第二次在诀别的场景中。这是叙事聚合组织的多余的明证。

（2）两个朋友的“激动之情”不仅仅——或者说不完全源于“重逢的喜悦之情”，而是源于重逢在各人“如此不同的境况之中”：境况的对比造成了内容的对比，内容的对比引发了内在的悸动。从语法角度审视“境况”，我们发现这是两个空间-时间相对的框架：

$$\frac{\text{/包含的/}}{\text{（河边）}} \quad \text{vs} \quad \frac{\text{/被包含的/}}{\text{“巴黎”}}$$

$$\frac{\text{/往昔/}}{\text{“战争前”}} \quad \text{vs} \quad \frac{\text{/现在/}}{\text{“战争期间”}}$$

$$\frac{\text{/欢欣/}}{\text{“节日：星期天”}} \quad \text{vs} \quad \frac{\text{/阴郁/}}{\text{（日常）}}$$

大家能看到，对“境况”的提示组成了双重照应，分别呼应第二和第一序列，“境况”拥有共同的范畴框架支撑，在强烈的对比中，提出了众所周知的强烈对比：

{/生/ + /非死/} vs {/±非生/ + /±死/}

3.3 内容的潜在化（virtualisation）和现时化（actualisation）

（1）通过辨认介绍出来的内容是“潜在的”，而被现时化的内容却加重了共同的不悦。我们可以对两个朋友的言语交际模式做出如下图示：

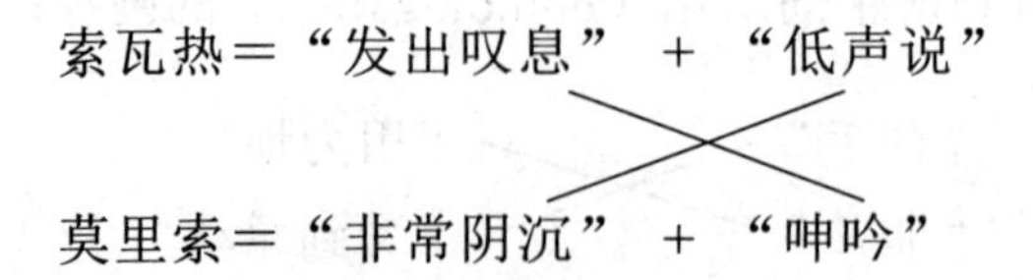

通过主角之间的一轮对话，我们能看出尽管人物对白存在同质化的可能，但是不悦状态的强度持续增加。事实上，“呻吟”是“叹息”的加强形式，而根据《法语小罗贝尔词典》，“不悦的”一词则是源于“愁苦的忧伤，甚至会带来‘失语’”，该词可被视为“低声说”的强化否定形式。大体上，我们可以把第一种阴郁状态命名为“悲伤”，把第二种阴郁状态命名为“痛苦”。

（2）需要注意的是，（被呈现的）“陈述行为”层面上对不悦的强化与“语段”（énoncé）层面惬意内容的出现相关联。所以：

陈述行为		语段
“悲伤”	≃	阴郁“各个事件”
“痛苦”		欢欣“多好的天气呀！”

如果我们要对这个聚合结构进行组合处理，则会意外地发现被陈述的内容在逻辑上处于先位，并调节着陈述行为的内容转化：这是因为惬意的内容出现在语段中，不悦状态在陈述行为中得到了加强。

我们必须承认，在精神层面[1]存在着一个陈述过程。这个过程是在上一个语段进行“不同境况”比较的时候出现的，当时，为了便于比较，惬意内容得到记忆，并被展示出来，而现在，它们在某种意义上就是“在场的”（好天气是可以直接感知到的）。换言之，如果我们采用已经采用过的术语（参见阿里维与J.-C.克盖合写的《文本符号学》中的《价值对象》一文），则价值性内容首先是“潜在的”，受到了“现时化”处理并与同质的内容产生牵连，但是带有否定的信号：这是对相反内容的同步现时化，这样做的效果就是强化了不悦内涵的强度。

① 这里的精神性是相对于宇宙性的精神性。

3.4 幻想的建构

（1）文本对惬意内容进行了两次提示：一次是在我们刚才研究的话语现象中，第二次是紧随该话语现象的自证性句子里：

天空的确是一片蔚蓝，充满阳光。

我们注意到的第一点是文本线性和语段逻辑组织之间的不协调，感叹句“多好的天气呀！”预先假定出对天气状况的辨认。在序列二（片段4和片段5）中，形象化语段后紧随着言语评述，本序列恰恰相反，言语出现在宇宙性的“描写”之前，我们可以把宇宙性的描写视作言语内容的形象化表达，这样两种表现型之间就实现了某种形式的等值。

（2）我们已经提出，在文本的价值组织层面，天空应该被视为象征结构意指过程中的/非-生/。惬意信息的主项是天空而不是太阳，这一点让我们对整体诠释的正确性产生了怀疑。

不错，天空充满着色彩和阳光。但是我们无法区别两个给予（attibution）：“蓝”和“充满了光”，第一个给予是持久性限定，而第二个给予是随机性限定。

1）我们在序列二的分析中已经看到，只有“天空”将太阳的信息传递给人的时候，它才是作为（faire）的施事者。如果说天空“充满了阳光”，并不是说它是光亮的物体，而是在强调它是一个“空泛的地点”，它只是偶然地充满了光，就像施事者的人那“空空的肚子”借着苦艾酒变成了“盛满酒精的肚子”一样。光是太阳的象征，但是相对于它的另外一个象征“热”而言，它的位置应该如下图所示：

$$\frac{/热/}{/光/} \simeq \frac{/存在/}{/显现/}$$

至此，天空的信息只剩下“太阳”的显现。

2）另一方面，“天空”在其他地方都是“瓦蓝的”，蓝色才应该是天空的特性，但是我们需要注意的是，莫泊桑的色谱——至少在我们研究的文本中——是极端贫乏的，这也许是出于偶然，它大概只有“蓝、白、红”三个颜色。另一方面，我们应该补充说明一点：事物的色彩在文本中是浅层的、令人失望的。的确，我们能看到以下色彩范畴：

这一色彩范畴只要位于“显现”的层面，它便和“太阳”与“天空”两个词素是对应关系。

（3）蕴含着“天空的”信息的语段，现在需要考虑它的真实性的地位。这个语段是什么含义呢？它在为谁进行意指呢？它的述真（véridiction）是如何得到保障的呢？

我们认为述真的问题主要取决于叙事的“认知维度”，陈述行为的主项会对特定的“认知空间”进行重组和配置，这种重组和配置也会对述真起到中和作用。

1）第一种类型的此种空间在两个跨叙事行为者（les deux actants transnarratifs）之间，通过某种默契合同的形式构建的**全面空间**。这里的跨叙事行为者指的是具备文本事件“普遍知识”的陈述发送者和陈述接收者（或者称为读者）。在我们的分析中，这是一种全面的知识：它可能有其他情况，陈述发送者所在的价值体系会组成一个阅读的窗口，它在文本中有时明显，有时隐蔽，可以让人知道文本客体的“真实”身份，即生命或者事物。我们刚才就是利用它来做的分析，这样做的前提是我们得承认所有的表现性都位于显现层级。

2）另一方面，发送者可能把某种“知识”下移给某个叙事性行为者，这样就会在语段的内部构造起一个或多个“部分性的认知空间”（espaces cognitifs partiels），它们不一定符合总体的认知空间（参见：亚里士多德式的辨认）。然而，这样建构起来的“认知主项”不仅是“知识”的拥有者，它还可能是“知识”的操控者。这样一来，“目光空间”之上会生成一个“作为空间”，叙事的“自主认知维度”就出现了，事件不是实用性或者身体性的，而是认知性的，“自主认知维度”正是事件场所。就此，我们可以区分两种不同的“认知作为”：

说服性作为　vs　诠释性作为

它们通过扩展（expansion）成为两种重要的话语基石。

我们注意到这两类作为大体上与两类施事键位相对应，即发送者键位和陈述行为接收者键位，第一键位试图使陈述行为接收者接收它的“知识”，第二键位试图根据自身的模式符码对“知识”做出解读。

3)我们会在研究后续的序列时遇到一模一样的认知结构。“天空”处于发送者的行为者角色上（根据第56页序列二的最后一个图示，也可以说它处于非发送者的位置上），承担着一个“说服性作为”，试图让陈述活动的对象（两个朋友）接受它对本质的限定，我们已经看到，这些限定是“谎言性质的”。我们可以参照述真的符号学矩阵：

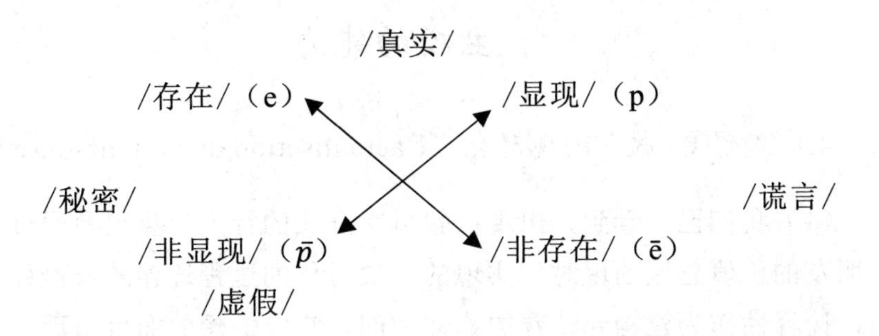

我们不难看出，“天空”的“说服性作为”的作用就在于通过认知操纵（manipulation）（=“蓝色”和“充满阳光”）实现转化：

$$/p + \bar{e}/ \Rightarrow /\bar{p} + e/$$

结果是：将“显现但不存在”的事物介绍成了既“显现”又“存在”的事物。这就是“作为的谎言”的定义。

4）陈述行为话语接收者（两个朋友）执行着诠释性作为，但是它的执行效果很差（这只是众多诠释中的一种类型），因为它将事实上的（表面的）“谎言”当作（显现和本质层面的）“真实”。在说服层面（persuasion）的“谎言”变成了阐释层面的“幻想”。

（4）我们接下来应该反思一下两个朋友的诠释性作为虚弱的原因，为什么它轻易掉进了幻想的陷阱？答案似乎寄寓在我们曾经见过的价值总域的形象化再现与它言语外延之间的虚假等值（pseudo-équivalence）中。面对“的确是一片蔚蓝，充满阳光”的天空，莫里索的反应是“还是今年第一个好天气”。这与第二序列中索瓦热先生的感叹“多美的景致啊！”如出一辙。换言之，在以上两种情况中，价值角度上的/非生/（或者/±非生/）是在美学范畴的框架内被诠释的，它们等同于“美”，“美”被放置在了与“真实”相同的键位上。陈述行为的主项——被称为莫泊桑的人——发送出的信息位于总体的认知空间中，该信息似乎是：美是/非生/的伪装，美创造出了幻想。

对天空状态的评估开启了部分的认知空间，它的特点是两个朋友在追求真实过程中遇到的**幻想性知识**（savoir illusoire）。

4. 主项的能力

4.1 “想要-做”的现时化（l’actualisation du vouloir-faire）

（1）我们已经看到，出现在叙事文开头的行为者重组是通过对两个朋友的价值总域的现时化实现的，现时化的过程还伴随着诠释性**作为**，诠释性作为建构起特殊的认知空间，它以**幻想**的面目出现。上述内容是左右文本的叙事程式出现的先决条件，这也是建构行为者能力、确保程式运作的先决条件。本序列的第二部分主要任务是建构这一叙事聚合体。

本序列根据/静止/vs/运动/的对立被切割为两部分：先是两个朋友重逢后的止步，而后是二人一起重新出发散步。漫无目的的散步和其后出现的有目的的找寻形成对比：散步成了程式出现前的先期张力（tension antérieure）的形象化表现，程式与事件的虚空对应着，但是它却赋予了潜在的叙事机制丰满的特点（le trop-plein）。

（2）所以，在辨认的过程中，序列第二部分的第一片段似乎以“潜在化的”形式对垂钓程式进行了“再次现时化”（re-actualisation）。我们可以说，出现在这一序列的“叙事过程”只是针对两个范畴的分节：

1）它标志着从“潜在”向“现时”的过渡；

2）它隶属于受到价值化的内容的两种存在模式——组合模式和聚合模式。这两种对立属于“价值”与“意识形态”之间的对立。

本序列中第二部分的叙事语段是这样呈现的：

叙事语段 1＝价值的潜在化（对第二序列象征化总域的辨认）

叙事语段 2＝价值的现时化（“好天气”的出现）

叙事语段 3＝意识形态的潜在化（对第二序列中“垂钓”程式的辨认）

叙事语段 4＝意识形态的现时化（对垂钓的怀旧）

（3）这个图示只考虑到被编排的惬意的内容。我们的分析也表明，在辨认实现的瞬间，死亡内容与生命内容同步存在，它们产生了牵连或者矛盾的关系。相关的片段带有两个朋友对立的性格特点：

“梦想的” vs “忧伤的”

“梦想的”是对被我们称为“逃逸之梦”的意识形态程式的现时化，“忧伤的”参照的是阴郁的氛围，是对前者的平衡。

（4）“回想起来多么有趣呀！”是对梦想的复现，它既是对垂钓程式的现时化，也是对处于往昔的“想要”的潜在化，索瓦热先生的回答“咱们什么时候再去？”构成了一个新的叙事程式。这个修辞性的疑问句等同于一个感叹句，引出了“想要-做”，顺便引出了对“想要-做”的现时化，但是这个现时化不可能实现。该片段不仅包含着叙事程式的现时化，还在集体行为者的模式层面包含着：

1）“想要-做”的断言（assertion）

2）“不-能-做”的断言

二者构成了语段叙事程序的限定状态，更确切地讲，它构成了该程式组成部分**通过叙事主项的能力获取**（l'acquisition de la competence par le sujet narratif）。

4.2 幻想的“能够-做”

（1）我们已经看到，反复出现的动词“停止”给序列三的第二部分赋予了很强的节奏感，导入了散步的非延续性。尽管动作的停止伴随着叙事状态的断裂，这两个“停止”也是陈述性的而非身体性的：第一次停止和其他两次停止不具有可比性，后两次停止是情感性的，在酒馆的停留（吸收苦艾酒）组成了和苦艾酒的合取。

考虑到叙事展开的地点和叙事可预见性的模式，我们可以认为“停止”造就的高潮时刻对应着对“能够-做”的获取，在前一片段中已经流露出“能够-做”的不可能性，这种获取有两种存在模式：

停止 1 “潜在化的能够-做的获取”

停止 2 “现时化的能够-做的获取”

从“潜在化”向“现时化”的过渡与“苦艾酒”和“暖和的天气”这两个外部因素对双重主项的作用之间存在着关联性。

在做进一步分析之前，我们需要澄清，在序列三和序列二最后两个片段之间存在着聚合关系，序列二最后的两个片段是价值体系的指示项。事实上，第二序列中宇宙层面的表现被分为两个部分，分别用“甜美”和“景致”诠释；而第三序列操弄着“第一个好天气”“天气温和”两种状态，实现了组合换位（permutation syntagmatique），图示如下：

序列二＝/甜美/ → / 美/
序列三＝/美/ → /甜美/

在对两个序列的阅读中，我们能看到一个明显的差异：在前一个序列中，被“甜美”指称的价值总体被认为是真实的，“多美的景致”的出现提出了两个朋友的无意识和“不-知道”；在后一序列中，我们已经知道，“美”所标注的价值（大家知道，它只是表面的）已经事先建构起来了，所以“甜美”标注的价值只具备不真实性和幻想的地位。

很明显，在这种情况下，“能够-做”被双重主项首先潜在化，后来又被现时化、获取，它已经被高度限定，纳入“幻想性能够-做”的模式。

4.3 蒙骗者

（1）我们已经指出，外部要素或者叫形象化施事者诱发了意指的终止，它们有两个："苦艾酒"和"暖和的天气"。如果将它们视作拥有谓词的陈述主项，我们可以认为它们的外显功能具有同一性：

主项		**谓词**
"苦艾酒"	→	"使……晕头转向"，"搅浑水"
"暖和的"＋"天气"	→	"使……陶醉"

在考察手段之前，我们已经遇到了对称的非对称化（la dissymétrisation de la symétrie）问题。这是莫泊桑写作中常见的习惯自动性（automatisme）。我们先来介绍一下《法语小罗贝尔词典》对各个谓词的定义：

使……晕头转向（étourdir）：使……丧失一半意识

搅浑水（troubler）：通过搅拌，改变透明度、清澈度

使……陶醉（griser）：稍微地晕头转向（所以，"使……陶醉"的下一步就是"使晕头转向"。）

我们能看到，形象化施事者位于认知层面，它的作为（faire）的功能是改变主项的认知机制，并使主项的诠释性作为失去效能，这样就开拓出一个幻想的认知空间。我们可以认为，形象化施事者在述真层面担负着可被定义的行为者功能，通常我们把这一功能称为"蒙骗者"。

（2）蒙骗者——这是个重要的行为者功能，其类型学有待进一步澄清——是让自己充当他者的角色：在我们的考察中，它通过话语谓词承担着叙事功能，与此同时，它也是一个戴着"面具"的角色。换句话说，"苦艾酒"和"暖和的天气"是戴着面具的施事者，它们是"主题角色"，在"显现"层面却在显示着其他施事者的存在，它刻意想被当成其他施事者。它就像印度故事中一只戴上念珠的公猫假装成的佛僧一样。我们的分析路径正好相反：在印度故事中，我们知道它尽管

戴上佛僧的面具，但是它本来就是一只公猫。在我们的分析中首先面对的是佛僧（≃“苦艾酒”和“暖和的天气”），我们需要找出这只假装扮演佛僧的公猫来。

（3）叙事模式知识这次又能帮我们的忙：在我们所处的叙事键位上，行为者主项表现出某种缺位，即“能够-做”的缺位。此时显现的蒙骗者要通过移置操作，让人以为它是拥有“能够-做”接收者-主项的“陈述行为的发送者”。我们的语段中出现的“欺骗者地位”可以这样细化：

1）在“谎言”模态下，它以“发送者”的形式出现（佛僧）；

2）在“秘密”模态下，它以“反发送者”的形式出现（猫）；

3）在“作为”模态（而不是“存在”模态）下，它是一个“转化者主项”，能够将谎言介绍成事实（即动词“使……晕头转向”“搅浑水”“使……陶醉”的结果）。

4.4 蒙骗者的两个形象

（1）按照上述定义限定的蒙骗者是行动角色的缉合，我们同时需要注意，它同时也是“形象化施事者”，也就是说它承载着形象化价值性的内容，现在需要把它们一一厘清。

我们先来考察“苦艾酒”，乍一看，苦艾酒就是一种“高浓度白酒”（eau de vie），这是一个融合了“水”（eau）和“太阳”（Soleil）价值的复杂词素。我们认为它在形象化层面代表着位于正面指示性上的两个发送者：发送者（太阳）和非-反发送者（水）。尽管“苦艾酒”会以“液态”的形式呈现，但是因为在文本中没有其他明确的标识，所以我们不能说它是/生命-热/的载体。这是一个复杂的词素，它的一个极点（太阳极）被遮蔽着。

然而，当“苦艾酒”出现在文本的关键时刻，即莫里索突然止步的时刻，该词素宣示着“能够-做”的获取，它被指定为“绿色”，也就是说，从太阳的层面看，它受到/显现/的颜色价值而非/存在/的价值的指认，/存在/的价值属于热力层面。/绿色/位于颜色范畴的内部：

$$\frac{/\text{红色}/}{(\text{太阳})} \rightarrow /\text{绿色}/ \leftarrow \frac{/\text{蓝色}/}{(\text{天空})}$$

可见“绿色”这个复杂的词素汇集了太阳和天空的价值。本序列中出现的两种颜色是蓝色和绿色，而构成绿色所必需的红色却在此缺席。蒙骗者似乎无法再现太阳的形象，只能借助于幻想性词素：太阳形象伪装在复杂词素中，言下之意是太阳这个陈述行为的发送者在场，同时还有一种“负面支配作用”（dominance négative），复杂词素同时会指明天空这个反发送者的真面目。只有两个朋友错乱的心情可被视为主项“能够-做”的潜在化发送者。

（2）这说明，在/能够-做/的模态进行现时化的时刻，蒙骗者以另一种形象——“暖和的天气”的形象出现。我们可以认为“天气”在此是“天空”的等价物或者下位词。我们在前面已经讲过，叙述者的个体总域是社会价值的变形，它是在/高/vs/低/的范畴内涵压力下产生变形的：

$$\frac{/\text{高}/}{/\text{惬意}/} \text{ vs } \frac{/\text{低}/}{/\text{不悦}/}$$

这一变形迫使“火-太阳”在低层空间发挥效能，将负面指示性进行定位。负面指示性由如下词素组成：“瓦雷利安山-地”和处于高层空间的“天-空”。我们在后续分析中还会找到支撑该分析框架的信息。

我们能够明白，“空气”（等同于天）在低层空间的出现（低层空间是留给太阳的），是蒙骗的第一个元素。

这个空间幻想伴随着另一个幻想：“天-空”受到“暖和的”一词的修饰。“暖和的”是一个复合词素，它位于“热”与“冷”的中间位置，在最后场景“浸没”中，热量范畴中的两个词素通过析离的形式出现，它们不再修饰空气，转而去修饰“水”，如果不顾及这一点，则尽可将“暖和的”视作“复杂词素”，最后场景中的描写是这样的：

河水溅了起来，翻滚了几下，颤动了片刻，又逐渐恢复了平静……

我们无须提前诠释最后的场景，就此可以对热量范畴做出如下分节：

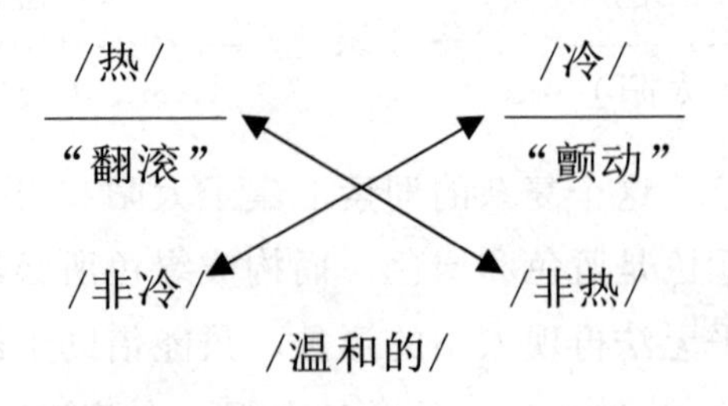

在这个图示中，“温和的”会被诠释成一个“中性词素”，对应着非冷非热的状态。

文本的行进给人造成这样的印象：作为天空施事者代表的“空气”可以被视为词素“非热”的等位词素，它借助于“温和的”一词，给自己伪装上了“水”/非冷/的额外限定，在幻想模式下，代表了另一个发送者。

4.5 非话语行为发送者

（1）主题分析的尝试如果是在更为广阔的语料库背景下展开，那么我们需要做必要的细化，确认蒙骗者的一个特点：它对“复杂语素”分节参与的偏好。

两个形象化施事者担负着蒙骗者行为者的角色，我们根据发送者的属性对它们进行了区别，两个形象化施事者都试图代行发送者的功能。“苦艾酒”可以是太阳的模拟再现者：苦艾酒参与到两个复杂语素中，它不仅暗示了太阳的热量和红色，而且也提示着一种虚假的等值，这是存在于我们已经分析过的两个平行语法结构之间的虚假等值：

“充满光的（天空）”　“充满酒精的（肚子）”

这种虚假等值建立在宇宙层面和感情层面的两个起始阶段的双重虚空（vacuité）上。

（2）如果我们逐字深读文本则会发现，只有这种对应认同（homologation）才可以促成同位素性的过渡，它会使得“苦艾酒”的键位上出现一个非发送者——“微风”。

文本演进至此，两个句子片段之间出现了新的聚合靠拢：第一个句子片段的主项是陈述行为的发送者，第二个句子片段的主项则是非发送者：

1）“和煦的阳光……在他们肩头……洒下一股暖流”

2）“温和的微风……轻抚着……他们的脸”

我们简短地逐一分析一下比较的词素：

1）我们已经见过发送者太阳在主项的“肩”上施动，它步步向前，运用象征化的手段，指出了动作的方向。非发送者感觉到相反指示性，露出了自己的“面庞”。两个相对的行为者将它们的行为象征化地置放在空间轴上：

/后面/　vs　/前面/

2）从惬意感觉的角度看，两个谓词具有可比性，然而，它们的作为所开启的空间是有区别的：“热”首先是“倾泻”而下，穿入了主项的内部，而“轻抚”则是位于外部的轻触，它们是内在性和外在性对立的体现，分别属于不同的范畴：

/存在/　vs　/显现/

3）最后，尽管“温和的微风”是“天-空”的下位词，戴着表面温和与非暴力的面具，但作为“当下的”、伪装的非发送者，它会促成主项“能够-做”的现时化。

（3）我们最后要考察“暖和的天气”，它创造了一个有可能被执行的“能够-做”，与此同时，它完成了主项的劝说（“索瓦热先生完全醉了”）。“和风”成了虚假的非发送者——如果我们采用以前的术语，可以称之为“虚假发送者”，这样称呼虽不够精确，但是能给人更加积极的感觉，“和风”被蒙骗者包围并拯救了。蒙骗者的施事角色和句法键位已经非常清晰，但是我们还没有最大限度地分析它们的语义模糊性：从表面上看，多面孔的形象性伪装的最后变化最为矛盾。事实上，“苦艾酒”是液体，它是太阳的欺骗性再现，而天气的“温和”似乎首先参照的是太阳的热量，是对“水”的“非-冷”的幻化。

无论如何，两个朋友的幻想性找寻把他们带向了“太阳”和“水”。

4.6 向行动过渡

因为双重行为者的存在，陈述发送者为了保持两个施事者之间的平衡，不得不使用“角色转换”或者“轮流发言”的方法。所以，第一次“认知性”的停止由莫里索先生完成，接下来索瓦热先生完成他的认知性停止。索瓦热先生的停止标志着一个新的叙事过程，它位于刚刚成型的幻想性“能够-做”之后，其作用就是要过渡到行动。当叙事文超越了它的语用作为，发展出一个自主的认知维度时，向行为的过渡可分解为两部分：一个决定性作为（un faire décisionnel）和另一个执行性作为（un faire exécutif）。本序列最后的片段覆盖了这一过渡的两个时刻：做决定的程式以索瓦热先生的“我们去钓鱼吗？”开始，两个朋友的身体性分离是该程式开始执行的标志。

决定需要两个人共同做出，它只能以对话的形式展开，最终以双方取得一致结束。然而，因为“不过即使一言不发，他们也能彼此心领神会”，因为他们都受到相同的“能够-做”的激发，对话就以“照应”的方式展开了，逐步对叙事程式起到现时化的作用，叙事程式的预设目的是取得莫里索的契约性赞同：“逃离的梦想”就这样转变为辅助程式（对前哨站的穿越）。

这里呈现的“契约”不是两个朋友之间的契约，不是在业已建构的双重行为者内部的契约，而是主项和蒙骗者发送者之间的契约。在我们的分析中已经看到，蒙骗者发送者以多种形式得到提示、呈现并最终确立，主项也在虚幻性的“能够”和“知道”的空间中逐步建构起来。索瓦热先生的建议和莫里索的首肯一起构成了这一契约的接受（acceptation）。

序列四　找寻

一小时以后，他们已经并肩走在公路上。他们来到上校占用的那座别墅。上校听了他们的请求，觉得很可笑，不过还是同意了他们的奇怪念头。于是他们带着通行证继续前行。没多久，他们就越过前哨阵地，穿过居民已经逃离的科隆布，来到几小块葡萄园边上；从葡萄园沿斜坡下去，就是塞纳河。这时是十一点左右。

河对面，阿尔让特伊村一片死寂。奥热蒙和萨努瓦两座山冈俯视着整个地区。辽阔的平原一直伸展到南泰尔，除了光秃秃的樱桃树和灰突突的土地，到处都是空荡荡的。

索瓦热先生指着那些山冈，低声说："普鲁士人就在那上头。"面对荒无人烟的原野，一阵莫名的恐惧令他们毛骨悚然。

普鲁士人！他们还从来没有亲眼见过；不过几个月以来，他们时刻感觉到这些人就在那里，在巴黎的周围，蹂躏着法兰西，烧杀抢掠，散布饥馑；虽然看不见他们，但感觉得到他们无比强大。他们对这个得胜的陌生民族，仇恨之外更有一种近乎迷信般的恐惧。

莫里索结结巴巴地说："喂！万一碰上他们呢？"

尽管情况险恶，但是索瓦热先生依然以巴黎人特有的幽默口吻回答：

"咱们就请他们吃一顿生煎鱼。"

但是周围是那么寂静，是否还冒险穿越田野，他们吓得犹豫不决了。

最后，索瓦热先生还是下了决心："走，继续前进！不过要小心。"他们弯着腰，利用葡萄藤作掩护，睁大眼睛，竖直耳朵，从一片葡萄园里爬了下去。

现在还剩下一条裸露的地带，越过它就到达河岸了。他们一阵快跑，到了河边，马上蹲在干枯的芦苇丛里。

莫里索把脸紧贴地面，听听附近是否有人走动。他什么也没有听见。只有他们，肯定只有他们。

1. 临时性分节

我们可以依照空间原则来进行初步的分节，这样可以标明序列的边际，指明它的内部组织。这样的分节可以首先考虑到陈述发送者在文本生产的时候所做的空间总体分配，其次能让我们看清楚施事者在位移过程中造就的空间标定。

（1）“循环重复”（récurrence）在分节中起着非常重要的作用，我们前面已经有所领略，“肩并肩地走着”文本语段的重复给我们指出了两种形式的位移：标识着序列三的散步-位移和标识着序列四的找寻-位移。语段的重复将序列四和它之前的文本区分开来。

在序列内部，双重主项的位移被分解为相连的系列移动：

位移 1→停止 1→位移 2→停止 2

两次停留都受到词素“边”（bord）的循环重复的标识，它每一次出现都标识着一个空间边界：

$$\frac{\text{停止 1}}{\text{停止 2}} \simeq \frac{\text{“葡萄园边上”}}{\text{“河边”}}$$

（2）如果考虑到两次位移所穿越空间的性质，则能看出二者不尽相同。我们临时采用普罗普命名法，可以得出下图：

$$\frac{\text{位移 1}}{\text{位移 2}} \simeq \frac{\text{“熟悉的”空间}}{\text{“陌生的”空间}}$$

每次在新空间“边”上的停留都伴随着认知主项的视觉开发。这是伴随着空间指示词“在对面”的双重开发：“在对面”第一次出现时将本系列分为两部分，这两部分已经受到命名，它第二次出现则标识着序列四的结束，宣示着新空间的铺展。

（3）对“停止”不同的认定会造成两种不同的分节法：我们可以将“停止”视作它之前的位移的终结体，也可以视作它之后的位移的始动体。为了更好地理解叙事文整体的空间组织，也为了更好地兼收这两种标准，我们将认可“停止”的非始动性（inchoativité），将它视作主项空间中的首次“认知”占有，在每一次“认知”占有后，会有第二次的“身体性”占有。

2. 熟悉的空间

2.1 通行证

（1）两个朋友的找寻从位置移动开始，位移中途停止了，因为他们需要得到通行证。

从普罗普功能性组合连接的角度看，这个叙事时刻对应着主项出发后的“资格考验”（épreuve qualifiante），结果是这一叙事时刻获取了一个助手（adjuvant）。此时，“通行证”就是由发放者（＝迪穆兰上校）赋予主项的助手，发放者本身也是由找寻的发送者委任的。

事实上，情况要更为复杂。首先，名副其实的助手应该在模式内容的襄助下促成（或者部分地促成）主项实现规划好的叙事程式。在我们的文本中却不是这样，“垂钓”的叙事程式和“通行证”不发生直接关系：通行证使主项从不悦空间进入一个被认为是惬意的空间，它最多也就是帮助实现了“逃离”的叙事程式。此外，主项的出发也不是真正的出发，因为普罗普功能中界定的“位移”需要主项真正离开它熟悉的空间，在我们的文本中，这要求主项闯过前哨岗站。我们现在在叙事层面分析“通行证”，它的聚合键位是“资格考验”之前的一环，通行证的获取也是“契约”的重要一环。

（2）契约以简化的方式呈现出来，由一系列对称的语段组成，每对语段之间用逻辑性的前提关系（présupposition）连接：

语段 1＝规定/禁止

语段 2＝接受/拒绝

我们将这种契约称为“指令性契约”（contrat injonctif），发送者在既有框架的帮助下将它的“想要”传递给接收者，接收者可以接受或者拒绝之，如果“想要”被接受，它就变成了“应该”。

我们的分析对象不完成契合这一模式：在我们的分析中，两个语段是组合性换位（permutation syntagmatique）的关系：接收者（两个朋友）表达出他们的第一个“想要”，接下来，这个“想要”被发送者（上校）接受。这个叙事结构段可以用下列图示表示：

语段 1＝要求

语段 2＝许可/阻止

上列图示并不能完美地展示整体的机制：事实上，在第一语段中，发送者的第一个“想要”自我改造，让它变成了接收者的“想要”；第二语段的情况正好相反，接收者已经处在叙事程式的“想要-做”的位置上，语段以此组织起来。在此计划中的发送者只需发出一个次要的“想做”，用肯定或否定的方式确认主项已经构建起来的“想要”。我们可以将这种情况称为“许可性契约”，它只是确认了前面的“指令性契约”。

（3）我们所分析的叙事文中有两个契约性阶段（instance contractuelle）：第一个契约展示了“个体化发送者”，第二个契约展示的则是“社会化发送者”，第一个契约建构功能齐备的主项，第二个契约确认之，它有时也会与个体化“想要”形成对比，组织了它所在程式的确立，使自己变成反-发送者。

（4）以上对两种契约和两个发送目标的层级进行了确认，其结果是将叙述的“论争性结构”进行了二分。如果主项 1（两个朋友）和主项 2（他们将要遭遇的敌人）处于论争性位置，我们也可以假设，两个主项都同时从属于“个体发送者”（在叙事文中以宇宙的形象化出现）和“社会发送者”（这里指他们各自的社会，迪穆兰上校和普鲁士军官只是各自社会的“代表”)。这样，我们可以提前断言：主项1的社会性发送者所代表的是一种“许可性社会”，而主项2所发送的是“指示性社会”（普鲁士军官只通过一系列的指令行动)。

社会性发送者将主项的叙事程式形容为“疯狂”，这凸显了它的许可性特点：如果我们严格按照辞典对“疯狂”的定义，它暗示着一种“与真正需求不沾边的”欲望。发送者并没有要求个性化程式一定要符合发送者的社会性叙事程式，个性化程式只要不与社会性程式矛盾即可。

如果我们认为许可性契约不会带来对接收者的约束，那就错了：叙事文的后续部分证明了这一点，因为“通行证”作为有价值的物体，掌握在主项手中，同时被反-主项获得，所以通行证发挥着根本性作用。一个新的同素复现就这样组成了，它以社会性发送者为起点，穿越了整个叙事文。

(5)“通行证”成了一个模棱两可的事物。它源自已经与权力社会代表订立的契约，它变成了“能够-做”的委托（délégation)：在叙事文的第二部分中，通行证是“口令”的外延，很明显，它是“能够”模态中的助手（adjuvant)。然而，尽管它属于“战争”的叙事程式，但它在“垂钓”叙事程式中却起着补充作用，它使发送者预设的同素复现的过渡更加平缓，对构建的主项和接收者而言，这个同素复现的过渡是没有预兆的。

从另一方面看，这个“能够-做”的助手以“知识客体”的形式出现，它具有高度的交际性，有可能变成反-主项的“意愿客体”。我们在后面将详细分析这种转变。

2.2 叙事文的空间组织

2.2.1 跨越

从叙事的角度看，主项配上“通行证”“出发”宣示着找寻的开始，是叙事文的重要节点：

1）位置移动促成了对前哨站的跨越，进而促成了主项与社会发送者巴黎的彻底分离，这一分离受到许可性契约的确认——因为他们已经在使用“通行证”了。

2）在“河边”葡萄田中的“停歇”是对正在进行的空间析取的一种双重标识——它既是普通的停歇，也是在某个空间边上的驻留。一个叙事性事件标识“这时是十一点左右”在这里起补充作用，是事件一体性和历史性的标痕。

然而，这一跨越分开了两个空间——包含空间与被包含空间，这时需要对整体考察的叙事空间做出总的分节。

2.2.2 奇迹故事的空间

俄罗斯符号学家一直对普罗普传统表现得很忠诚，梅列金斯基和他的团队一直认为主角的离开与析取相关联：

日常空间 vs 陌生空间

这一图示标明了主项从他“居家”的日常中脱离，潜入到陌生与敌对的“彼处”。

这样分析并没有错，但是这种分析只符合特定类型的叙事文——其中包括俄罗斯的奇迹故事，此外，该分析还需要借助其他的结构性附件：

1）在发送者与接收者主项之间存在着契合的关系，它们拥有共同的价值系统（该价值系统此后要么被主项确认，要么被它拒绝）。

2）在叙事结构的空间化过程中，这种价值契合关系得到加强。叙事结构的空间化通过两个行为者在共同的空间中的配置来实现，该空间是“专属它们的空间”，我们可以不完美地用“日常空间”来形容。“日常空间”与主项活动的“宽广世界”形成对比，我们将后者视为“陌生”空间。

3）苏联符号学家试图通过形容词“主有的”厘清特定的共同叙事空间中两个行为者——发送者与主项——的配置，“主有的”一词完美地展现出叙述发送者的介入，它以叙事文某个部分空间（被叙文段的“这里”）为出发点，独自承担着明确叙述行为空间（叙事行为的“这里”）的任务，前者也是社会发送者的空间。这样的同一识别需要一个条件：只有叙述发送者自认为是“社会性叙述发送者”，从社会意义上成为发送者社会的组成部分，代表发送者社会的观点时，同一识别才能自然进行。我们还需要思考一下，分析俄罗斯奇迹叙事文中所用的地点配置是否具有普遍意义上的人种文学（ethno-littérature）的特点。

人种文学这一术语也许不够宽泛，我们所考察的空间组织似乎也包括某些叙事，它们从属于我们的发达社会的“社会文学”（socio-littérature）。我们看到这样一些叙事文：社会发送者将它投射到自身之外，投射到一个“陌生空间”，主角-主项也是这个空间的组成部分；除此之外，还存在着大量的西部片，其中的异乡人（身份没有交代的无名主角）来到城市里，这是社会发送者“熟悉的”空间：因为存在着被确认的价值契合，空间的合取会导致主项-主角融合在该空间中。

2.2.3 空间的脱离与接合

如果我们要界定出一个系列叙事文的“社会话语”特点（特别是具体到口头文学中的情况），要从中抽取出具有“个体话语”特性的叙事客体，就需要在陈述行为的主项的运作下，找到某种“空间接合”。空间接合旨在重新组织起叙事文-语段的拓扑结构，让叙事文-语段重新接近陈述行为的时段，完成社会发送者与叙述发送者的同一认同。

这个简单的分析图示适合普通的民间故事，但是不适用于莫泊桑的短篇小说。比如，在莫泊桑著名的短篇小说《绳子》中，主角尽管拥有自己的日常空间（他自己的农场）——这里也是他孤独地离世的地方，他却离开了它，到社会发送者空间——村庄去。这篇小说中有日常空间，旨在强调人物的矛盾：人物在个体和社会的两个发送者的价值上是无法兼容的。

这种情况同样也适用于我们眼下分析的这篇小说：发送者的二分法（即社会性的和个体性的）使普罗普空间图式发生炸裂：主项的（两个朋友）日常空间符合发送者的个体空间，同时，它也形象化地处在“水边”，而“巴黎”的空间既对应主项又对应社会性发送者。

是故，我们从前面开始就已经逐步偏离普罗普的诠释办法，提出我们自己的办法，将脱离和接合分开，首先考察严格意义上的叙事文-语段的空间组织，它从属于使空间性客观化的空间脱离，在此基础上，充分考虑陈述发送者特色介入造成的叙述转折。

2.2.4 陈述空间

对客体化话语空间的描述与叙事的自身定义是兼容的，它也与叙事的推进相互平行，所以，我们可以把它当作拓扑配位。如果我们严格根据叙事的定义，把叙事看作位于两个稳定的叙事状态的符合逻辑的转换，那么我们可以将句法层面的转换地点看作是“场所空间”，将囊括叙事并处在之前或之后的空间视为“异质空间”（hétérotopique）。很明显，叙事这一术语过于模糊，从严格意义上讲，给出的定义只能应用于一种叙述程式，此外还需确保程式主项与其空间的兼容性。这样一来，遇到交合着两个自主叙述程式的双重叙事（récit dédoublé）时——这在俄罗斯奇迹童话中很常见——两种场所空间就能被辨识出来：如果主角主项（sujet-héros）处在敌对的他处，反主项（背叛者）的空间则与主角的社会性发送者对应。在我们所考察的故事中，如果叙事包括两个相连的叙事程式，即施事者主项被凝聚在同一个施事者（两个朋友）时，道理也是一样的：在叙事文的第一部分，场所空间是“水边”，在第二部分是“玛朗特岛”。

此外，我们也经常有必要构建一个亚分节（sous-articulation）：精确地界定一个“乌托邦空间”，它是人的“作为”能超越存在的恒在性的空间，描写者（descripteur）会设法尽量将其与“准场所空间”（espace paratopique）区分开来，后者是考验（épreuve）的预备性、修饰性场所或者空间范畴化极点之间的中介场所。也就是说，陈述空间的分节是指示性空间的客观性投射，根源上附着在陈述行为的时间阶段上：

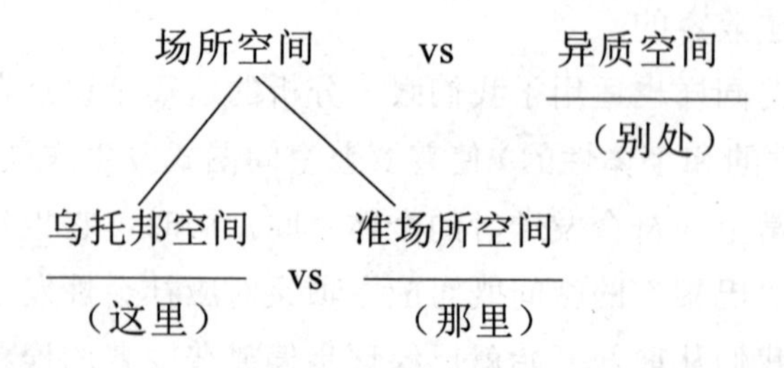

回到我们的文本则能看到，跨越前哨站开启了叙事文的拓扑性分节：它标志着巴黎代表的异质空间的远去，同时标志着准场所空间的

开启，这是一个定性地点，两个朋友需要穿越它来继续已经开启的找寻，最后他们遇到了乌托邦空间，即他们的“梦中之地”。

3. 场所空间

3.1 新的切分

（1）读者可以和陈述行为的主项一样在此处标出一个时间停顿，即使是为标识他的阅读收获也行。我们还记得，在开始分析本序列的时候，我们曾经出于便利的原则，提出一种临时性的切分法：它以止步为标志，分为两部分，止步结束后仍有位移。分析至此，我们能够先使处于话语层面的切分标识与文本的形象化、叙事的推进取得一致，然后对本序列的第一部分做出诠释：

话语层面	止步	位移
形象化层面	获得通行证	跨越
叙事层面	契约结构段	析取性陈述

以上的分析位于叙述程式的异质空间中，我们需要对本序列的第二部分，即与乌托邦空间相联系的叙述程式做出分析。

（2）随着指示词“在……的对面”的出现，新的切分标识出现了。它反复出现，涵括了本序列的第二部分，如前所见，进行了如下切分：

止步　vs　位移

该范畴的边界位于“走，继续前进”。

为了佐证这种切分法，我们可以从中找出一对聚合的对立关系：它是一场探索，一次对空间的占据，对立的一方是静止的、视觉性的，另一方则是活力的、充满动能的。

我们前面按照实用原则，在叙事文中找出“静态”与“动态”的一组对立关系，此处，一种认知层面的叙事维度浮出水面，它和事件维度并陈存在着。从事件叙述性的角度看，文本中出现了两次指示词

“在……的对面”，只包含一段叙事性陈述文，该陈述文标明了 S_1 从一个空间到另一空间的位移。“认知作为”取代了“语用作为”，在整个文本中铺陈开，它构成了新的切分：

阐释性作为 vs 劝说性作为

为了继续推进我们的分析，我们会在本序列的第二部分中区分出两个“复杂句段”，姑且这样给它们命名：

诠释性止步 vs 劝说性止步

3.2 诠释性止步

这一复杂句段从表面上看由四个短句段组成——四个短句段之间的界限有时不甚明显：

短句段 1：位置空间的描述
短句段 2：对找寻停止的标识
短句段 3：对集体行为者“普鲁士人”的介绍
短句段 4：对相遇可能性的提示

接下来我们将按照这个并不能自证其合理性的结构对文本展开分析。

3.2.1 对位置空间的探索

（1）上文分析中我们已经看到，随着 S_1 的止步，它进入位置空间是伴随着视觉探索。如果我们细读文本则会发现，这一探索的结果引起了 S_1 的“瘫痪”，也就是它无法按照预定的叙事程式行动。在主动的止步和被动的静止之间，S_1 在语式内容层面出现了某种变化，更确切地说，“能够”的语式性被否定了：

/能够作为/ → /不能够作为/

鉴于失能之前的事件是对空间的认知性探索，我们可以认定，S_1 在“知识”层级的变化影响了它的“不能够作为”。换句话说，被我们称为“对位置空间探索”的短句段应当被视作“认知行动”，它会带来一定的知识：尽管它在文本中植入了大量的地名，会造成某种幻像，但它远不是陈述行为主项直接呈现在我们面前的一段“描述性段落”，恰恰相反，该语段凸显了位于叙事文中主项的“具有诠释性特点的”认知作为。所以，开头第一句“阿尔让特伊村一片死寂”的语义主项是 S_1（两个朋友）。

（2）如果我们只看“在……对面”这个指示词，就会发现，它不只是一个简单的指示标识。事实上，它被我们称之为“位置关系词（topologique）”，也就是一个空间关系中的构建性关系要素。事实上，“在……对面”不仅假设了一个处在水平轴上的主项，它会处于“审视”的位置，同时也指向了“对面的事物”，指向了一个处于同一轴线上有待探索的对象。如果我们稍微对这一对象做一番人类化的处理，那么“在……对面”就能转变成“面对面”，这一态势符合叙事文中提到的两个主项的“对抗”。这一位置关系词只是确立了一个图式，导出了一个潜在的反主项的施事键位，我们无须对它过多分析，在后续的分析中也许能看到，它可能会发挥话语预指性功能，会暗示一种被拟人化的地点和人的存在。

（3）我们首先来考察空间的“能指”。“在……的对面”引导出阿尔让特伊村所在的“水平维度”，这个位置空间中还包含着另一个“垂直空间”。它可以通过“高度”的对比辨识出来，即“奥热蒙和萨努瓦”两座山冈和（一直延伸到南泰尔的）“辽阔的平原”。这种空间维度上的划分也包含着它的“所指”，所指只用几个修饰性术语提示出来。从水平的审视维度看，“在……之前”即阿尔让特伊，暗示着“死亡”，而在垂直维度上，词语“低处”暗示着“空”与“裸露”，这是对“不悦”空间的两个阐释。

然而，在找寻的空间形象化中，暗示着一种水平层面的“前进”和垂直层面的“下降”（被动词“下去”提示出来）。如果我们把找寻看作是一次“惬意”的位移，我们就会遇到一种尴尬的局面：由认知性诠释带来的补充信息会凸显出一对矛盾来：找寻在被希冀的时候是惬意的，然后结果却是不悦的。读者会产生前兆性的视觉：“空间语言”

表达出计划的起点“梦幻之地”同时受到“死亡”和“空”的强调。我们只须将位于这一亚序列开头和结尾的两个句式接近的句子放在一起：

（辽阔的平原）到处都是空荡荡的。
只有他们，肯定只有他们。

这样，我们就可以理顺空间和空间的主角之间的关系，这是一个包含与被包含的关系：

$$\frac{/\text{包含}/}{/\text{被包含}/} \simeq \frac{\text{“空”}}{\text{“孤独”}}$$

这一结构也预示着两个朋友孤独的死亡。

（4）我们注意到，处于垂直维度的词语“高”受到的处理方式与别的词语没有什么不同：而空间词汇“在……之前”“在……低处”负载着叙述状态的功能，词语“高”则以语段“作为”的主项面目出现。

奥热蒙和萨努瓦两座山冈**俯视着**整个地区

语义分析表明，语段结构尽管表面上具有及物的形式，但是在它的更深层，却是陈述状态，与“让（人名）比皮埃尔（人名）更高大”类似。逻辑学家很熟悉这样的陈述状态，它具有如下两个特点：

1）它包含着两个而不是单一的行为者；

2）两个行为者之间的关系-功能受到导向，是从一个行为者指向另一个行为者的（这一关系对表面的作为语段具有解释功能）。

分析到此，我们可以看出，语义投入要么会对施事术语产生作用，要么会对其功能产生作用，我们可以用如下两种方式来展现这种关系区块：

方法一：A1 高阶性→A2 低阶性
方法二：“俯瞰关系”（A1→A2）

后一种方法开启了语义场关系结构从一处向另一处转移的可能性，

语段内就具备了“具体逻辑”的范畴。这样，在我们所分析的例子中，“俯瞰关系”就是“能够是”的模态的空间表达，这一“能够是”会被配置到潜在的敌对空间中。在预见性层面，因为有“在……对面”方位词的存在，空间的探索中就有了冲突的潜在可能，词语“俯视着”提示着潜在的“被俯视”的状态。在形象化层面，空间词素“俯视着”通过/包含/vs/被包含/的范畴作用，在为“强有力的”反主项的出现做准备。

3.2.2 阐释性作为

在对短句段 1 集中分析的基础上，我们可以构建起一个位于 S_1 面前空间的维度模式。此外，对空间能指的分析表明空间所指是存在的，它与能指的范畴严丝合缝地关联着。接下来，我们需要更进一步地研究感知这一空间的各种手段，也就是说，概略性地阐明主项在认知层面感知空间、诠释空间的所有方式和途径。显然，这些手段处于想象的层面上，而且由陈述行为的主项建立起来，我们的分析只能试图建立这种呈现方式的拟像（le simulacre）。

3.2.2.1 同位素性的变化

我们一起来看一看这一短句段的第一句话：

河对面，阿尔让特伊村一片死寂。

我们已经看到，位置关系词“在……对面”预设着一个主项的存在，它将与呼之欲出的自然物体产生冲突：

1）位置关系词（主项：两个朋友→物体：阿尔让特伊村）

在这一视觉分析之后，我们能看到，主项对物体的判断预示着后者的存在，它可能会以修饰性语段的形式出现。

2）死亡（阿尔让特伊村）

以上公式是为了表明表层的语言学现象，但它是不正确的，因为这里既无关乎阿尔让特伊村的生也无关乎它的死，它是阐明一个叫作“阿尔让特伊村”的空间，主项将它视作“包含体”，它可能包含着一个“被包含体”，关于死亡的判断是基于这个“被包含体”而做出的。我们需要通过对物体的阅读进一步实现“被包含体”对“包含体”的替代，这里的物体通过形象化施事者“阿尔让特伊村”呈现出来。

3）/包含体/⟹/被包含体/

这是一个特殊的程序，它实现了两个词义同素复现之间的过渡：/包含体/vs/被包含体/的范畴构成了“同素复现”连接器（connecteur d’isotopies）。实际上，过渡不是发生在 “阿尔让特伊村”这个单一施事者的内部，阅读的同素复现应用于整个短句段。

被视作“死亡”的/被包含体/的位置：我们可以认为，词素范畴/死/vs/生/是一个背景范畴，它不仅提示出谓词，同时也提示出陈述的行为者主项。从表面上看，认知理解的对象包括词素/被包含体/，它隶属于/死/vs/生/的范畴。

4）A＝/被包含体/+/死 vs 生/

然而，这一语义阐释还不能给修饰性语段提供终极阐释，因为/生/vs/死/的范畴只不过是/缺席的/vs/在场的/这一抽象范畴的形象化表达。后者是通过运用“隐喻连接器”（connecteur métaphorique）获得的，“隐喻连接器”在两个同素复现共同的词素支撑下促成了它们之间的过渡。我们甚至可以对词语“死亡”做出更进一步的解释，将它看作/缺席的/的替代项，因为“死亡”同时包含“缺席的”和“不悦的”两个词项，所以，它可以用来解释出现在同一文本语段中的两个结构，包括我们已经研究过的空间维度的结构和正在研究的认知结构，前者中包含着/水平的+视阅性的/要素。这样我们就可以对上述过渡做出总结：

5）/形象化/→/抽象/

短句段 2 可以这样重写：

6）Q 缺席（A：/被包含体/+/有生命的/）

有人可能会觉得这样精细的分析过分拘泥于细节，它有两个目的：一方面，我们旨在通过一个包含着多重结构的具体的文本例子阐明，对于自然语言中的文本而言，它的语义呈现和文本呈现之间存在着巨大距离；另一方面，我们也有意阐明，文本可以有独立于空间的认知解读，这一点意义重大。

3.2.2.2 信用关系

（1）我们已经明白，主项的目光通过空间中的痕迹在刻意地寻觅人存在或者缺席的痕迹，在形象化层面，不同空间词汇所负载的给予（attributions）带着这种寻觅的痕迹。按照这一逻辑，我们会从三个空间位置考察评估潜在的反主项的存在：

/视阅的水平性/→/上层的垂直性/→/下层的垂直性/

“死”　　　　“俯视”　　　　“空”

/缺席/　　　/缺席/或者/在场/　　　/缺席/

在上述三种空间关系的两种情况中，人的痕迹被否定了，做出的判断是对不-存在的确认。在这种情况下，认知研究的结果即是目标物体的不-存在。鉴于这一知识与被研究空间的两个（推论出的和潜在的）“岸边”相关联，我们可以这样指称主项获取的关于不-存在的知识：

知识（ē+p）

（2）分析到此，我们应当指出，以这种方式获取的知识不具有即时性，它只是经过诠释而得出的结果。事实上，在我们所考察的空间中，眼中呈现出“阿尔让特伊村一片死寂”的读者只能看到外在的景象，他们需要从/显现/的层级通过推论抵达/本质/的层级。我们可以将显现层级看作是“现象层级”，那么本质层级就是“本体层级”——二者在此只具有符号学意义，由此我们可以说，诠释性作为是从一个层级向另一个层级的过渡，在确认二者存在模式的同时，在二者之间建立一种“信用关系”。这种关系通过不同的运行程序，组成一个“信用价值”场域，会用诸如“确信”“信念”“怀疑”“假设”等词语表达出来。从模态角度看，这是一个受到高度限定的场域，我们还没有办法忽略它。

（3）经过一番理论分析，我们首先明显地感觉到应该对限定现象存在形式的词汇抱持戒心，如“似乎”“显得”“被认为是”等，因为这些词汇经常代表诠释性作为的整体图式。诠释性作为可以用下列图示予以总结：

Ph→rf→No

Ph＝现象性存在模式

No＝实体性存在模式

rf＝信用关系

所以，在“看似死亡”的阿尔让特伊村，认知研究就从现象层面起始展开。但是，当用同样方式分析“辽阔的平原”时，我们只能说它是“空荡荡的，彻底地空的”。动词“être”（是，存在）在显示本体层级的同时，也表明一种信用关系，从“似乎死去的阿尔让特伊村”到大平原的“空泛”，只有确信的程度发生了改变，而阐释流程没有发生任何变化。

我们并没有确切捕获到信用价值范畴化，所以尚不能对两个诠释性作为的“确信等级”变化做出明确说明。我们只能在这里用同样的字母 e 和 p 分别代表存在的现象模式和本体模式，这样一来，在对主项的知识进行描述时就可以使它与人的存在产生关联。

1）在视阅性的位置上：

知识（p）→ （$\bar{e}+\bar{p}$）

2）在低层的位置上：

知识（e）→（$\bar{e}+\bar{p}$）

3.2.2.3 反行为者的现时化（l’actualisation de l’antactant）

（1）在高层的位置方面（“奥热蒙和萨努瓦两座山冈俯视着整个地区”），我们通过/缺席/或/在场/发现了认知作为会终止。陈述者的这种办法会留下一个空盒子，它会变成“戏剧性的弹力器”，制造张力，属于表层书写。在后续的文字中，一个亚同义词（“高度”与“峰顶”）重新将这一位置带入文中，这样就导出了全新的也是最终的诠释（伴随着一个指示动作），图示很简单，主项的知识是：

知识（e）⇒（$\bar{e}+\bar{p}$）

这一图示一方面在信用层面表达了“确信”，另一方面表达出了隐匿的/在场/。

（2）本语段的整体意涵已经非常清晰地显现出来了。把语段置于被我们命名为“找寻”的序列的内部看，“找寻”在认知层面上变成一种“反-找寻”，也似乎在找寻一个反主项。对风景的视觉探索暗示着虚拟的人迹的存在。从空间维度的不悦内涵的角度看，这是一种敌对性的存在，但是它却成功地被认知作为否定了。这一现成的位置带有/俯视/的范畴特点，首先以“在场的视觉性”而存在，后来才转化为被现时化的存在。在形象化层面，反行为者首先具备/能够-是/的模态，它被专有名词加持，变成了施事者。

（3）在现时化的过程中，主项 S_1 会遇到一个反主项 S_2，或者是后文中出现的社会性反发送者（anti-destinateur social），这是一个通过授权而成的反主项。二者的对撞预示着 S_1 需要可能的潜在的考验。我们会在后面分析它。

3.2.3 社会性反发送者

（1）“普鲁士人就在那上头！”属于语言性阐释。它起着顺向照应的关系，在文本中通过专有名词导入一个间隔性语段，这是对专有名词“普鲁士人”的外延性定义。然而，这也标志着叙事性从语用维度向认知维度、意志维度的过渡，这里的叙事性很明显兼具动作性和语言性的双重特点，“心态”和“内在”事件就位于认知维度和意志维度。我们不会停留在对“内在语言”特点的探究上，我的理论前辈们已经研究过“自由间接引语”，大家知道这是一个特殊且复杂的脱离程序，对于陈述行为的主项而言，其目的就是将话语的任务委任给话语中陈述行为的某个主项，而后又将话语权重新夺回来，以主项自身的名义来说话。但是，此后它以不再是第一人称的“我”，而是任意一个第三人称的“它/他”，也就实现了一种行为者脱离。

（2）我们有必要指出，间隔性语段对“普鲁士人”做出了定义，同时又是对另一个顺向照应词——“担忧”的延伸。被现时化的、非真实的主角——也就是普罗普术语中所说的反捐赠人（anti-donateur）——会对 S_1 产生一个作为，其效果就是这里说的“破坏性的担忧”。从这一点看，间隔性语段具备自主的微型叙事文（micro-récit）的特点。

（3）在总结这一微型叙事文之前，我们先来看看它的主要特点：

1）它包含着两个集体施事者的冲突：“普鲁士人”和“巴黎”，在空间上受到/包含体/vs/被包含体/范畴的限定（参见“巴黎周围”）。

2）它包含着/俯视/vs/被俯视/的关系，执行着对应认同的任务：

高处：俯视着：整个地区

普鲁士人：毁坏着：法兰西

通过将/能够-存在/转变成/能够-做/，造成了对一种静止状态的叙事化处理。

3）它也重新导入了空间中的不悦性修饰成分（“死”“空”“空无人烟”），后来把它们变成了描述一个行为的功能谓词：“烧杀抢掠，散布饥馑。”

4）它将 S_1 对这个敌人的知识呈现为：

$$知识（p）\Rightarrow（\bar{p}+e）$$

普鲁士人！他们还从来没有亲眼见过；不过……他们时刻感觉到这些人就在那里。

5）在这个破坏性的行为之后，在它当中出现了一个“形象标志”的行为者：普罗普的辨认就出现在此处，这也是给主角进行荣光化处理的时刻。普鲁士人受到辨认，他们“虽然看不见，却无比强大”。我们即刻就能意识到，这些特点类同于上帝的属性，赋予了反-发送者某种神性，“迷信式的恐怖”只是一种反赠予（contre-don），其结果就是成就了光荣的主角。

我们又回到了起点，回到了让两个朋友不适的“担忧”。

3.2.4 资格性考验

前面我们承认了间隔性语段的话语功能是对普鲁士人引起的“担忧”做出阐释，我们也承认，这个语段可以放置在文本的位置中，我们可以将亚序列的剩余部分称为“诠释性终止”，剩余部分可以用下面的词语来总结：

1）“担忧”

2）“幽默”

3）“犹豫”

我们接下来对它们逐一做出分析。

3.2.4.1“担忧”

在间隔性语段中呈现的“担忧”的内容表现出一种“复杂状态”。它由下列要素组成：

1）“对这个得胜的陌生民族”的**仇恨**

2）（他们在“看不见但无比强大的”普鲁士人面前感受到的）“**近乎迷信般的恐惧**”。

这是两种最大强度的“感情”，和“垂钓”叙述程式中的柔和形成鲜明对比：从“垂钓”叙述程式向“战争”叙述程式的过渡中，普鲁士人出现了，它得到了现时化，这种对比愈加明显。如果我们查阅词典，则能看到“恐惧”是“极端的害怕”，而“仇恨”是“强烈的恶感，促使人去为害他人的憎恶”。我们可以在这两个词之间找出相互区别的要素，这两个词都能够以谓词的身份出现在具有两个行为者的叙事文中，它们之间会出现“被导向的”关系，仇恨是从 S_1 指向 S_2 的，而恐惧则源自 S_2，影响到 S_1：

$$E_1 = F\ \text{仇恨}\quad (S_1 \rightarrow S_2)$$
$$E_2 = F\ \text{恐惧}\quad (S_1 \leftarrow S_2)$$

我们注意到，“仇恨”和“恐惧”都属于“想要”模态，在词素缩减后，两个字会在谓词层级出现对立：

“欲求”vs“惊恐”

如果“欲求”可看作是对“想要”的词汇化，那么“惊恐”却不是“不-想要”，而是“相反的想要”，我们只能在句法结构中假设一种敌对双方的相互性（réciprocité），再对此做出阐释。在对反主项进行了现时化后，S_1 同时受到两个“相反的想要”的作用，这是一个复杂的术语，或许我们可以用中性术语主项的“意志状态”来指称。

如果经过叙事分析，“欲求”可以在形象化层级上与“视阅性位移”实现对应认同（homologation），我们也很自然地可以在“惊恐”与“视阅性位移”之间建立起对应认同来：

$$\frac{\text{“欲求”}}{\text{前进}} \quad \text{vs} \quad \frac{\text{“惊恐”}}{\text{逃离}}$$

分析到此，我们很容易得出这样的理解，“担忧”归入这种复杂的意志状态，在体的层面引起了“瘫痪”（动词“paralyser”的意思是“使……静止”，“让……不能行动”）。

以上就是反主项咄咄逼人的显现带来的结果。

3.2.4.2 “幽默”

（1）“巴黎式的幽默”对这一威胁做出了回应：为了与“社会性反发送者”抗衡，（由形容词“巴黎的”引导出的）“社会性发送者”浮出水面。索瓦热先生的话语生产内容可能受到个体化处理，变成了一种“精神态度”，也就是一种集体发送者的意识形态形式。

我们不要忘记，索瓦热先生的话语生产是在“垂钓”叙事程式的找寻过程被反主项的突然出现打断时发生的。反主项的出现对另一个完全不同的程式“战争”进行了现时化，尽管两个程式的述真（véridiction）有别，但是二者的对立可以这样总结：

和平 vs 战争

在接受这个新叙述程式的同时，莫里索的感叹引出一个新的语义同素复现：“喂！万一碰上他们呢？”索瓦热先生的回答继续用巴黎式的幽默推动着同素复现之间的过渡，这一过渡借助“反句子连接器”（connecteur antiphrastique）实现，“反句子连接器”促进了反义词的呈现，这些反义词分别位于不同的同位素性上，尔后，反义词实现了替代：

战争→和平
憎恶→友谊
对抗→友好会面
侵占→赠予等

备注：我们会看到“赠予”这个“反句子要素”会在后文中出现，成为“反正题”（antithétique）要素。这是莫泊桑文本的又一大预见性特点。

（2）这种巴黎式的幽默与 18 世纪的法国精神颇为相似，18 世纪的法国精神就具有反-句子的属性特点，它旨在举重若轻或举轻若重，对严重的事态轻描淡写或者对轻松的事态虚张声势地夸大。最吸引我们注意力的地方是这一幽默在文本中介入的具体地点。前文中已经提到，这一幽默是“巴黎”对“普鲁士人”进攻的回应。反发送者的侵犯激起了“迷信般的恐惧”，发送者“巴黎”的回击旨在褪去“不可见却强大的”敌人的神圣化色彩：此处的幽默不仅仅是对抗恐惧的解毒剂，它也承担着具体的叙事功能：它通过否认“想要”，还原了 S_1 原初的“想-做”，也就是继续他们的找寻。

3.2.4.3 “犹豫”

（1）叙事层面的析取词“然而”的出现标明了不寻常事件的发生，它的含义可以近似地这样理解：“他们计划继续往前走……”我们比较一下“幽默”前后的心态，这一变化也显而易见：

“瘫痪”vs“犹豫”
“担忧”vs“受到惊吓的”人的状态
“面对荒凉的原野”vs“整个地平线的静寂”

我们很容易发现，第二句用词的强度在降低，因为词素中“强度”的成分消失了：在去神秘化操作的影响下，面对敌人时普通的害怕取代了先前的“恐怖”，对空间的视觉感知（“这个荒凉的原野”）促使主项辨识出“看不见”的神圣属性，视觉感知被听觉感知（“整个地平线的静寂”）代替，后者赋予了敌人“存在”但是“不会显现”的知识/$e+\bar{p}$/，听觉感知试图在另一个层级找寻自己存在的痕迹，最终“无法行动”的“瘫痪”被“犹豫”取代，“犹豫”只是“动作的暂停”而已。

（2）总体而言，我们可以说，第一种状态的特点就是主项的“想-做”的终止，巴黎发送者的介入再次激活了主项的“想-做”；第二种状态的特点是“能够-做”的终止，它受到认知状态和权衡利弊的“知识”的影响，“能够-做”的模态得到现时化，但是举而不发，在决策阶段，“能够-做”的模态过渡到了“实现”的状态，认知维度上的决策行为犹如“转换作为”（un faire transformateur）。

（3）对害怕的超越变成了真正的修饰性的考验：它位于“战争”的同位素性上，它将主项还原为“英雄”，他的壮举要等到叙事文的第二部分中才会展现出来。考验尽管出现在精神维度上，它同时也属于认知与意志维度，根据普罗普图示，它同时也在“准场所空间”占据着重要地位。这样，我们在处理敌对行为者——反主项与主项之间的，反发送者与巴黎发送者之间的——时遇到的困难也就解决了：敌对者扮演着“反赠予者”（anti-donateur）的行为者角色，帮助主项克服在实现过程中的“现时化”时遇到的考验。

与口头故事相比，文学故事尽管复杂，尽管里面充斥着多个新的便利，但是它拥有令人吃惊的稳定的叙事图式。

3.3 说服性位移（le déplacement persuasif）

3.3.1 语用程式

（1）伴随着“走，继续前进！”，初始程式得以继续，这个程式在文本开始阶段因为主项的能力不足而被迫中断。我们可以把“找寻”看作是“下潜”，这是一个充满模糊性的概念：因为低处的地方是梦想中的惬意空间，同时是一个“空泛”的、有威胁性的空间，它也是受到反发送者俯视的空间。

迁移同时发生在“和平”与“战争”两个同素复现上：迁移发生在“和平”的同位素性上，因为它的对象是垂钓；它发生在“战争”的同素性上，因为迁移“小心翼翼”，从字面意思上讲，根据词典中的解释，迁移是按照“战争艺术”完成的迁移。

（2）未知空间中的各种存在是假设的或者受到怀疑的：S_1 的身体行为被分成两段。身体行为是有意义的行为和活动，它的意指过程源于主项又指向主项，身体行为也是旨在与反主项建立“交流”的行为。这样，**语用程式**上面就附着了一个**认知程式**。

（3）语用程式很简单：它是叙事陈述文的空间化，其要旨是实现 S_1 和 O_1 的合取，O_1 指的是源于找寻的价值对象：

$$\text{FTrans}[S_1 \rightarrow (S_1 \cap O)]$$

主项的转换作为在形象化过程中被具化成**准位置空间的行程**（le parcours de l'espace paratopique），准位置空间受到两个限制，在文本中表现为两个含有“边”的义素的词：

1）“几小块葡萄园边上”是对异质位置的限定；

2）“河边”是对乌托邦空间的限制。

我们当前研究的文段通过重复效应颠覆了此前确立的空间划分：对空间的认知体悟伴随着身体性的获取，导出与文本的两个段落对应的两个行程的不同阶段：

$$\frac{\text{视觉行程}}{\text{身体行程}} \simeq \frac{\text{“几小块葡萄园”}}{\text{“葡萄园”}}$$

$$\simeq \frac{\text{“（有着）光秃秃的樱桃树和灰突突的土地的平原”}}{\text{“一条裸露的地带”}}$$

最后的一个段落是用来记录行程的结果的。

3.3.2 认知程式

（1）语用程式探求通过 S_1 的目光探求空间，与之相对应的另一个程式是认知程式，认知程式在 S_2 的目光下展开，它在显现的层级上捕获不到，它的本体性存在可以用/e+$\bar{p}$/图示出来。

一个交流结构在即将开始的空间行程中布展开来，这个空间行程有否定交流的倾向，它试图通过扰乱发送行为获取一个/不-懂得-做/。对发送行为的扰乱——尽管它的形式意义是相反的——恰恰成就了“说服性作为”：对 S_1 而言，它需要执行说服性作为，以期证明自己的存在，位于传送通道另一端的 S_2 的诠释性作为却在否定 S_1 的存在。

说服性作为在为现象性层级的出现做准备——它会在对 S_2 的阅读过程中浮出水面，这样文本中能读到否定存在的模式 $/\bar{e}+\bar{p}/$。这里的说服行为会对 S_1 进行如下的操作：

$$/e+p/\Longrightarrow/\bar{e}+\bar{p}/$$

这一操作可以用如下的符号学矩阵表示：

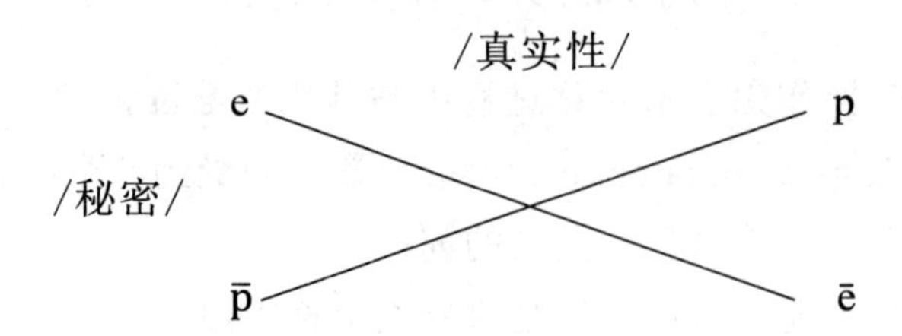

（2）这个操作旨在否定/显现/，让/不-显现/进入视野，这一操作从形象化的角度被视为“伪装”。我们也清楚，本体层面和现象层面的“信用关系”的成败取决于这一操作的成败：

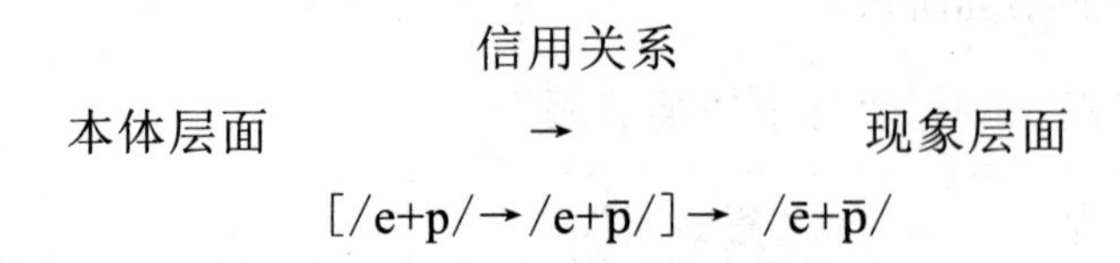

分析至此，我们能在形象化层面上辨识出这一特殊“说服性作为”的两种形式，它们分别与亚序列的两个段落对应，可以将之总结为：

/空间伪装/vs/时间性伪装/

这两种形式在尽量隐蔽自己，但是第一种形式露出了可见的地点痕迹，第二种形式展示出时间痕迹。

（3）我们进一步研究会发现，说服性作为是一个逻辑性的操作 $/p\Rightarrow\bar{p}/$，在深层结构上，这正是“叙事转型”的定义。所以，我们需要承认，我们在此遇到的是叙事文认知层面上的“考验”。作为总结，我们可以说，“找寻”序列的第二部分实际上包含着两个“考验”，第一个考验出现在叙事成分的“语言能力”中，其作用是获得一个新的/能够

-想-做/，第二个“考验”属于“运用”成分，它依据自身的/知道-做/考验着 S_1 的主项身份。换言之，S_1 的个体化叙述程式尽管受到 S_2（“战争”）社会叙述程式的抗阻，但是它仍然在向前发展着，两个考验合力在帮助 S_1 克服 S_2 所制造的障碍。

（4）“伪装”的考验是否成功成为整个分析的关键所在。在亚序列中的第三段里，莫里索把脸贴在地面上“听听附近是否有人走动”。这一举动属于阐释性作为，它的结果是否定的：在显现的现象层级，考验似乎成功了。

然而，我们可以对这一阐释性作为做出两种理解：它要么是持续时间性中的完成体，带着上一个序列的痕迹；要么是一个最新被时间化的始动体，开启下一个序列。这样我们就过渡到第五序列的分析。

序列五　和平

他们于是放下心来，开始钓鱼。

荒凉的玛朗特岛挡在他们面前，也为他们挡住了河对岸的视线。岛上那家饭馆的小屋门窗紧闭，就好像已经被人遗弃了多年似的。

索瓦热先生首先钓到一条鱼。莫里索接着也钓到一条。他们隔不多时就抬起钓竿，每一次钓线上都挂着一个银光闪闪、活蹦乱跳的小东西。这次钓鱼的成绩简直神了。

他们小心翼翼地把鱼放到一个织得很密的网兜里，网兜就浸在他们脚边的水中。他们内心喜滋滋的；这种喜悦，是一个人被剥夺了某种心爱的乐趣，时隔很久又失而复得的时候，才能感受到的。

和煦的阳光在他们肩头洒下一股暖流；他们什么也不听，他们什么也不想，仿佛世界的一切都不存在，他们只知道钓鱼。

1. 切分的问题

（1）如果我们严格依照叙事文普遍的切分法，那么就会产生一个宏观序列（macro-séquence），它讲述的是乌托邦空间（“水边”）的事件，S_1在这个宏观序列空间中的到达和离开分别标志着这个宏观序列的始与终。这种纯粹的空间划分原则被反复出现的**阐释性作为**加强，**阐释性作为**自始至终都在指向一个研究目标：

1）小屋好像被人遗弃了……

2）他们认为这是一间被遗弃的屋子。

（2）在这个宏观序列的内部，我们可以根据乌托邦空间中反主项的在场或者缺席来切分，又会发现另一个循环复现：

1）听听附近是否有人走动

2）感觉到有人在他们身后走动

这个循环复现是切分标志，此后，文本中出现了逻辑析取词“但是”，更加确定了这种切分的合理性。“但是”之后的文字就彻底脱离了宏观序列，组成一个自主序列，我们将会在第七序列“被捕”中予以单独分析。

（3）宏观序列中的剩余部分可以根据/寂静/vs/声响/的对立分成两个部分，在下句中体现尤为明显：

但是，突然沉闷的一声**巨响**

此处，析取词“但是”伴随着共时性副词“突然”，造成了文本名副其实的断裂。它实现了下列的对应认同：

$$\frac{\text{寂静}}{/\text{和平}/} \simeq \frac{\text{声响}}{/\text{战争}/}$$

这样，我们就区分出了第五序列“和平”与第六序列“战争”，它们与之前的命名一样，都是任意命名的。

（4）经过这样切分形成的序列，其形式似乎和此前序列的形式类似，可以分为“认知作为”和“语用作为”两部分。

2. 认知空间的建构

（1）乌托邦空间是各种决定性考验的空间，目前为止只通过客观与否定的方式加以界定。之所以是客观方式，是因为它呈现的是空间分割在文本-叙事文上的投射；之所以是否定的方式，是因为它在地点空间内容中形成了乌托邦空间和准地点空间（或者称为边际空间）的对立。与乌托邦空间相并列的是一个认知空间，这是主项给自己构建的一个内部空间，所以认知空间只对主项有意义，认知空间促进了主项对部分知识的获取。

我们接下来呈现这一空间的建构程序，它从序列五和序列六一直延展到两个朋友的被捕。大体上，这一建构程序由两个朋友的孤独组成。

（2）这一空间的构建分为两个阶段，第一阶段的特点是“听觉层级”的作为，它在被视为包含体（“附近”）的乌托邦空间中寻找人的痕迹；而第二阶段的特点是“视觉层级”，它在维度空间中，也就是敌对空间（“在对面”）中探求。此外，第一阶段是“积极的”，它附带着用简单过去时标出的时间性行为（“把脸贴在地上”），而第二阶段是“被动的”，由一些用未完成过去时构成的状态记录（“藏着”“像是”）构成。

2.1 追寻孤独

（1）本主题的第一阶段含有一个“信息”（或者接受）体，施动者莫里索所代表的认知主项会产生一个**身体作为**（“把脸贴在地上”），试图获取信息（“在听”）：这一作为的结果是否定的（“他什么也没有听见”）。不难看出，尽管这一信息追求非常浓缩，但是它仍然具备“**经典叙事程式**”的主要特点：

1）合格的主项，具备/想-知道/

2）**接受性认知作为**（其功能在于获取而不是给予知识，而**发送性作为**的功能则是给予知识）；

3）这一作为产生的**结果**（在我们的例子中，它是否定性的，其特点是非-获取知识，或者说是获取了该知识对象不存在的知识）。

（2）这一作为的另一特点即是它具有**阐释性**特点：它从显现的现象层级中的/没有听到/推断出了/不-存在/，即目标物体的本体性不存在，因为它是这样表述的：

只有他们，肯定只有他们。

我们已经见过，**阐释性作为**并非下列图示的逻辑性应用：

/非-显现/ → /非-存在/

因为在这样的推论中没有任何逻辑可言，但是我们有必要建立一种**信用关系**，具备认知能力的主项是**信用关系**的依托。

(3)“只有他们”这个句子里我们能捕获到**信用关系**的痕迹，这个句子通过表层的表现性，包含着一个倒错（inversion），这个倒错在语义层级意味着：

没有别的人存在着

它可能更进一步地具备信用模态：

（我们确信）没有别的人存在着

这样的公式化是不正确的，我们需要就此做出进一步说明：

1）我们首先注意到从**信息**状态到**阐释**状态的过渡，表层表现性中的主项“莫里索”取代了位移的复数主项“他们”：信息作为由单一的施动者完成，而阐释却指向双重行为者“两个朋友”。在两个作为之间的真空地带会出现一个新的主项，其谓词指向/相信/的模态，这个主项的表现会让人以为他就是陈述行为的真正主项，自我赋予了“述真”（la véridication）。

2）在所谓的客体位置空间里，客体未知空间与**叙事文主项**间的关系决定着它的性质，而认知空间必须具备一个**被指派的陈述行为主项**，这个主项的功能是叙述自己的信仰，奖励“个人的”真理价值。

(4) 陈述文“只有他们”不是由陈述行为主项（莫泊桑）借助**简单的脱离**而生产的，这样会：

1）产生具有任意主项的叙事文（比如，“地球是圆的”），“只有他们”源自一系列复杂的操作：

第一个操作产生于**陈述活动脱离**中，它和我们前面讲过的**陈述脱离**不同：**陈述活动脱离**是陈述者通过投射将叙事文在其之外生产出来，并将叙事文置于与陈述行为具有相同结构的叙事话语中。例如：

我认为……

这一结构包含着它的叙事对象：

……没有其他人

2）第二个操作位于**认知接合**（embrayage cognitif）中：在我们刚刚构建的结构中，即话语的认知维度中，陈述行为的主项终止了预先计划的叙事生产，它亲自主导起叙事生产。

3）最后第三步是对**暗示性陈述脱离**（débrayage énoncif implicitant）的运用，它也是以叙事文“只有他们”的形式出现，成功地掩盖了先前的生成过程（le parcours antérieur），并成功取消了先前赋予叙事的任意主项的陈述委托（la delegation de l'éconciation）。

我们无意建立一个复杂的整体结构系统：我们的目的仅限于按照目前文本的成熟度，阐明陈述活动运作机制的几个阶段，学界对这一运作机制只有初步了解，但是它对整个话语理论却起着基础性作用。利用“自由间接引语”的运作机制分析上述叙事文，其结果也会令人满意。

（5）建立一个不用于陈述发送者空间、陈述接受者空间的自主认知空间，可以在话语的另一个层级，特别是话语的**意志维度**（dimension volitive）上产生影响。陈述发送者是万灵的，陈述接受者既参与到叙事主项的知识中，也参与到陈述行为主项的知识中来。对反主项的非-存在知识的获取，其结果就是改变了主项的意志状态：

他们于是放下心来……

在前一序列中，“恐惧”与“欲望”构成了主项的“内在性”，“他们放下心来……”这句话标志着**反向意志**（vouloir contraire）已经被取消了。

字典中对“放心”的主项的定义是“从害怕中解脱出来”，这样，主项进入了孤独，马上要开启它尝试幸福的经历。

2.2 反主项的缺位

（1）陈述行为主项建构的委托认知主项具有陈述行为能力，这种能力尽管是暗示性的，但是它仍然部分地回答了文本分析中时时刻刻有待回答的“谁在言说”的问题。确认这一点可以帮助我们对第二语段做出解读，第二语段中有一个视觉层级的**阐释性作为**。

“荒凉的玛朗特岛挡在他们面前”似乎是对此前的“（他们确信）玛朗特岛”的述真。宏观序列最后的句子“在那座他们**原以为**没有人住的房子后面”，信用关系就这样建立起来了。

我们之前分析了位置词“在……对面”的价值以及它在水平轴上造成的视觉对冲，S_2的位置和这一维度的视阅性词汇“玛朗特岛”“那家餐馆”有对应关系，我们在此不再对前述推理进行重复。两个被聚焦的物体被形容为“荒凉的”“遗弃的”。很明显，文本在找寻S_2的视觉存在痕迹，而不是在找寻物体本身。人迹是缺席的，S_1对S_2的本体性知识可以用下列图示来表示：

知识【/ē+p̄/S_2】

（2）然而，S_1并不满足于对S_2述真性的辨识，它同时也在评估自己的位置，它的位置可能会受制于S_2的**阐释性作为**。它发现，玛朗特岛“为他们挡住了”（可能在另一房子中敌人）的视线。结合S_2的知识，S_1在观察后获取了关于S_2的补充知识，这些补充知识与S_1的存在地位紧密相连。我们在这里涉及**元知识**（méta-savoir），就此已有另文专述过[①]。为了对称起见，我们需要指出S_1对自己认知地位的本体性知识：

知识【/e+p̄/S_1】

本段的认知研究确立了S_1秘密存在和S_2不存在的地位。

3. 英雄的表现

3.1 篇章和叙事分析

（1）两个朋友借助**认知作为**，进入了令他们心安的孤独中，处在他们的秘密中，他们现在可以专注于**语用作为**，即他们找寻的目标——垂钓了。

① 参见A.J. 格雷马斯与F. 奈夫合写的《河马的感情生活》，发表于《语法与描述》，1976年，柏林。

我们正在研究的亚序列看起来更像是对垂钓的描写，它以“(他们)开始钓鱼”开始，以“(他们)在钓鱼”结束。

（2）从时间表现的层级上看，行为始动体的痕迹并不明显，整个段落一起构成了一个持久的重复体，行为的始动体就在这一重复体上成型：两个动词的简单过去时形式“钓起”和“也钓到”各自对应着一个施动者——大家在这里再次看到，这两个施动者其实就是同一个行为者，两个简单过去时动词之后的动词用的是未完成过去时，“抬起钓竿”其实是前面两个动词的同义词，旨在强调这里的作为的重复性，同时通过一个句子对起始的钓鱼意向“钓起”“也钓到鱼”进行形象化的扩充。这种作为的重复性受到“隔不多时”的强调，此外受到加强体的超级限定“这次钓鱼的成绩简直神了”。对该作为重复的结果就是**将反复出现的作为转化为持久的状态**：“他们只知道钓鱼”描述的不再是一个活动，而是一种生活方式。

（3）如果我们试图在叙事文的时间性中研究它的叙事组织要素，则会发现一些令人好奇的事情。根据我们在前面叙事分析中发现的一些叙事文的预见性模式，到目前为止，这个叙事文的铺展像一个被等待的叙事程式，它包含着“找寻”，聚焦乌托邦空间，在这个乌托邦空间中，有一个决定性的考验。我们正在考察的**语用性作为**阐明了在“鱼”的各种形象化下的一个价值客体，我们从中也能看出，这个**语用性作为**同时也在 S_1 和价值客体 O 之间形成了合取，但是，这一作为却不是考验的组成部分，因为这个考验预设着一个反主项 S_2 的存在。与价值客体的合取不是考验作用的结果，而是一个**赠予**，执行赠予的主项不应该是 S_2，而应该是一个发送者。我们在序列二中已经见过这个发送者：它是施事形象**水**，我们当时把它定义为**非-反发送者**（non-antidestinateur）为了便于分析，我们在这里将它认定为 Dr_2，与此同时，将初始发送者（太阳）认定为 Dr_1。

（4）鱼的获取是发送者 Dr_2 的赠予，文本也确认了我们的这一分析：段落的结尾处写到垂钓“简直神了（是个奇迹）”，这里的主项不是发送者，而是陈述行为的委托主项（两个朋友）。根据《法语小罗贝尔词典》的释义，“奇迹”是“人们认为从中看到神的善意干预的事件”，大家能看到，该词的定义与我们的分析不谋而合，定义中不仅在**阐释性作为**（“看到”）之后出现了一种信用关系（“人们认为”），它还标明了发送者（“神”）在积极指示性层面（“善意的”）的赠予（“干预”）。

备注：我们也许可以至此得出阅读莫泊桑作品的使用规则：读者每次在文本中遇到一个俗套（lieu commun）就可以将它视为叙事文的高潮，并应该在其中探寻“深层含义”。

（5）辨识出了赠予，文本后续的解读就会变得容易起来：事实上，鱼一旦被钓起便再次被放入渔网置于水中。对鱼的获取远远不是最后一步：就像普罗普的主角——国王的女儿一样，英雄救美，从叛徒手中救下她，但是她不会为英雄所有，而是被归还给了国王。在我们的分析中，作为价值客体的鱼并没有和 S_1 合取，而是归还给了 Dr_2。通过这个脱离操作，主项在**实现过程**层面上与价值客体分离开来，同时又把**价值客体**留在了现时化的层面上，这与我们对价值论交流的界定完全吻合，我们将这种现象叫作**放弃**（renonciation）。

（6）构成 S_1 决定性行为的作为不是一个考验，它起初是赠予，后来接续着一个反赠予，这种现象叫作主项与发送者之间的**参与性交际**（communication participative）。

3.2 语义分析

3.2.1 银光闪闪的小东西

（1）让人感到好奇的是，序列五“和平”与序列六“战争”之间建立起了一种聚合关系，更确切地说，这种聚合关系存在于两个垂钓者的作为与瓦雷利安山之间。乍一看，在突出重复性的描写中，即两个同义词组之间有一种相似性：

“隔不多时”vs“一下连着一下”

前者是在描述垂钓者的动作，后者是在描述“喷出一股股死亡的气息”的瓦雷利安山，这两个同义词组促进了二者的趋近，以同样的方式，通过列举分别标志着两个时间性事件的起始。此外，我们还要交代清楚一点，这两个平行的操作位于垂直轴上，这样组成的序列组是趋向无穷的：

“神奇的垂钓”vs“吐出的乳白色烟雾”

二者都组成了一种整体化过程（totalisation），第一个整体化过程说的是钓到的鱼，第二个涉及的是瓦雷利安山“吐出的乳白色烟雾”。

（2）对瓦雷利安山的活动和两个朋友遇难的描述平行推进，给我们上述的相似性提供了注脚，也可以让我们更清晰地看到二者的差异。我们再次温习一下序列二中分析辨识发送者时的符号学矩阵：

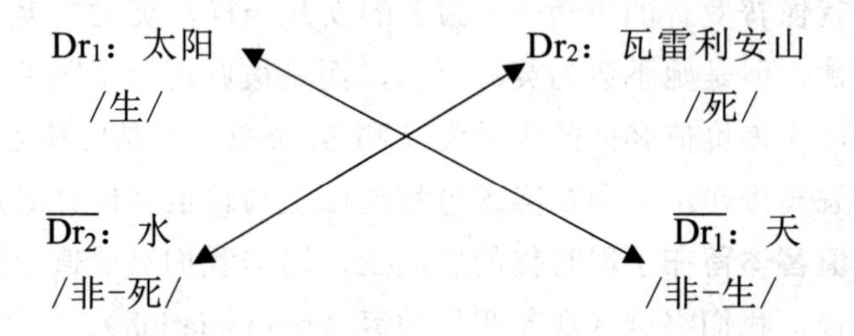

我们已经辨识出垂钓中 Dr_2 所做的**赠予**，大家看到，叙述者所描述的炮击以 Dr_2“赠予”的面目出现了，此外 Dr_2 参与到了/死/的内容构建，“吐出的乳白色烟雾”是形象化的换喻，支撑着/死/的意涵，正如 Dr_2 的赠予“银光闪闪的小东西”承载着/非-死/的意涵一样。事实上，鱼儿尽管被吊出了水面，但是仍然没有死去，在文本中，它们被描述了两次：“还在挣扎的鱼”“还活着的”，两个朋友死后不久这些鱼儿也死了。这一语义对立在形象化层面通过价值客体的颜色描写得到加强：

$$\frac{\text{“银光闪闪的小东西”}}{\text{/闪光的/}} \quad \text{vs} \quad \frac{\text{“吐出的乳白色烟雾”}}{\text{/暗淡的/}}$$

3.2.2 喜悦

（1）接下来的段落是叙事文的核心，要对它做出阐释会更棘手。

乍一看，组成叙事文的两个关系从句在语义层面呈现为一种平行关系。所以，鱼儿的“导入”水中可以被看作喜悦之情“穿透渗入”

两个朋友的（内心）。

两种情况中，作为的作用都会生成叙事状态，标明了主项和价值客体的合取：

1）导入→（水∩鱼）也就是（$\overline{Dr_2}$∩鱼）

2）穿透渗入→（两个朋友∩喜悦）也就是（S_1∩喜悦）

我们知道，这两个状态叙事文各自预示着一个作为叙事文，它们由状态叙事文过渡而来。第一个状态叙事文的主项是外显的，就是两个朋友，整个叙事文可以这样图示：

F 作为[S_1→（$\overline{Dr_2}$∩O：鱼）]

在第二个状态叙事文中，“喜悦”既是价值客体，又是促成合取的作为的发送者主项，我们可以这样图示：

F 作为[$\overline{Dr_2}$：喜悦→（S_1∩O：喜悦）]

（2）如果我们此前没有构建一种特殊的价值客体交际方式——参与性交流的话，此时的分析会变得异常艰难，参与性交流的特点是主项在转移价值的同时却没有与价值脱离，我们可以举出这样的例子：英国女王尽管把所有的权力都委托给了其子民的代表，但是根据宪法，她依旧是王国权力在手的魁首。所以，“会心的喜悦”作为发送者就会在周遭散布喜悦，喜悦会穿透渗进人心。

（3）这样，我们就得承认，“喜悦”变成了$\overline{Dr_2}$的精神指称，它和“喜悦”的宇宙指称实现了对应认同，这两个指称覆盖着位于文本语义再现层面上的同一个界定/非-死/。它们会帮助我们在序列六中找到“喜悦”的对立等值项；瓦雷利安山的活动是这样被描述的：

在妇女们的心里，在女儿们的心里，在母亲们的心里，在这里和许多其他的地方，留下永远无法治愈的痛苦的创伤。

在人心中“留下永远无法治愈的痛苦的创伤”似乎是在形象化层面呈现的“喜悦穿透渗进来”的对立项：我们的分析进行到此，有必要保留“喜悦”和“创伤”两个词项，用它们来呈现两个截然相反的发送者的内容，并就此做出如下图示：

$$\frac{Dr_2}{\overline{Dr_2}} \simeq \frac{/\text{死}/}{/\text{非-死}/} \simeq \frac{\text{瓦雷利安山}}{\text{水}} \simeq \frac{\text{创伤}}{\text{喜悦}}$$

（4）这里的“喜悦”不应该和“快乐”或者任何一种其他的惬意状态混为一谈，这对后续的分析很重要：“快乐”的故事将通过节略的方式，也就是通过微型叙事文来讲述。

当“喜悦”出现时，我们可以认为“这种喜悦，是一个人被剥夺了某种心爱的乐趣，时隔很久又失而复得的时候，才能感受到的”。我们可以对这个句子做如下的分割：

1）（过去的）“心爱的乐趣”＝S∩O（被实现的价值）
2）“一个人被剥夺了（的）”＝S∪O（被潜在化的价值）
3）“时隔很久”＝/想要/的强度
4）“失而复得的乐趣”＝S∩O（被实现的价值）

大家看得很清楚，从叙事的角度讲，“喜悦”不是价值客体“快乐”和主项合取的结果，“喜悦”本身就是一种价值，它是振奋后的体会，是对“快乐”的扩充。重逢是“喜悦”的必要条件，因为重逢不仅能生产“快乐”，同时也能生产一种主项对快乐的**知识**，重逢（至少部分地）将这一知识转化为一种**认知状态**。

（5）经过这样的分析，我们逐步对“喜悦”有了更深的理解。“渗透进入”的“喜悦”第一次被“令人快乐的（délicieux）”（该词在字典里一般会被天真地解释为“〈魂〉被劫走的，让人错乱的”）修饰时，它在叙事层面上标明了一种**超验性**（transcendance）状态，它产生于主项和发送者本质之间的交流。“令人快乐的”这个词项在文本中出现过两次，第二次出自普鲁士军官之口，它与鱼儿有关系，在文本语境中鱼儿们正在等待着被“劫”走，也就是说会成为死亡和毁坏的受体。

“喜悦”第二次出现时已经不再满足于渗进主项了，它完全扩充进了主项的内在空间，紧紧抓住了主项，完全掌控了主项：主项已经不再是主项，而是变成了与发送者合取的复合体。受此影响，主项在形象化层面上只是施动者，只是“喜悦”物体，（从句法角度看）它既是形象化描写的行为者，（从语义角度看）又是处在下位键位的行为者。

（6）我们现在所做的分析，正如我们面对着一篇由神秘主义而来的文本，而莫泊桑本人也以他的方式融入了这种神秘主义。为了阐释清楚这种超验状态，为了在叙事文文本中导入由陈述发送者主导的**构句活动**结构，陈述发送者必须放弃著名的客观描写：

这种喜悦才会紧紧抓住**您**……

我们已经辨识出莫泊桑的手法，这是作家每次要写出重要事件时所用的一个典型的形式和常见的“俗套”（lieu commun），它是莫泊桑对自己写作规则的真正超越。使用这一手法的目的在于通过代词“您”直接将读者带入文中，潜移默化地赋予它和叙事文主项同样的感受能力，来感受同样强烈的“喜悦”：这种类型的脱离会隐藏**说服性作为**的某些方面，试图在发送者和接受者之间建立起某种会意关系。但是会意关系至少需要两个人，文本中出现的“您”也在暗示着会有一个对应的充当陈述发送者的“我的”存在。这个脱离后面会有一个**接合**，它需要通过陈述发送者来确定其刚才发送的意义。最后，在第三步，我们观察到一个新的**陈述脱离**，它会投射出一个叙事文主项“on”，它既包含“我”又包含“您”，进而指代所有人，莫泊桑使用这个代词来指称“喜悦”的接受者们。

3.2.3 热

不出所料，本序列的最后一段导出了 S_1 的第二个发送者**太阳**。如果按照符号学矩阵中逻辑语义学导素的**方向性**原则分析，太阳的出现是可以预见的：

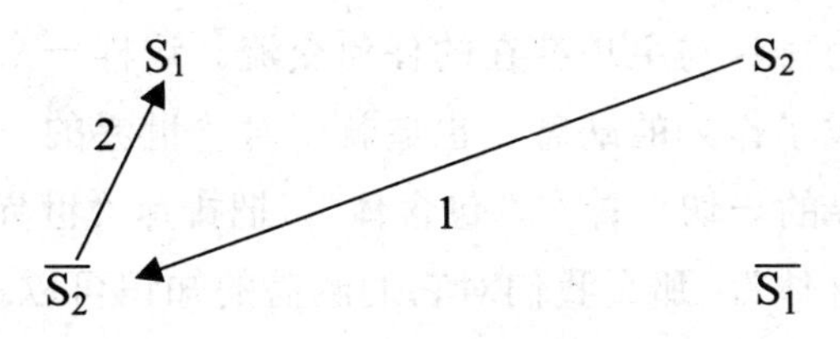

对$\bar{S}_2$存在的肯定必然会引出 S_1 的存在和出现，因为只有/非-死/+/生/接合在一起，才能饱满地表达出存在来。

我们没有必要再次对太阳的主要关键发送者的角色进行分析：这一点在分析序列二时已经非常清晰了，当时我们比较了两个句子，一个位于计划层级（在序列二中），另一个位于实现层级（在序列五中）：

（太阳）在……垂钓者的背上洒下新季节的一股甜美的暖意

和煦的阳光在他们肩头洒下一股暖流

两个句子的对应性显而易见，唯一的新元素出现在第二句中："（它的）暖流"。这已经不再是"新季节的暖意"，而是作为发送者与主项接受者共同分享的主要品质的热。至此，参与性交流被再次建立起来，但这一次是人对其宇宙生命的参与，人在身体中分享着热。

3.2.4 垂钓顺利进行的条件

我们接下来需要考察这个段落中包含的"垂钓"的定义——或者说是垂钓顺利进行的诸多条件。这个段落与卢梭描写他的"心灵状态"的经典段落出奇地相似，卢梭自称这样的描写令他"愉快地感受到了自身的存在"。

这三个垂钓的条件都是否定性的：

（1）"他们什么也不听"

（2）"他们什么也不想"

（3）"仿佛世界的一切都不存在"

前面的两个句子可以合并起来，它们都是对主项活动的否定。这两个句子却与动作的对象对立着：第一个句子否定的是**外感性作为**（faire extéro-ceptif），第二个句子否定的是**内感性作为**（inéro-ceptif），两个句子合力排斥与主项**存在**的任何交流。这样一来，对**认知作为**的双重否定促成了作为的缺席，也造就了对"世界的一切"的不-**知道**。如果把"世界的一切"看作"包含体"，把排斥"世界的一切"的主项看作"被包含体"，那么我们对它们涵盖的知识可以这样切分：

$$\frac{\text{/包含体/}}{\text{外感性与内感性内容}} \quad \text{vs} \quad \frac{\text{/被包含体/}}{\text{本质性内容}}$$

这些内容也是认知作为的对象，并生产出主项的**知道**（或者**不知道**），如果生产的是**知道**，则是**传导性知道**，如果是**不-知道**，则是**自反性知道**。我们现在可以对序列中最后一个句子做出语义阐释：

他们只知道钓鱼

这句话是位于认知层级的叙事装换的结果，它包含：

（1）对传递性知识的否定
（2）自反性知识
（3）指向主项本质性的内容

在形象化层面上，顺利的“垂钓”与“喜悦”存在等价关系，它既是喜悦，同时又是对喜悦的意识，两个朋友找寻的最后结果就是得到了存在本身的“**知识**”，即对宇宙生活的参与。

序列六　战争

但是，突然沉闷的一声巨响，仿佛是从地下传来一样，大地都应声发抖。那是大炮又轰鸣起来。

莫里索扭过头去，越过堤岸，向左上方望去，只见瓦雷利安山巨大身影的额头上有一朵白絮，那就是它刚刚喷出来的硝烟。

紧接着第二朵烟花从堡垒顶上冲出来；过了一会儿，又是一声炮响。

炮声一下连着一下，山头喷出一股股死亡的气息；吐出的乳白色烟雾，在静静的天空里缓缓上升，在山的上空形成一片烟云。

索瓦热先生耸了耸肩膀，说："瞧，他们又开始了。"

莫里索正在紧张地望着他的一次又一次往下沉的浮子；突然，这个性情平和的人，对这些人疯子般地热衷于战争怒从中来，低声抱怨道："一定是傻瓜才会这样自相残杀。"

索瓦热先生接着他的话说："连畜生也不如。"

莫里索刚钓到一条欧鲌，他表示："可以这么说，只要这些政府还在，这种情况永远也不会改变。"

索瓦热先生接过他的话，说："不过，如果是共和国，就不会宣战了……"

莫里索打断他的话："有了国王，打外战；有了共和国，打内战。"

他们就这样平心静气地讨论起来。他们以温和而又眼界狭窄的老好人的简单理智分析重大的政治问题，最后取得了一致的看法，就是人类永远都不能得到自由。瓦雷利安山上的炮火依然无休止地轰鸣。敌人的炮弹正在摧毁一座座法国人的房屋；粉碎无数人的生活；摧毁数不清的生灵；葬送许多人的梦想，许多人期待着的欢乐，许多人梦寐以求的幸福；在妇女们的心里，在女儿们的心里，在母亲们的心里，在这里和许多其他的地方，留下永远无法治愈的痛苦的创伤。

“这就是生活。”索瓦热先生感慨地说。

“还不如说这就是死亡。”莫里索接过他的话茬，微笑着说。

（但是）

1. 文本组织

（1）尽管两个**逻辑析取词**“但是”框定了序列六，但它仍然是上一系列的继续和转换。之所以是上一序列的继续，是因为序列六中所列的事件与序列五都在同一乌托邦空间中展开；这些事件从语用作为的层面上看，是对垂钓的重复和强调。

二者的转换关系位于相同的背景中，表现得也很明显：

1）序列五中的“惬意”在本序列中变成了“不悦”；

2）句子“他们什么也不听”导出了对**外感性作为**的拒绝，在本序列中，它变成了**外感性作为**的应用，因为本序列中出现了“巨响”；

3）句子“他们什么也不想”导出的**内感性作为**也被重新开始的对话否定了，对话是外部世界中事件的双重行为者的话语表现。

从这个角度上看，在先不考虑主项所获取的内容的前提下，我们可以说“喜悦”的经历被“突然”打断了，因为它存在的条件发生了变化，陈述行为的主项过渡为叙事文的主项。

序列五
/被包含体/+/个人的/+/惬意的/

⇒ 序列六
/包含体/+/社会的/+/不悦的/

（2）在做出以上说明后，我们可以对序列六进行初步的切分，主要按照下列要点来切分：体现外感化作为的段落；描述外部包含体的段落；体现内感化作为的段落；对世界的判断的段落。按照这个标准，本序列可分为下列四个亚序列：

1）描写 1

2）评述 1

3）描写 2

4）评述 2

这显然只是依据文本表面特征所做的一个临时性的划分，/连续性话语/vs/对话/范畴属于陈述发送者使用的脱离之形式，它就是上述文本的表面特征。

（3）另一方面，序列六与序列二表现出一定的平行特点，我们还能记得，序列二含有对价值宇宙的描写，价值宇宙又主导了序列五、序列六中的叙事程式。这种描写中有一个分为四个词项的发送者体系的构建过程，这个发送者体系是以**原发送者**（proto-destinateur）为基础构建起来的。四个词项中的三个在序列二中已经构建好了，这就给反发送者（Dr_2）的施事键位留下了空缺：

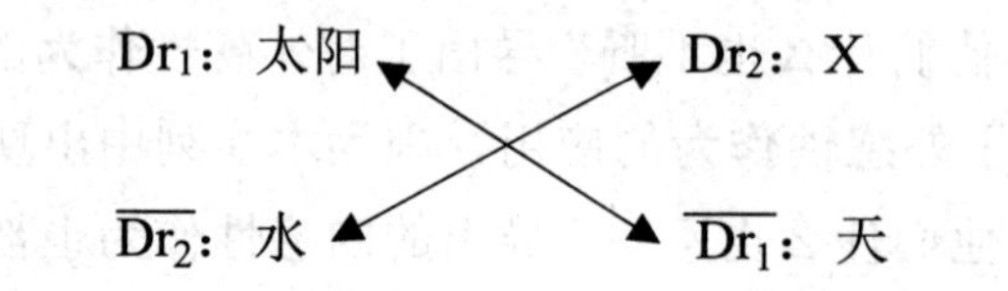

序列六的大部分内容都是在填充这个空缺的键位：反发送者（Dr_2）以瓦雷利安山形象化的形式出现，充当起本序列的叙事“功能”，序列五中出现的正向指示性的两个发送者推动了反发送者叙事功能的发挥，这样，在序列五和序列六之间又出现了对立：

$$\frac{\text{正向指示性}}{\text{/太阳/+/水/}} \quad \text{vs} \quad \frac{\text{负向指示性}}{\text{/瓦雷利安山/+/天/}}$$

2.瓦雷利安山

2.1 声响与寂静

（1）被我们命名为“和平”vs“战争”的两个序列之间的断裂具

有彻底的特点。析取词“但是”与时间词项“突然”终结了文本的延续性，听觉感知层面上的“一声巨响”打断了持续的垂钓惬意。“一声巨响”可视作：

1）是无名发送者**所发送的信号**（“巨响”是句子的主项，它“来自”某处）

2）或者是接受者**所接受到的信号**——它受到 S_1 及时地阐释（“仿佛是从地下传来一样”）

这是一个全面的交流行为：这一信号被接受者接收，伴随着一个动力作为（“大地都应声发抖”），它服从于一个双重阐释性作为。从听觉的角度看，它似乎来自地下/低处/，视觉述真给它提供了另一个位于/高处/和/左侧/的来源。我们会在后面回过头来研究对 S_1 的阐释。

（2）另一方面，“**巨响**”终结了围绕在两个朋友神秘经历周围的“**寂静**”。事实上，从这个角度看，序列五受到了莫里索垂钓前的“倾听”和传来的“巨响”前后限制，我们可以用下列图示表示：

[倾听→没有-听到]⇒[没有-听见→没有-倾听]⇒[没有倾听→听见]

↑　　　　　　　　　　　　　　　　　　↑

（地面上）　　　　　　寂静　　　　　　（来自地下）

（3）从主题的角度看，“**寂静**”在另一个层面上扮演着和“**水**”类似的角色，它与沉闷和无休止的“巨响”一起通过重复的方式开启了文本的后续内容。瓦雷利安山“不停地轰鸣”“一直在轰鸣”“停不下来的轰鸣”，宣示的是好斗和主宰的神的存在。

2.2　人状形象（figure anthropomorphe）

只有通过视觉上的认知作为才能细致地介绍反发送者的**人状形象**，大地的震颤与巨响标志着反发送者的出现。多个谓词（“倾洒”“流淌”“染成血色”）修饰着发送者（太阳），它变成了形象化施动者；而反发送者（瓦雷利安山）的出现具有三个明显的人形特征：

1）它的外表具有人形特征：

·它具有一个巨大的“身影”

·它“额头上有一朵白絮”（我们在后文中能看到，这也是普鲁士军官的形象）

2）它的行为也具有人的特征：

·它“喷吐”

·它“喷出一股股死亡的气息”

·它“吐出的乳白色烟雾”

3）它的作为中包含着一些蕴含着“生命”义素的谓词：

·它“毁坏”

·它“压碎”

·它“压扁”

我们已经两次提及它的作为，文中的聚合关系似乎也在凸显它的作为，我们可以用双重观点来分析这个作为：

（1）这个作为存在于“硝烟”的**发送**当中，这一发送受到诸多动词的形象化强化：“喷吐”“喷出气息”“吐出烟雾”（在这些动词的加强下，“大炮”转变成了大山的“大口”）；“一股”硝烟先后受到一系列同义词的修饰：“一朵白絮”“烟雾”“死亡气息”“乳白色烟雾”“云”，最后变成了“冒烟的山”。

这一动作发生在天空，与序列二中描述的宇宙性事件相比，它有两个特征：

1）它让人想起太阳的动作，太阳与水一起作用，在水面上形成“一层水雾”：这里可以看到天空与瓦雷利安山的合取，它与太阳和水形成的正向指示性相反，属于负向指示性，二者合力形成了天空的“烟雾”。

2）它也让我们想起秋天把天空染成血色的太阳，阳光在天空中漫布，最后将天空当成了它的圆寂之地：烟雾扩散，逐渐变成天空中的“烟山”，天空变成了富有比较性的烟雾的死亡之地。

（2）这段描述性文字的文本构建将时间性事件（“烟雾”的发送）置于垂直轴上，并通过一个始动体、一系列的序数重复组织了该事件，序数重复对最终形成时间性文本生产进行了整体化处理，形成了一个集合体（一座“烟山”），似乎是对上一序列中的垂钓的重现，这样我们可以辨识出下列对应认同：

$$\frac{\text{水}}{\text{瓦雷利安山}} \simeq \frac{\text{“奇迹般的垂钓”}}{\text{“烟山”}} \simeq \frac{\text{/非-死/}}{\text{/死/}}$$

烟山的出现与两个朋友的死亡是并存的。

2.3 社会习语空间与个人习语空间（l’univers sociolectal et l’univers idiolectal）

（1）经过上述铺垫和准备，我们现在可以就统摄整个文本的**形象化价值**做出思考，并对这一层级中陈述行为主项莫泊桑的个人习语空间与19世纪文化背景中的社会习语空间之间的关系做出思考。社会习语空间所涵盖的空间和历史阶段可能还更加宽广。

今天的符号学一般只有两种关于语义空间基本切分的模式，这样建构的模式根本没有考虑到任何社会习惯性和心理性的现实：

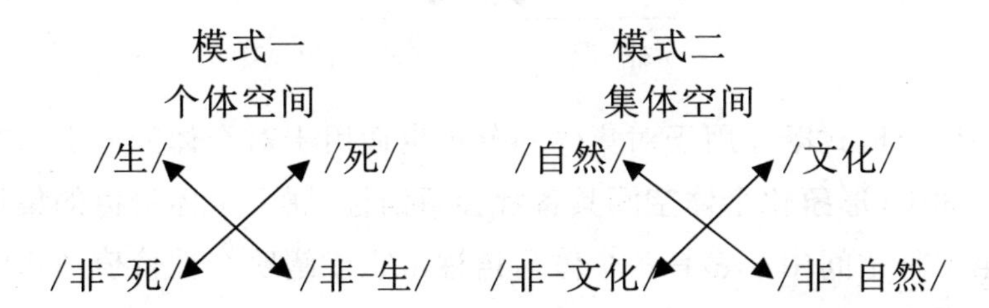

我们可以把这两种模式视作处于**抽象**（深层的、非形象化的）层级的**基本价值结构**，依据这两个结构，我们可以对语义空间做出初步的切分（但是很显然，这种切分与自然语言中所涉词项的特殊词汇化没有任何关系）。

抽象的语义模式和**基本价值结构**产生关联，这是一些文化成见类型，它的广适性还没有得到证明，但它的普遍性至少在旧世界的地理和历史框架中表现得很明显。我们这里主要以构成自然的四种元素为例：

备注：我们目前还不能自负地断言符号学矩阵中这四个词项符合符号学规则。

在话语的形象化过程中，抽象价值结构（与模式一、二对应）经常受到基础形象化结构的对应认同：对应认同的结果就是对形象化词项实现了一种价值化（valorisation），这样形象化词项就具有了象征的功能，两种模式叠加就会形成一种**形象化价值结构**（une structure axiologique figurative），这样一来，受到形象化的模式就会呈现为下列形式：

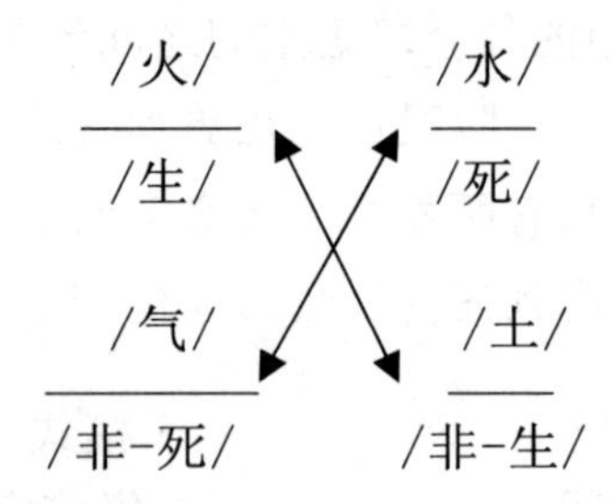

这一模式既适用于对集体的分析也适用于对个体的分析：在第一种空间中，**形象化个体空间**具备**社会习语性**，属于个体价值的集体化；在第二种空间中，它具备**个体习语性**，它能阐明个性价值体系中的个体组织方式。

对应认同也能给集体空间（模式二）赋予一种形象化再现：这样构建起来的**形象化集体空间**可能具备着**社会习语性**（它对应着神话性再现），也可能具备着**个人习语性**（这只是对集体价值的个体化阐释）。

这一同时具有理论特点和术语特色的分析工具可以便利我们对莫泊桑个人习语性语义空间的探索。它有如下特殊之处：

1）通常而言，莫泊桑的形象化空间会与模式一产生对应认同，也就是与**个体空间**（/生/vs/死/）的抽象再现进行对应认同，它很少会与**集体空间**（模式二）在/自然/vs/文化/范畴中产生对应认同并得到辨识。

2）形象化结构和抽象结构的对应认同模式具有特殊性。尽管我们现在无法在符号学矩阵上明确地指出形象化要素的经典性内容，也无法将莫泊桑的形象化组织结构定义为经典的**意涵性变形**（déformation significative）（请参见梅洛庞蒂的相关论述），我们仍可以通过比较莫泊桑与贝尔纳诺斯的形象化布局（参见拙著《结构语义学》）分析出**个体言习变异**（variations idiolectales）。

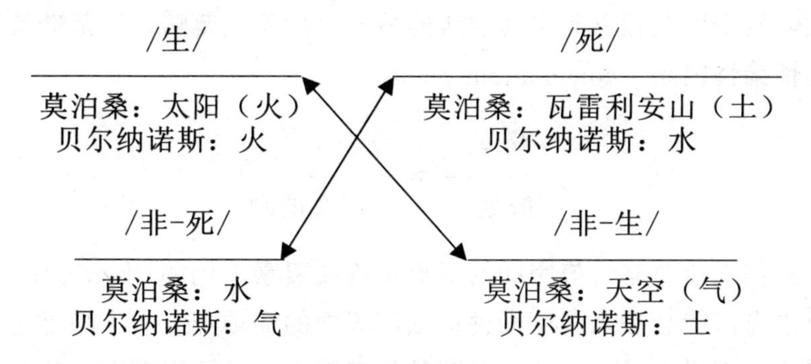

3)莫泊桑所选用的用来指称形象化要素的词素也构成了明显的个人言习差异：在从社会习语空间到个人习语空间的过渡过程中，只有指称“水”的词素没有发生变化，其他要素都在转化中有了新的名称。

（3）这种阐释尽管比较粗糙，但我们仍然可以据此建立起一种令人满意的假设理论框架。仔细观察，我们能发觉下列要素之间的距离：

/火/ ↔ 太阳

/气/ ↔ 天空

尽管这种距离不大，它仍然可以使用修辞类转（conversion rhétorique）对词项进行严格分析：

/土/ → 瓦雷利安山

这一图示展示的关系看起来似乎不太“自然”，并不从属于预设的文化俗套轨迹。如果补充一点，瓦雷利安山是唯一具备个性化地名覆盖功能的形象化要素，我们就会明白，瓦雷利安山具体的词汇化是问题症结所在。

我们仔细考察由陈述者主导的形象化词项与抽象词项之间发生在符号学矩阵上的对应认同，则能得出如下图示：

[/死/≃/土/] +[/死/≃/气/]

上述词项构成了符号学矩阵的负向指示性，包含着一个**不悦性内涵**。而我们从序列四对认知性占有（appropriation cognitive）的分析中看到，两个朋友建立起空间层级的另一个形象化范畴，该范畴具有强烈的**情绪性内涵**（connotations phoriques）：

$$\frac{/高处/}{/低处/} \simeq \frac{/不悦的/}{/惬意的/}$$

我们不能忽略价值空间的形象化构成要素，例如/土/、/水/，这些要素有可能会被当成**空间性**词项，其中的词项/土/为了满足它有待去表达的**不悦**内涵，只能处于**高处的空间**中：对瓦雷利安山的命名是两个形象化结构在某个键位上同时趋近交合的结果，二者经过妥协求同使得土地的位置出现在/高处/，而它的经典性的、社会习语性位置在/低处/。

我们终于找到了恰当的解决办法，即进行新的对应认同：对应认同的目标就是通过垂直型空间范畴里的词项/低处/与/高处/找到正向指示性与负向指示性之间的对立性：

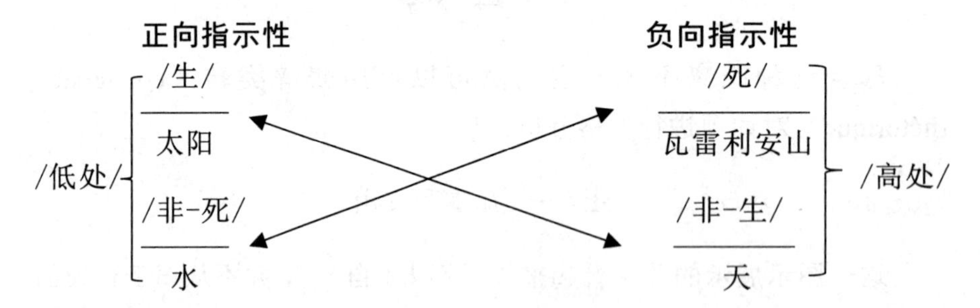

现在我们就能很好地理解为什么太阳和水的合取（序列二与序列五）会发生在/低处/的惬意键位上，而瓦雷利安山与天空的合取会发生在/高处/的不悦键位上。

（4）这样的形象化价值配位要保持下去的话，它赖以存在的两个范畴必须相向交合，如果同一层级的其他范畴出现，这一价值配位会随时中断。在文本中出现的第一个配位中断会发生在水平维度中的叙事冲突中，此时正面和负面的两个乌托邦空间会发生如下所示的对应认同：

正面空间	vs	负面空间
“水边”＝/水/		“马朗特岛”—/土/

如果出现下列范畴：

/宇宙性的/vs/人类学的/

则上述价值配位也会终止。

根据这一范畴，所有与人无关的活动都应该位于/高处/（例如，在序列二中太阳的死亡），而与人有关的活动的发送者则会接近人，发生在/低处/（例如：序列三中“天空-气”的欺骗性作为、序列六中瓦雷利安山的毁坏性作为）。

（5）最后，词项/左边/的出现指出了瓦雷利安山活动的唯一特点——极端的不悦，但是在我们的文本中却找不到任何一个相对的词素。

（6）在这篇简短的文本中，我们无法得知社会习语性形象化结构的存在模式，所以无法将分析推进得更深入，进而提出社会习语性空间的运作模式。这样一个运作模式既能澄清文本的总体切分，又能阐明促使社会习语性空间产生的类转规则。我们的分析目的在于提出一种对**语义独特性**概念可行的定义方式。

2.4 死亡性作为

方便起见，我们直接过渡到描述瓦雷利安山的第二个段落，之后再将它与评述性段落放在一起比较。

实事求是地讲，这个段落只包含一个阶段，从形式的角度看，它的表层组织也极其明显，下面的图示就能说清楚它的句法切分，这个图示已经能抵得上进行了大半的细致分析：

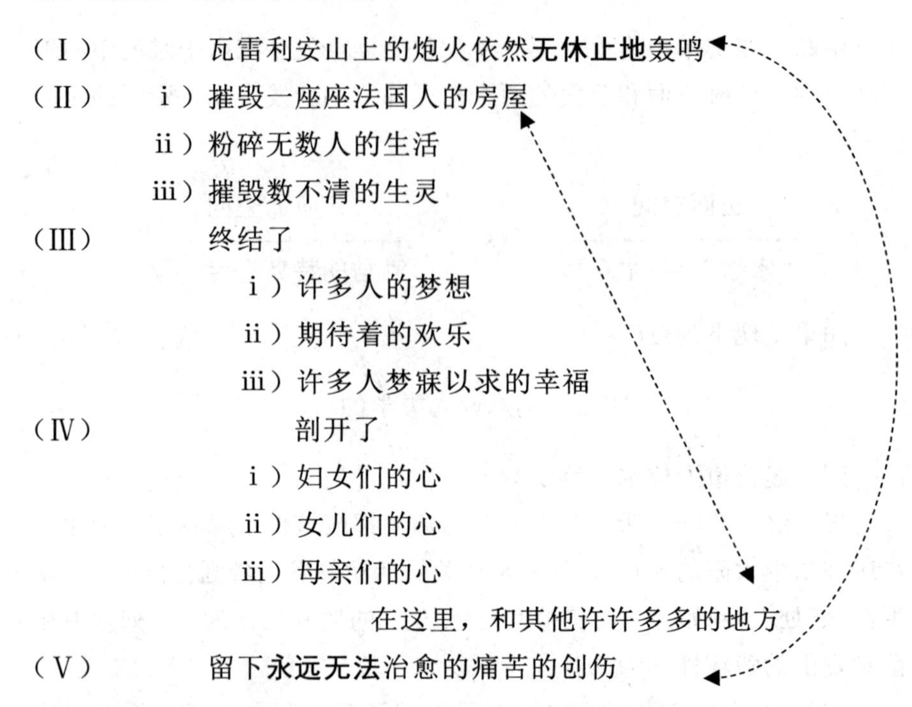

（1）从文本的角度看，本阶段的第一个从句像是一个出现在 S_1 话语性作为之后的**照应**，它重新对瓦雷利安山进行了扩充性描写。它充当着文本枢纽的作用，对瓦雷利安上的两类活动既起到集合作用，又使它们对立起来：这两类活动是本段中提及的**高处的**活动和文本后续会提到的**低处的**活动。

（2）整个段落都处在“重复性”的标记之下，它向无限扩展，暗示着战争是一种绝对的恶，在（Ⅰ）与（Ⅴ）中，两个重复性标志框定着这一阶段：

$$\frac{\text{/宇宙的/}}{\text{“无休止地”}} \simeq \frac{\text{/人类的/}}{\text{“永远无法治愈的”（伤痛）}}$$

这样界定出来的阶段具有细腻的纹理，它按照**三重节奏**（rythme ternaire）推进，但是该节奏的功能却是双重的：它将**破坏作为**（faire destructeur）阐释清楚，根据全维叙事象征主义的观念，它的三重节奏标明了“大量”的重复性事件。这样一来，我们看到本阶段的结构构成具有韵律性：除了开头和结尾的语段外，其余三段（Ⅱ）、（Ⅲ）、（Ⅳ）类似三个诗段，每组诗歌又包含着三个诗句：ⅰ）、ⅱ）、ⅲ）。

（3）对阶段主题的切分也非常有理据性，如果诗段（Ⅱ）描述的是瓦雷利安山的破坏性作为，那么诗段（Ⅲ）、（Ⅳ）描述的则是这个作为的后果；如果说诗段（Ⅱ）在**持续体和重复体**的体态中建立起了这个作为，那么诗段（Ⅲ）则发展了它的**终结性**体态化过程，诗段（Ⅳ）则发展了它的**始动性**体态化过程。

上述过程还原了文本的时间性，我们很容易就能发现，上述情况知识表层现象只是隐蔽的叙事结构的**时间化**程序。本阶段表现出了自主的**微型叙事文**的特点：瓦雷利安山作为能力主体，完成了它的运用（performances）——诗段（Ⅱ），它的运用对应着两种类型的转换，它们分别配置到诗段（Ⅲ）与诗段（Ⅳ）上，我们可以用下列公式来表示：

En_1＝作为转换［Dr_2 →（S：人 ∪ O：喜悦）］

En_2＝作为转换［Dr_2 →（S：人 ∩ O：创伤）］

我们没有必要在此处做更加细化的分析，我们本可以继续做出如下分析：借助对内容的义素推进分析，在词项“梦想”、“喜悦”、“幸福”之间建立起一个亚同义词关系。大家还能记得，我们在分析序列五的时候通过分析/非-死/与/死/的对立关系，曾经分析过“喜悦”与“创伤”之间的对立关系。在诗段（Ⅲ）、（Ⅳ）中表现出来的叙事文各自都拥有自己自相矛盾的**客体**，它们的功能，即析取和合取也都是矛盾的，从宏观结构上会出现同义迭用的特点，所以，从逻辑操作的层面，我们可以从中看到/非-死/与/死/的对立：

转换＝/非-死/→/死/

（4）我们在这里有必要补充一点，瓦雷利安山位于法国一侧，但是它对交战的两个民族都发挥着破坏性作为（参见“法国人的房屋”与“许多其他的地方”）：反发送者如果将它的权力委托给普鲁士军官（出于叙事文需要在结构上制造 S_1 与 S_2 对抗的叙事需要），那么只剩下一个普遍性的反发送者，它是生命的敌人，生命与死亡各自的价值都需要人来领受，二者会在阅读中呈现出深刻的同位素性。

（5）我们现在能更好地观察对瓦雷利安山的两种不同描述：第一种描述强调的是它的**存在**，第二种描述强调的是它的**作为**。事实上，只要近距离地观察瓦雷利安山的谓词（“喷出气息”“吐出烟雾”）就能发觉这些谓词的及物性是虚假的，也就是以迂回的表达方式代替扩展中的不及物动词。事实上，这些动词生产的叙事文只是状态性叙事文，它们与作为性叙事文截然相反，后者的谓词分别是“摧毁”“粉碎”“葬送”。

两种对瓦雷利安山的描写拥有共同的**能力**模式，该模式对上述的**存在**和**作为**都产生了高度的限定。这个**能力**模式早在前文中就被导出：“奥热蒙和萨努瓦两座山冈**俯视着**整个地区。”瓦雷利安山的存在是一个位于天空的主导型的**能够-存在**，而它的**能够-作为**则对低处的被俯视者们施加着影响。我们要记住这一分析结论，它会在分析两个朋友的时候发挥作用。

3. 死亡和自由

3.1 切分

瓦雷利安山的第一种描述呈现的是能够的存在，第二种呈现的是反发送者的作为，在这两个描述之间存在着一段插入的对话性的亚序列，它是对宇宙呈现的评述。事实上，我们通过比较两个句子能清楚地看到评述的特点：

“大炮	又轰鸣起来”
“他们	又开始了”

如果我们承认，乍看起来，这一评论重复了描述（描述位于**宇宙层级**，而评论却将事物置于**人类的层级**），那么我们可以将评论根据它的场所性分为两部分：

能够的作为 vs 能够的存在

我们注意到，这里存在一种组合换位（permutation syntagmatique），是故，文本会呈现为如下形式：

/宇宙性存在/→ /人类的作为/→ /人类的存在/→ /宇宙性作为/

从文本的角度看，每个片段由三小部分组成，第一小部分从表面上看是观察性叙事文：

1）“瞧，他们又开始了”

2）“只要这些政府还在，这种情况永远也不会改变”

每个片段都呈现三元结构，可以分列为/1+2/的形式：

第一片段	vs	**第二片段**
索瓦热		莫里索
莫里索		索瓦热
索瓦热		莫里索

此外，对话部分之后还有一个简短的“自由间接引语”，这段自由间接引语含括了对话，叙述者在其中对对话做出了总结。为了便于后期分析，我们先把这一片段和对话分开来处理。

3.2“连畜生也不如”

（1）索瓦热先生导入性的观察“瞧，他们又开始了”虽然在形式上与句子“大炮又开始轰鸣”具有相似性，但是前者将**事件性作为**（faire événementiel）置于人类的层级。在前面的描述中，“大炮”只是瓦雷利安山的“口”，在这里它被句法主项“他们”取代，这里的“他们”具备着/无限/和/人/的特点。事实上，索瓦热先生的叙事文像所有使用的直接引语一样，同时具备日常句法身份和小资产阶级陈词滥调的地位：这和一位多子女家庭的父亲抱怨孩子们又开始吵架没什么两样。

这句话导入文本的时候伴随着一个被陈述者强调了的肢体动作，

“索瓦热先生耸了耸肩膀”，根据《法语小罗贝尔词典》的释义，耸肩是“鄙视和漠视的信号”。这里的“他们”是非限定的，而 S_1 首先位于下列状态中：

/非-悦/=/不惬意+不喜悦/

S_1 似乎没有注意到“他们”的存在。

（2）**事件性标志**（marques événementielles）就出现在此处，“突然”是**情绪状态**（état phorique）变化的信号：“怒”是强烈的不悦状态的词汇化，我们可以这样来表达这种转换：

/非-悦/⇒ /不悦/+/强度/

“怒”的语义内容会以一种更为强烈的方式出现在另一个词素“疯子般”中，这两个词都包含着/攻击性/这一语义要素，我们可以将之视为行为者在论争性质的叙事情景中的语义投入（investissement sémantique）。这一语义内容被配置给了两个行为者，第一个行为者被命名为“平静的人”，第二个是“战斗的人”，后者只是对照应词“他们”的扩展。上述情况可以做如下图示：

行为者 1	vs /攻击性/	行为者 2
“发怒的” ―――――― /高强度的不悦/	≃	“疯子般的” ―――――― /高强度的不悦/
“平静的人” ―――――― /和平/	vs	“战斗的人”＝“他们” ―――――― /战争/

换言之，人类被分成了两类：“和平的爱好者”与“战争的爱好者”。

情绪状态的激变与攻击性的突现源于两个相反的**叙事作为**、两个程式的共时化处理（synchronisation）：莫里索正在“紧张地望着他的一次又一次往下沉的浮子”的时候怒从中来。我们没必要花费笔墨分析“垂钓”程式与“炮击”程式的平行关系，充满战斗气息的**相反作**

为（faire contraire）在它与惬意的价值客体会合之时，在一种极为荒诞的情境中，创造出一种汇聚了词项/和平/与/战争/的令人难以承受的复杂状态。

（3）分析至此，只能通过否定共存的不悦状态和承载着不悦状态的行为者，惬意状态才能持续下去。在这种否定行为者 A_2 的背景下，我们才能读懂两个朋友依次说出的价值判断：

一定是傻瓜才会这样自相残杀！

连畜生也不如。

这些否定的判断通过句法和词义两种不同的途径表达出来。

从句法的角度看，我们注意到行为者 A_2 首先以“他们”的面目出现，也就是说它是/不确定的/，但是在行为者 A_1 的非悦状态中它也是/有人称的/，后来却出现在了一个无人称的句子“一定是傻瓜才会这样自相残杀！”（faut-il...）中，也出现在了“c'est...”这种句型中，这两种无人称句式都标明了/非-人/的特点，在代词层面也体现出了对立关系：

这（ça） vs “人们”（on）

这涉及一个众所周知的 19 世纪文风中的写作手法：**句法的人物事件化**（la réification syntaxique）。例如，福楼拜笔下会写出“女人们，这是欢爱后呵欠连天的（人们）”。

从语义的角度看，效果和句法效果类似，但还是稍有不同。为了更好地阐释上述判断，首先应该承认两段叙事文互为同位素，因为它们是由组成唯一行为者的两个施动者生产的。也可以这样理解，我们可以这样来补充第一段叙事文：

一定是（像畜生一样的）傻瓜才会这样自相残杀！

如果是这样，那么：

1）第一段叙事文将“互相残杀”的“疯子们”从人的状态矮化到“畜生”的状态；

2）第二段叙事文甚至否定了他们作为“畜生”的资质，从句法层面上看，它们都被指物的代词“ça”来指代了。

有意思的是，“畜生”的状态与自然状态竟然等同了，第二段叙事文竟然否定了自然状态，在**阐释性作为**的层面，我们能看到如下的转换：

/自然/⇒/非-自然/

3.3 自然与文化

第一个对话片段阐释了人们的**作为**（“互斗”“互相残杀”），它的发送者是瓦雷利安山，我们看到，这个作为的主体只有借助某个阶层的人而不是全体的人，才能得到确认。要接受这样一个发送者，就必须从终极意义上调适广义的意识形态取向。这样，S_1 不属于这一亚人类阶层（cette classe de sous-humanité）：

行为者 2（ça）排斥行为者 1（S_1）

第二片段用不同的语言来提出问题。开启叙事文的对话也源自两个程式的共时性处理：

<table>
<tr><td>/和平/</td><td rowspan="2">vs</td><td>/战争/</td></tr>
<tr><td>“莫里索刚钓到一条欧鲌”</td><td>“（这种）情况永远也不会改变”</td></tr>
</table>

两段文本表达各自阐释源自一个**作为的状态**：反映垂钓幸福结果的重复性状态变成了持久的“杀戮”。这两个文本表达同时也表明伴随作为的张力减弱了，它现在终于可以在话语层面显现出来：如果说第一片段中的各部分具有同位素性（索瓦热先生只是“重复”莫里索的话），那么第二片段中的对话更像是一场“讨论”。

莫泊桑在文本的表层操控着一种讽刺（ironie），我们没有必要专注于此。

莫里索的“宣言”（在第一片段中，莫里索只是低声咕哝）开启了这场关于“重大政治问题”的讨论，两个施动者分别承担起“无政府主义者”与“共和主义者”的角色。这样就出现了一种以“母语”

（vatersprache）为模式的**文化**话语，它讨论的是政府形式，从总的方面看，也就是与“战争”牵连的制度化的**文化**。

在此，我们又一次发现了左右文本的聚合组织原则。我们还能记得在序列五中关于“生命”的神秘主义体验，它要成立必须满足两个条件：

·对外受性的否定（“他们什么也不听”）

·对内受性的否定（“他们什么也不想”）

而序列六的两个对话性片段却正好相反：

·对外受性的论断（人的**杀戮性作为**）

·对内受性的论断（政治机构组织杀戮）

包含体的内受性和外受性是与被包含体的本质性相对提出来的，它们一旦被提出来，就会发生下列的演变：

/非-自然/+/文化/

我们很清楚地看到，这是集体空间中社会价值的显现，它属于模式二中负向指示性，并且与已经建构的价值结构发生了对应认同：

［/非-自然/+/文化/］　≃　［/非-生/+/死/］

3.4 社会原型发送者（le proto-destinateur social）

事实上，位于反发送者键位上的 Dr_2 既是普遍的，又是个体的。在我们所研究的片段中出现了**社会原型发送者**，词素“各个政府”代表着它，它将文本中两个发送者（**社会发送者**“巴黎”和**社会反发送者**“普鲁士人”）合并起来。这是一个公用的社会发送者，借助它，反发送者瓦雷利安山实现了直接发送，在战争之前，社会发送者和反发送者是重合的：导入讨论的叙事文在长久的杀戮和各种政府之间建立起了并存关系。

面对着这个新的发送者，同时也面对着新的从属关系，新的接受者以“on”（人们）的形式出现了。新的行为者“on”既是/人称的/又是/人类的/，它本身就包含着主体 S_1：

A_3（“on”）包括 A_1（S_1）

行为者 3（A_3）与“所有的政府”针锋相对，代表所有无名的人类。

我们有必要指出，/被统治者/与/统治者/的关系最初只呈现出一个方面：它呈现在含括着发送者和接收者关系的句法框架内，社会发送者赋予人类的死亡**赠予**是它的一大特点。这样有了：

$$\frac{\text{“国王们”}}{\text{“共和国”}} \simeq \frac{\text{“外部的/战争/”}}{\text{“内部的/战争/”}}$$

两个句子：

有了国王，打外战
有了共和国，打内战

这两个句子蕴含着一个不变的内核，我们可以对它这样图示：

F 转换[社会发送者→（A_3：人类∩O：战争）]

所有“政府”给人类提供的唯一的赠予就是“战争”。也就是我们之前利用/文化/词项确定的/死亡/。

3.5“人类永远都不能得到自由”

（1）这个对话性片段知识导入性成分，为接下来发展的讨论提供预告，陈述发送者将结论归在它的身上，即“人类永远都不能得到自由”。我们按照分析逻辑会期待此处出现“自由间接引语”，但实际情况并非如此，这里出现的是一个新手段，该手段要呈现的是讨论的形式，而不是它的内容。

这一段的组织原则符合我们已经熟知的**程序性谓词在话语时间化过程中扩张**（l’expansion d’un prédicat precessuel lors de sa temporalisation discursive）时的规则，这一扩张程序包括：

始动体“他们开始讨论……”

延续体“分析……”

终结体“取得一致看法”

讨论的内容表现出了延续性，有两个明显的特点：

1）讨论的形式建构包括：

·主题：“重大政治问题”

·参与者：“温和而又眼界狭窄的老好人”

·模式：“简单理智地”“平静地”

2)陈述行为主体此时发送的一系列针对叙事文主体的**价值判断**旨在贬低叙事文主体，因为这些**价值判断**是按照/文化/的模式而非/自然/的模式发挥作用的，也因为它们用不真实的话语交流代替了唯一真实的交流——无声的交流（“即使一言不发，他们也能彼此心领神会”）。然而这些判断中也有正面的判断：正面的判断有助于肯定“简单理智”，进而推导出最终具体的结论。

（2）分析至此，我们可以考虑从结论“人类永远都不能得到自由”出发，通过回溯阅读（rétro-lecture）来重组讨论的步骤：从我们的角度看，**讨论**只是两个**说服性作为**的对决。这场讨论的开头部分就向我们展示其目旨在搞清楚：

·战争是否是所有政府的先天性属性（这是莫尔索的论点）；

·或者战争只是某些形式的政府的先天性属性，当然共和制政府没有包括在内（索瓦热先生的论点）。

为自己争取辩论的有利地位，两位辩手各自都在发挥其说服性作为的威力。在这种情况下，辩论的双方只有在放弃自己论点的同位素性并认可对方论点的同位素性（这样才能消弭矛盾关系），二者才能达成一致。上述无声的转变似乎发生在对“各种政府”这个社会发送者述词的考察层面上，通过**价值论价值**（valeurs axiologiques）（“**战争**”＝/**死**/）向这个社会发送者所具备的**模态价值**（valeur modale）（/**能够**/）过渡实现的。

事实上，如果社会发送者的作为是**垂死的**，那么它会依据**能够**的模态来运作，它是作为**能够-存在**（或者称为作为**能够**的**存在**）而建立起来的。这个确定的社会发送者为**能够**的实施提供了参照，“on”所指代的人类才会永远都得不到自由。发送者与接受者的关系受到一个共同协议的限定，构成了一种持久状态，图示如下：

/统治的/ vs /被统治的/

3.6 叙事中枢

（1）尽管两个朋友都在尽力使讨论“去政治化”，但是讨论在叙事层面具有显著的结果。事实上，**认知作为**被合力促成，它导出了一个智慧书式的结论（conclusion sapientiale），道出了一个以**述真契约**（contrat véridictoire）面目出现的“共识”。**认知作为**的完成，不仅仅要求获取一个/知道/，考虑到它的信用模态，它的完成更需要获取一个/真实的知道/。

然而，这个知道基于“人类永远都不能得到自由”，也就是基于受压迫的人类从属的/被统治/状态，S_1事实上也是它的组成部分。换言之，这种/被统治/的状态可以图示为：

$S_1 \cap O$：/被统治的/

主体在**认知作为**之后转向了一种反映自我状态知道的状态：

知道[$S_1 \cap O_1$（S_1O_1：被统治的）]

根据词典的释义，“被统治”（无法自由）的意涵是“不能自主决定，自主行动”，也就是说，这是被剥夺了模态/能够-做/，这样，最新获取的知道是**对于缺憾的知道**（un savoir sur un manque）。如果主体与客体的析取在**潜在价值**客体的内部重组了这个客体，那么主体对这个析取的知道会将潜在价值转化为**现时化价值**。我们前面提到过叙事获取源自双重的**认知作为**，它在/**能够-做**/**这个价值模式的现时化**（actualisation de la valeur modale qui est le /pouvoir-faire/）中显现。主项S_1此前只是一个/想要-存在/，在获取的知道的调节下，现在变成了一个新的**想要**的主体，/**想要-能够**/构成了新的叙事文的发动机，它开启了这部短篇小说的第二部分。

（2）我们此时有必要对整个文本做一个回顾。从叙事的角度看，整个文本可以分为两个叙事文，我们可以分别提示性地命名为：

追寻“生活”vs 追寻“死亡”

之所以使用“追寻”这个词项，是因为在两个叙事文中该词指涉建立在主项愿意之上的叙事程式，这个愿意针对两类不同的价值客体。

对生活的追寻大获成功，不仅是因为存在性价值之间实现了合取，同时更因为对生存的意义有了真正的认识，也就是说，主项获得了生命价值的知道。按照这个思路，发送者“太阳”占据着价值性内容/生/，它同时是知道占有者和分配者，它是**根据知道而为的发送者**（destinateur selon le savoir）（这也就对太阳之死的前兆做出了解释）。

同时不能忘记，这一追寻是在“幻觉”的述真性同素复现过程中进行的。只有通过排除外感性和内感性包含体才能获得关于正向价值的知道。

（3）对“死亡”的追寻紧随其后，它源自“形势的反转”，或者说源自**叙事转向**（pivotement narratif），叙事转向的原因有：

1）**真理**（或称为“事实”）同素复现的出现；

2）对死亡价值之**知道**的获知；

3）对阻断所有自由的统治权力之**知道**的获知。

这三种叙事事实都出现在我们研究的序列中。它们都位于叙事的认知层级，构成了叙事文的**中枢**，它们都在必要的更改后符合亚里士多德式的“**辨认**”：这是对新**知道**的获取，它开启了新的叙事程式。

新的叙事程式只能建立在主项新的想要之上，这一想要预设着新的潜在价值的存在：一个新的主项诞生了，它就是**想要-能够主项**，它的出现方式和俄罗斯故事中乡村白痴的出现方式类似。

我们在此不再谈论俄罗斯的乡村白痴，而是应当专注于加缪式的英雄：当他意识到自己属于一个被权力和死亡主宰的被压迫世界时，他就会将自己构建成这个世界的否定者主项。

我们得说清楚：“辨认”促成了新的叙事程式，但是它却没有建构它。就像加缪式英雄的境况一样，文本中需要一个外部事件的切入，它得引发拒斥，也就是说，需要出现一个从/想要-能够/向/能够/的过渡。/能够/模态的获取已经属于第二个叙事文了。

3.7 死亡的存在

（1）我们的初衷是厘清本序列的总体布局，确切地说，是厘清描述性片段相对于对话性片段的布局。第一个描述性片段再现的是瓦雷利安山的人状形象，厘清这一点并不困难：它完完全全地融入了两个朋友的认知空间，瓦雷利安山被 S_1 看到并得到它的阐释，而不是由陈述发送者直接提供相关描述。

第二个描述性片段以唯一的“美好阶段”的面目出现，它从属于两个朋友展开谈论的段落，这种继续性体现出独特的融入（文本）模式。“谈论”的文本存在的独特之处在于它由陈述发送者主导，但是却没有发展成一个“非直接引语”。也就是说，我们从中能看出，通过**接合**的方法，文本又回复到了陈述活动。**再次脱离**发生时，已经不再是陈述发送者的话语在叙事文主体上的投射了；恰恰相反，陈述发送者采用了观察者的视角，也就是说，它变成了一个**安身于话语中的叙述者**（narrateur installé dans le discours）。从语义的角度看，“人类永远都不能得到自由”是对“谈论”的总结，它采用了“自由间接引语”的形式（并且运用了条件式）。这是这句话与众不同之处，也是它在叙事层面的重要性所在。

（2）瓦雷利安山出现之前的对话性片段尽管有三种不同的文本表现方式（对话、叙述性谈论、“自由间接引语”），却位于受到话语处理的叙述的**认知维度**上。乍看起来，处在同一段落的描述性片段只是对话性片段的延展。然而，这个语段的文本实现方式和前面分析过的语段都不相同：

1）与前面分析过的语段相同的是，本语段也是陈述发送者的话语，也是接合的结果，也就是说，它是话语的重复。它的话语甚至发展成了“英勇片段”，复杂的句子以**充满节奏感的阶段**的形式出现，它在聚合层面可以切分，它乏味的叙述推进中的话语片段会止歇，犹如印度或埃及电影中的演唱部分一般，会造成一种抒情效果。如果要辨识出其中的文本**断裂**或者“抒情效果”(很明显，这里不掺杂任何价值判断)，那么我们必须参照文本的其他部分（如整个序列二或者序列四中导入“普鲁士人”的间置性片段）。

2）尽管言语者是陈述发送者，但是它只是以委任的方式，以叙事文主体的名义在说，这与“间接引语”中的情况恰恰相反。陈述发送者没有再次生产的对象，它不会再次生产、仿照叙事文主体的话语。在前面的片段中，分析的重点是以某种方式澄清主体的话语认知维度，那么在本片段中，陈述发送者需要表达“无法被表达的事物”，也就是说，位于**非-话语性**认知维度上的事件和心态。

3）主体的**本体知识**的文本化模式特点明显：它才有了**接合**的程序并使用了**话语的形象化形式**，在文本的表层，它以**描述性文本**的面目出现。和其他的文本化程序一样，它事实上属于一种**写作类型学**，我们可以试着对它做一个临时性盘点，并指出它通过脱离和接合在文本生产变化中的首要角色。

（3）描述性片段是 S_1 的本体知识内容在文本中的布局，它需要用一种透明阅读来解读。在**死亡作为**的总的形式下，此处会出现反发送者的**转换性作为**，它被 S_1 领会到了：这个作为旨在“终结”人们（位于价值结构正向指示性上的）的**喜悦**，开启他们（占据负向指示性）的**痛苦**。

从语义的角度看，这是主体认知内容转换引起的叙事推进，我们可以做出如下解释：主体通过认同代表了“on”所代指的人类，它具有了/被统治的/共同状态，主体在真实性的同素复现层面获取了对/统治的/价值空间的知识，而/统治的/价值空间是由被确定的负向价值和被抛弃的正向价值合成的。

（4）此时我们应当明白，索瓦热先生说的“这就是生活”是两个朋友内心冥思的话语性总结，它通过对瓦雷利安山的描述呈现出来。这句话标志着从/非-话语/到/话语/的过渡，它在此处发挥着**照应项**的功能，对之前的语段进行话语化处理，并对它做出总结，这样一来，尽管发生了层级的跳跃，但是文本还是呈现出了连续性。

大家都了解莫泊桑的口头禅“这就是生活”便是其中之一。有一点我们却很少提及，莫泊桑总喜欢通过口头禅来表达反句(anti-phrase)，“这就是生活”本质上折射着浓厚的社会固见，是典型的反句，这句话要表达的恰恰是生活中蕴含着/非-生/的元素。莫里索很快就说“这是死亡”，它的话语和索瓦热的“这就是生活”接合，构成了反发送者的负向指示性：

/非-生/+/死/

该指示性具有威胁性，它受到了**现时化**，但是还没有被**实现**（莫里索先生的笑提示了我们这一点）。

序列七 被捕

但是他们突然吓得打了个寒战，因为他们真切地感觉到有人在他们身后走动。他们回过头去一看，只见四个人，四个全副武装的彪形大汉，全都蓄着胡子，衣着像是身穿号衣的家丁，戴着平顶军帽，正紧挨他们的肩膀站着，手中端的枪指着他们的面颊。

两根钓竿从他们手中滑落，掉进河里。

几秒钟的工夫，他们就被抓起来，绑起来，带走，然后扔进一只小船，划到对面的岛上。

在那座他们原以为没有人住的房子后面，他们看到二十来个德国兵。

一个满脸胡须的巨人似的家伙，倒骑着一把椅子，抽着一个老大的瓷烟斗，用一口纯正的法语问他们："喂，先生们，钓鱼的成绩挺好吧？"

这时候，一名士兵把满满一网兜鱼放到军官的脚边；他倒没忘了把这鱼兜也带来。那普鲁士军官笑着说："嘿！嘿！我看成绩不错嘛。（但是）

1. 文本组织

1.1 序列的框定

初看起来，本序列具有充足的自主性：它受到两个逻辑分解词"但是"的框定，文本可以这样来切分：

序列六 ∪ 序列七（通过开头的“但是”表现出来）

序列七 ∪ 序列八（通过结尾的“但是”表现出来）

然而，这样布局的序列会包含一个显著的内部**空间析取**：这涉及S_1的转移（transfert），即从一个乌托邦空间（“水边”）向另一个乌托邦空间（“玛朗特岛”）的转移。这是一个强有力的析取，因为它标志着一个叙事文（我们称之为叙事文 1〈R_1〉）的完结和另一个新的叙事文（我们可以称之为叙事文 2〈R_2〉）的建立。被捕中断了由垂钓开启的对幸福的追寻，开启了通往死亡的新路途。基于**幻觉**的乌托邦地点（水边）被基于**真实**的新乌托邦所替代（被水环绕的土地）。

序列的叙事组织却跨越了这一界限，它使得序列的切分边界符合完整的、符合普罗普图标的微型叙事文边界，在这个微型叙事文内部，空间转移却是为征服者的回归，此处的征服者需要将价值客体（俘虏）返还给发送者。这样一来，我们接受了这一空间断裂在宏观叙事文中的特殊键位，我们就得在序列的文本建构中强调逻辑析取相对于空间析取的重要性。

备注：我们需要注意到序列开头出现的情绪析取（disjonction phorique）

$$\frac{\text{“笑”}}{\text{/惬意/}} \quad \text{vs} \quad \frac{\text{/不悦/}}{\text{“打了个寒战”}}$$

动词“打了个寒战”不管是从词根还是词尾时态看，都包含有/准时性/的体的义素，具有始动体特征。

1.2 内部分节

空间析取可以在序列之间充当界限，我们现在可以把它拿来区分两个节段，两个节段对应着从属于微观叙事文的两个叙事组合体，即**考验与赠予**。

另一方面，文本中有重复性的动词义素，例如：

节段一：“（他们真切地）感觉到” ≃ 节段二：“（只）见”

如果我们对此予以重视，那么可以据此将每个节段切分为两个亚节段，第一个亚节段的使命是建立起 S_1 的认知空间，第二个亚节段则需要表达出从属于 S_2 的叙事程式。这样的切分原则既简单又符合逻辑，但是却和文本表现相悖，因为在文本表现中，**认知作为**与**语用作为**持久地杂糅着。我们可以认为，文本是由两个性质不同的**叙事作为**互相契合地构建起来的：

1）第一个叙事作为位于叙事文的**语用维度**中，它促成了 S_2 的叙事程式；

2）第二个叙事作为位于**认知维度**中，它代表着 S_1 的认知过程，这一认知过程主要指向 S_2 的**语用作为**。

尽管这样界定的两个叙事作为在文本变现层面会错合，但是它们不会杂糅在一起；它们也不会变成两个连续接合的节段：它们是叙事文中两个自主、平行和并列的维度，我们应该分别予以研究。

2. 语用维度

2.1 反主项的叙事程式

如果为弄明白被视作界限分明的文本空间的序列七的“真正”组织细节，我们天真地质疑一下文本的话，则会发现它的首要特点是从主项向反主项的过渡，序列中的事件系列首先呈现出来的是 S_2 完备的叙事程式。这一程式可以被写成传统的易读的语段，这样就能指出与其相关的施事角色和施动者：

En_4＝F 冲突（S_2：士兵们→S_2：两个朋友）
En_5＝F 统治（S_2：士兵们→S_1：两个朋友）
En_6＝F 占有（S_2：士兵们∩S_1＝O_1：两个朋友）
En_7＝F 占有（S_2：一名士兵∩O_2：鱼）
En_8＝F 位移（S_2：士兵们→S_2：士兵们）
En_9＝F 位移（S_2：士兵们→O_1：两个朋友）

En_{10}＝F 位移（S_2：一名士兵→O_2：鱼）

En_{11}＝F 赠予（S_2：士兵们∪O_1：两个朋友∩Dr_2：普鲁士军官）

En_{12}＝F 赠予（S_2：一名士兵∪O_2：鱼∩Dr_2：普鲁士军官）

上述分析虽然有诸多不完善之处，却也为我们指出了文本省去了几个叙事语段，它们可以按照叙事程式的逻辑推理推导出来：

1）这样一来，在 En_{11} 的普鲁士军官的现身表明在军官与他的士兵们之间（我们认为他们是 S_2）存在/发送者 Dr vs 接收者 Dre/的关系，这里 S_2 的表现是由发送者委托的接收者（Dre），两段契约式的叙事文应当放在叙事程式的开头来考察：

En_1＝F 委托（Dr_2：军官→O_3：PN→Dre_2＝S_2：士兵们）

En_2＝F 接受（Dre_2：士兵们→O_3：PN→Dr_2：军官）

备注：很明显，上述公式指涉的实际情况要更为复杂，我们将在后续分析中单独研究反主项。

2）S_2 在执行叙事程式时会要求它的提前位移，我们会在 En_8 中看到，它此处的自反性位移（S_2 既是主项，同时又把 S_2 自身当作客体进行位移）：

En_3＝F 位移（S_2：士兵们→S_2：士兵们）

我们可以看到这样的叙事程式会位于语法层面的表层，由三个典型的**叙事句段**（syntagmes narratifs）组成，我们可以进行下列图示：

1）契约＝En_1 + En_2

2）考验＝En_4 + En_5 + En_6 + En_7

3）赠予＝En_{11} + En_{12}

大家能看到，每一个叙述句段通过位移的叙事文都实现了自动化，位移标明了空间析取：En_3 与 En_8+En_9+En_{10}。

我们暂且不去考虑契约性句段的问题，则可以断言，接下来的两个句段 2）与 3）只是形象化扩展，只是叙事性的修辞形式（参见 M. 阿里维和 J. C. 高盖发表在 1973 年第 31 期《文本符号学——言语》杂志上的文章《价值客体：一个叙事符号学问题》)。叙事性的修辞形式在叙事的深层中凸显出价值客体之间的交流，其结果可以做如下图示：

$$PN = S_1 \cup (O_1+O_2) \cap S_2 (= Dre_2) \cup (O_1+O_2) \cap Dre_2$$

2.2 价值客体 O_2

为了阐释在叙事文语用维度中的叙事程式，我们有必要说清楚价值客体具体的指涉，这两个价值客体会按照逻辑习惯用 O_1 与 O_2 指代，二者在文本的形象化呈现中分别被“两个朋友”与“鱼”来代表。

如果要深究“鱼”（O_2）的性质，答案相对而言是简单的：我们已经在这一形象中辨认出语义投入的**前位词**（hypotaxique），该语义投入汇集了正向指示性的两个词项/生/与/非-死/，二者在形象化层面上指涉的是太阳与水的共存关系。“鱼”是“神奇垂钓”中发送者的赠予，“鱼”与主项（在被捕发生后，主项被浸泡在水里）实现了合取，但是这一合取被悬置着，所以，“鱼”代表着被**现时化**的价值，也就是总体上存在却被投射出主体以外的价值。在某种意义上讲，这构成了“正常的”存在模式。此后，反主项对这些价值的占有并未让它们消失，而是让它们过渡到一种**潜在**价值的状态。

我们对 O_2（“鱼”）地位的思考促使我们不知不觉地将研究焦点与程式从 S_2 转移到 S_1 上。我们在此应当指出，根据 S_2 的叙事程式，反主项拥有了“满满一网兜鱼”体现的价值，反主项在叙事文的末尾把它们吃掉了。我们的推理恰恰相反，将回复到 S_1 的叙事程式上，并且考察被捕发生后这些价值和程式的行为者键位。

如果我们全面地考察这段争论性叙事文，看清楚它实现了一个聚合结构，引出一个行为者和反行为者，并且推进了一个**双重叙事程式**，则上述的焦点和程式转移就顺理成章了。双重叙事程式的叙事文——不管是整体还是局部——都是关联、并列的。在我们的研究中，这种关联关系以简单的方式呈现：S_2 与客体“鱼”（位于 S_2 的叙事程式上）的合取和 S_2（其操作属于 S_1 的叙事程式）与客体“鱼”的析取同时发生。我们有必要从它的双重性出发进一步思考客体 O_2（“鱼”）。

如果从 S_1 的叙事程式的角度出发，主项即使被剥夺了价值客体 O_2（也可以表述为：即使俘虏的状态只是将此前未显现的价值展示出来），它仍然具有**意愿主项**（sujet voulant）的地位。对 O_2 与 S_2 合取的阐释会有些棘手：

1）初看起来，反主项对主项生命价值的占有更像是随意的恶意行为，而不是某种**已经实现自身价值的危害性**（nuisance value）表现：在反主项眼中，O_2 只有剥夺了主项的生命价值才具有价值。

2）另一方面，鱼与水的析取，与土的合取（它们被置于军官的脚下）提前预示着最后的毁灭，析取和合取是在一条矛盾的轴线上进行的操作，二者是**能够**在单纯状态的表现：这样被放置的献品（鱼）在垂直轴上显示出/统治的/与/被统治的/的关系。

3）**惬意的**内涵确认了 S_2 与 O_2 之间的合取，该合取是对“能够-危害”的赞扬，事实上，军官在文本中只“笑”过两次：分别是此处和最后的序列中，两次都是在看到“鱼”的时候笑的。在吃鱼的时候，这种喜悦达到了最高层级，它在投射着毁灭：军官的“欢欣”在呼应奇迹赠予时刻渗透进两位垂钓者心中的“极乐”。主项与 O_2（它要么是被创造的价值，要么是被摧毁的价值）的合取是幸福之源。

2.3 价值客体 O_1

（1）在阐释 O_1 地位的时候我们也会遇到类似的困难：面对文本，我们会直觉地想到**主项向客体转变**的公式，但是很显然它不能完全令人满意。大家都知道，要建构主项，就需要同时逐步确立一个相对复杂的模态结构，然而我们面对的这个主项不应该仅仅是一个简单的行为者角色，它不会通过转换操作转变成另一个行为者角色，即客体的行为者角色。此处，我们要像对待 O_2 那样，通过将“两个朋友”的实施者（S_1 与 S_2）分别置于叙事程式的办法，用双重阅读的方式来解读这一叙事语段。

（2）便利于我们分析的迹象出现了：显然，我们只有置身于 S_2 的叙事程式中，只有在分析该程式未被明确展示的语段中才能很好地分析与“两个朋友”相关的**客体**。不管是什么样的客体，它只能相对于与之相应的主项时才能被定义：只有先验地确定“两个朋友”的存在并确定反主项有占有他们的欲望，他们才有可能转变成客体，这个客体最初是潜在的，它会引发一个合取性作为。

O_1 与 S_2 的合取是一个考验带来的后果，它在文本中以占有的形象化形式展示出来，会给我们提供占有性质的初步信息。我们能注意到，落入敌手的两个朋友：

被抓起来……带走，然后扔进（一只小船）

这些动词标明，他们是被当作物而非人来对待的，这些动词有着自己的亚同义词：

“抓”——“带”——“扔”

在讲到鱼竿入水的序列中，这些动词反复出现，来形容两位垂钓者的身体动作。

（3）上述的重复性包含着几个普遍的特点：

1）S_2 对 O_1 的占有出现在**身体层面**，只与这个层面相关，文本表明，两个朋友的认知活动并没有停止。

2）因为身体的占有，行为者主项就丧失了它的**作为**，“事物”就是在丧失这一属性以后形成的：主项从“施动者”状态过渡到了“被动”状态，它也就转换到了客体，需要指出，此时主项并没有丧失它的其他特质。

这种被动性可以帮助主项转向事物，被动性不仅仅在主项与反主项接触的考验发生时能感知到，它将是 O_1 持久的特点。否则就无法解释“两根钓竿从他们手中滑落”这句话，除非将这句话解释为是对**作为**工具的放弃，或者解释为对句法层面上放弃工具的主项对它键位的放弃，将其转交给了句子主项，即“两根钓竿”自己“逃脱”了。

（4）通过转换视角，采用 S_1 的叙事程式的阅读方式，我们可以补充一点，两个朋友被剥夺的身体作为在此处被具化为另一个作为，该作为促成了“垂钓”叙事程式的运行。我们上面引用的句子在聚合关系上与另一个语义意义类似的句子关联：

1）两根**钓竿**	**滑落**	从他们手中
2）（四个人）	**指着**他们的面颊	手中端着的**枪**

事实上，如果我们把两句话的谓词单列出来：/指着，持着/vs/不持着/，如果我们明白两个“他们的”分别是 S_1 和 S_2 的照应词，那么就会发觉/钓竿/vs/枪/这两个工具性助手（adjuvant）在指涉各自叙事程式对应的**作为**。

大家看到，“滑落”假的始动体（pseudo-inchoatif）——事实上是结束体谓词同时取消了“垂钓”作为，也终结了“垂钓”的叙事程式，也就终结了第一段叙事文 R_1。反主项对主项的身体占有成就了后者的客体状态，从 S_1 的叙事程式角度出发，这种占有也剥夺了主项的“作为”。然而，正是因为作为限定了行为者主项，它才具有潜力，要阻止程序的运行，只需在同素复现的极限中剥夺它的**能够-做的模态**，同素复现中的作为在我们分析的对象中就是垂钓，它是对幸福的追寻。

2.4 依据作为的主项和依据存在的主项

我们此前曾经区分过依据作为的主项和依据存在的主项，此处有必要把这两个概念拿出来加以分析。依据作为的主项配备有**作为模态**，对叙事程式起到组织和执行的功能；而依据存在的主项只是被配置给主项的属性（价值或者模态）的储存器，或者经过作为的两个对立主项的转换操作后，上述属性被剥夺了（在占有的情况下，是由 S_1 剥夺的；在赠予的情况下，是由 S_2 剥夺的）。

在我们分析的叙事键位上，S_1（“两个朋友”）已经不再是依据作为的主项，而只剩下依据存在的主项的地位，依据存在的主项保障了它在整个文本中作为行为者的持久性。事实上，S_1 是：

1）**依据想要的主项**：我们已经见过，剥夺了 O_2（“鱼”）并没有使它丧失潜在主项的地位，也没有剥夺它的**想要-存在**的模态；

2）**依据知识的主项**：它关于自身和世界的知识远没有被取消掉，而是在横贯整个序列的认知维度中发挥着作用；

3）**依据不-能够的主项**：在上一序列中，S_1已经认识到“人类永远都不能得到自由”，认识到用“on”指涉的人类的恒久状态就是**被统治**。这是一种相对于社会原型发送者的依附状态，社会原型发送者利用自身的“不-能够”状态，对主项进行限定，这种依附状态在文中受到了现时化：被捕剥夺了它行动的幻想，进而**完成**了/不-能够-存在/的模态。

“被俘者”S_1剧本的模式地位大体上就是这样的。如果我们像在前一序列中那样，将知识运作补充进来，则会在分析中看到**潜在**状态，这是一种新的**想要**，是否定/不-能够/状态的想要，我们从中能端倪出一个新的叙事程式、一个新的叙事文，它们将主导文本的第二部分。

2.5 反主项的结构

我们现在分析的序列第一次导入了**被实现的**反主项，反主项（从“巴黎陷入重围”开始）无声地统摄着整个文本。到目前为止，它只在**潜在的**和**现时的**模式中表现出来。我们在此处有必要突破序列文本的**切分战略性原则**的限制，对它做更进一步的分析。

好久以前，文本已经宣布出现了“看不见”的、“强大”的敌人，在此处则以一位军官和二十多名士兵的施事表现的形式重现了。这一军事集团和“普鲁士人”“这个得胜的陌生民族”相比，更突显出了它**下义性**呈现的特点，展现出了普鲁士社会的微缩景观。“两个朋友”是叙事主项，具有共同想要的集体行为者，突然出现的敌人打断了“两个朋友”的叙事程式，敌人既是反主项又是集体的反行为者。我们应当用双重观点——叙事的和分类学的观点——来看待这个“真实的”敌人。

2.5.1 反主项的行为者角色

我们分析这个“敌人”时遇到的最大困难在于施事者“普鲁士军官”的多义性特点，或者可以称之为行为者角色的复杂性，这是“敌人”需要立刻或者逐步承担的**受委托的**角色，更具体地说，它需要充当好几类发送者的“能够的基础”（fondé de pouvoir），我们可以列举出如下几类：

1）军官，他被形象化地介绍为“一个满脸胡须的巨人似的家伙，倒骑着一把椅子，抽着一个老大的瓷烟斗”，可以确定，在形象化的层级上，他的形象和瓦雷利安山的形象非常贴合，它也和瓦雷利安山一样，同时扮演着**个体**和普遍的**反发送者**的受委托角色。

2）尽管“各种政府”充当着**社会原型发送者**的角色，但我们能从中看出“军官”也肩负着代表**社会原型发送者**的使命。

3）最后，“军官”是社会反发送者的反主项接收者（1’ anti-sujet-destinataire），在文本的开头处，与“普鲁士人”相对应着一个角色，即“巴黎”的角色以及它的被委任者“迪穆兰上校”。

4）然而，两个朋友遇到的普鲁士军人团队与两个法国人处于同一轴线上，这些普鲁士军人不仅像两个朋友一样构成一个整体形象，而且代表着一种浓缩的普鲁士社会：从这个角度看，军官和士兵们一起构成了一个整体的个体（individu molaire），充当着**集体反行为者**的角色。行为者角色的辑合可能会依照阅读的同素复现部分地或者全部地解体，军官的行为者形象就位于这一同素复现上，位于文本的某一**叙事键位**上。1）与 2）的角色很容易识别和辨识，但是3）与 4）的行为者角色就没那么容易辨识。鉴于普鲁士社会的等级化再现，军官经常会同时处在两个层级上：它是**反主项**，接受了能够投入，并被发送者进行了模态化处理，但它同时也是一个融入了反行为者的运作着的元素，扮演着**反主项**的角色。我们为了避免将对这一点的分析推向精细化的极致——这一点在整体文本中已经属于一个细化的分析点了，我们决定在指出这个反主项的双重性之后，不再每次都对这两个角色做出区分。

2.5.2 反行为者的分类学结构

站在反行为者的分类学组织结构的角度看，通过比较“两个朋友”行为者的结构与特点，反行为者的性质便能显现出来。我们需要再次列举它的几个性质：

1）行为者的一大特点是它具有平等结构，而反行为者却拥有等级化结构（军官和二十多个士兵）

2）反行为者呈现的是一种数字层面可分解的**集合**——特别是在偶

数方面（20-12-4-2+2）——这是为了避免任何潜在的个体化，集体行为者则用质量层级的施事特点来抗衡上述数量层级的施事特点，所以两个朋友具有某些共同特点（都是小资产阶级、都属于国民卫队、都是钓鱼发烧友），我们还能找到一些次要的质量对比（共和的 vs 无政府主义的；商人 vs 手工艺人；小的 vs 大的；胖的 vs 瘦的，等等）

3)反行为者具有**匿名**集体性的特点，军官和士兵们都没有被命名，他们之前可以互相替代；而行为者却恰恰相反，它由明确命名的施动者组成；这样，莫里索（Morissot）可以分解为 mort-rit-sot（死亡-笑-愚蠢的）（类似的分解法可以参照加缪《局外人》中的莫尔索 Meursault），而索瓦热（Sauvage）则可以分解为 sot-sauve-sauvage（愚蠢的-拯救-野蛮的），二者拥有一个共同的词语反用项“愚蠢的”。

2.5.3 反主项的叙事结构

如果我们现在从叙事的角度来比较两个集体行为者，把它们分别视为主项和反主项，我们可以发现很显著的差别：

1）主项 S_1 作为单一主项，拥有相同的能力，实施着相同的作为，而反主项 S_2 则恰恰相反，它需要分享能力和任务：军官是唯一拥有**决定**权力并实施话语**决定性作为**的角色，而士兵们只具备执行的权力，也只有一个身体性**执行作为**。

2）构成共同主项的两个施事者拥有个体化的**想要**，二者后来将这个**想要**上交给了集体行为者，形成了下列关系：

Dr（军官）→Dre（士兵们）

这种关系在微型叙事程式（两个朋友的被捕）执行过程中呈现出来了，但是它却不能促使任何一个想要表现出来：这与普罗普模式相反，价值客体移向了发送者（军官），它与执行者的位置移动同时发生，不会给胜利的主项留下任何自由空间。

3）主项根据自己的意愿，将自己置于**许可性契约**中（迪穆兰上校的“通行证”），反主项是依据**命令式契约**的规则构成的：士兵们具有了/能够/的模态，这一模态转换成/不能够不做/的模态。

我们看到，即使叙事文具有我们期待的辩论性施事结构，它也受到主项、反主项二者相反的或者矛盾的投入（investissements）。

3. 认知维度

3.1“观点”

在整个序列纯粹的话语推进和叙事肌理的改变之间存在着距离，我们的阅读不能遗漏这一点。我们已经看到，本序列不仅仅是反主项“真正”第一次出现的地方，它的组织结构主要依托 S_2 的叙事程式的发展：从叙事的角度看，此处有明显的断裂，我们也曾经通过人为将文本切分为 R_1、R_2 两个叙事文的办法强调过这种断裂。

从话语的角度看，恰恰相反，本序列的一大特点就是保持着从上一个叙事文中继承下来的**话语主项**，在本序列中，它继续充当一系列句子的句法主项，这种状态一直延续到最后的句段中。在最后句段中，普鲁士人开始发言：序列六和序列七之间的界限很明显——它们首先被析取词“但是”切分，从情态层面上，它们对“笑”与“颤抖”的对立关系切分，话语主项毫不费力地穿越着整个序列，给人一种冒险继续推进的印象。

文本的话语组织和叙事组织之间的距离也许能帮助我们分析清楚一些复杂现象，我们一般将这些复杂现象称为“观点”，鉴于所有的叙事文都包含两个叙事程式，即一个主项的叙事程式和另一个反主项的叙事程式，那么最简单的“观点”也至少应当包含话语主项与其中的一个叙事主项的同一识别（identification）。然而，当叙事文在叙事性的语用和认知两个维度上变得复杂起来的时候，这种同一识别可以在话语主项与其中的一个认知主项之间展开，也可以在话语主项和语用反主项之间展开。这样一来，在我们研究的情况中，话语主项（由“他们”代表）同时又是认知主项 S_1，S_2 的语用程式是在认知性 S_1 的“目光下”展开的。

3.2 双重辨认

这样一来，本序列中的“谁在说？”，更确切地说是“谁看见？”的问题解决了：“四个全副武装的彪形大汉，全都蓄着胡子，衣着像是身穿号衣的家丁”不仅被莫泊桑写出来，而且还被 S_1 看到了；更有甚者，“倒骑着一把椅子”“满脸胡须的巨人似的家伙”马上就被识别为瓦雷利安山的从属形象，进入了两个朋友的认知空间，这似乎是对“被看见”的特殊的阅读。

两个朋友依次进行了两个认知操作。第一个认知操作发生在水边，也就是发生在 S_1 的乌托邦空间中，第二个认知操作发生在“玛朗特岛”，也就是 S_2 的乌托邦空间。两个认知操作的目的都是确认 S_1 的知识，并且完成亚里士多德式的辨认。

事实上，本序列中描述的两个**认知作为**更像是文本复现，同时伴随着此前认知探索痕迹的介入，我们还能记得，这些认知探索发生在序列四与序列五的交界处。在序列四行将结束时，莫里索想“听听附近是否有人**走动**”，而在本序列中，他们感觉到“有人在他们身后**走动**”。同样，在序列五中，玛朗特岛似乎“被人遗弃多年了”，“小屋门窗紧闭”，在“在那座他们原以为没有人住的房子后面，他们看到二十来个德国兵”。因为这种双重辨认，所以形势发生了彻底的翻转，这种形势翻转没有涉及 S_2 的叙事程式——该叙事程式继续在语用层面推进，它涉及了 S_1 的叙事程式，这一翻转构成了 S_1 叙事程式的“边际”。

我们没必要进行更为具体的分析，现在就可以认定辨认的作用是终止了认知状态，我们可以称之为**自我欺瞒**（auto-déception）：两个朋友在内受性和外受性两个层面都逐步醒过神来了。在内受性方面，他们确定地感受到了孤独；在外受性方面，他们确信反主项是不存在的。辨认促成了认知空间的改变和**述真**同素复现从**幻想**状态向**现实**（或者称为真实）状态的过渡。喜悦的体验和统治者权势的缺席只是一场骗局而已：此处重新起步的 S_2 的叙事程式不再是幻想，这次对现实的认识后，该程式可以被视为一种否认（dénégation）。

3.3 发言

S_1代表的话语主项“他们”在辨认到错误后也耗尽了，它将舞台交给了由普鲁士军官代表的S_2。这种话语“功能”的传递伴随着行为者的模糊化，词汇化的表达“一个满脸胡须的巨人似的家伙”有两种截然不同的解读方式:“满脸胡须的巨人”首先是两个朋友目光的对象，同时它也是一个新句子的主项，该句子的施事结构如下：

他（巨人）问他们

这一结构在陈述层面上等同于：“我……你们”。

这种结构会一直持续到剩余文本中以虚假对话形式出现的陈述行为，这是一个由陈述者框定的陈述行为，陈述行为最后与叙事合为一体，并将主项与反主项置于平等地位：

“他”vs“他们”

发言具有双重特点：它既是开启言语行为的身体行为，又是言语交流的开端，如果话语的身体占有通过一个/能够-做/表现出来，那么选择的作为——即言语交流——则会在S_1的价值中带有不真实性内涵的特点（序列二），我们据此可以推测出一些二律背反性词项（termes antinomiques)：这是非-交流，同时也是对S_2能够的否定。

问题：“喂，先生们，钓鱼的成绩挺好吧？”
回答：“嘿！嘿！我看成绩不错嘛。”

这是S_2建立起来的交流的最初的样本。在这段样本中，S_2先后扮演了对话的两个角色，这是对真正对话的滑稽模仿，显而易见没有效率。

军官过分的礼貌与两位俘虏的叙事键位极端地对立着，同时在嘲讽的要素中，在/统治的/vs/被统治的/对立模式下的礼貌对话中流露出了蔑视，所以，这一滑稽模仿包含着**反语式**要素。

陈述发送者的反语具有讥讽和嘲弄的特点，但却是以表达真实的优先形式表达出来的："先生们"的称呼从普鲁士军官口里说出来，说给了两位垂钓者，他事先就把二人指认为"先生们"（根据《法语小罗贝尔词典》），也就是"非同寻常的人"。

序列八　重新阐释

但是我们现在要谈的是另一回事。请听我说，不要慌嘛。

“我认为，你们两个是间谍，是派来侦察我的。我捉住你们，就该枪毙你们。你们假装钓鱼，是为了更好地掩盖你们的企图。你们落到我手里，也是你们活该；这是战争嘛。

(“但是……”)

1. 文本组织

1.1 序列的框定

我们要框定的序列处在 S_2 延续的自言自语中，我们可以轻松地对它做出切分：

1）通过**逻辑析取**来切分：从序列开头的“但是”开始，到开启序列九的“但是”为止；

2）通过**场所析取**来切分：从形式上，场所析取形成了对立范畴，区分了两类不同内容：

/另一（回事）/ vs /相同的/

它表现在“现在要谈的是另一回事”这句话中。

这一范畴性析取可以使我们看清某些依据明显的或者隐含的词素而实现的内容分配：

$$\frac{\text{序列七}}{\text{序列八}} \simeq \frac{\text{（相同的）}}{\text{另一（回事）}} \simeq \frac{\text{垂钓}}{\text{间谍活动}} \simeq \frac{\text{（和平）}}{\text{战争}}$$

备注：大家能看到，尽管由开头“但是”开启的析取很明显，但是<u>书写析取</u>显示，同位素内容保持着根本的恒在性。书写析取将“同一件事”与“另一回事”置于同一段落中。

1.2 内部分节

尽管普鲁士军官的自言自语是一个人的话语，但是它仍可以切分两个句段，因为这是在话语继续体内部安设的一段自动话语。在上一序列中，军官一个人说话，自问自答，本序列他的话语表现如下：

1）宣布并安设了话语（参见“请听我说”）

2）话语自动插入

2. 话语的安设

2.1 修辞程序

在修辞层面，我们这里面对着话语的组织架构，它的基础是叙事文中已经安设的直接引语，我们需要在此基础上规划一个新的话语层级，让它来展现话语中的话语。我们通过区分“discours”（话语）中首字母的大小写，可以将上述结构图示为：

R（叙事文）∈ D（话语）∈d（话语中的话语）

大家都知道，从语言学的角度看，在叙事文内部安设话语只是陈述行为的话语拟像在话语叙事文上的投射。具体到我们的研究中，它只是一种双重投射：位于第一个话语中的叙事陈述活动自身也变成了投射场所，它接受新的受到拟像的陈述活动的投射。我们应当知道，作为叙事文话语的文本是客体化**脱离**的产物，这一脱离造成了叙事文与陈述发送者之间的距离，大家能看到，融入叙事文的双重陈述行为的拟像，其功能趋向部分**接合**，该接合试图在客体化和距离化的背景中建立一种更为亲密的“真实感”和“体验感”，事实上，这些感觉都是虚幻的。

2.2 陈述活动的准备工作

这些次要的感觉效应是通过修辞操作得来的，它们被涵盖在我们前面已经提到的处所析取的计划中：“另一回事”应当替代前面礼貌的玩笑戏弄，这“另一回事”旨在创造更加真实、更加严肃的效应，它借助一个**二级话语**叙述出来。

乡村的故事讲述者会在开始他的故事之前先来暖场，向听众提示倾听他讲述时应当依据的述真性同位素性，普鲁士军官的话和乡村故事讲述者类似，他首先在叙述者和听者之间建立起一条**认知轴**：

请听我说，不要慌嘛

这条认知轴的首要特点是它在安设时所采用的命令模式：客气关系中的虚假的**平等关系**立刻被真实的**统治关系**所取代。两段叙事文互相配合，宣示了新的交流模式，它和两种形式的**合取**相对应：

$$\frac{\text{“听我说”}}{\text{/规定/}} \rightarrow \frac{\text{“不要慌嘛”}}{\text{/禁止/}}$$

这样形成的两个合取包含了重要信息：规定指向了句子的**始动体**，它提前着手，以期获得良好的接受效果；禁止指向了信息的**终结体**，它试图对信息的效果做出限定。

1）规定（prescription）聚焦着信息的彻底接受；它是一个想要提前转化而来的信息对象，它可以阐明我们要明确的交流类型，也可以阐明我们期待的接收方的反应。很清楚，这里出现的不是旨在引发接收方信念的**说服性作为**，也不是一个可以使接收方明白信息含义和信息所包含述真的**阐释性作为**。对发送方而言，唯一重要的就是通过接收方的积极参与（发送方并没有能够指明具体的接收方），接收可以受到良好的保障，良好的接收依赖下列对立的范畴：

“听见”	vs	“倾听”
/被动接收/		/积极接收/

军官进行的**话语作为**属于未受模态化的**信息作为**。

2）禁止（interdiction）聚焦在发送方期待的接收方的反应上：他的话语“令人发慌”(trembler)，能够扰乱别人的倾听。军官发布命令，意在阻止对业已做出规定的“正常的”接收作为出现偏差。

文本在这个节点上出现了一直持续到故事结尾的误会，即主角之间的“人的关系”层面的误会：军官采用的是**命令式**的交流模式，它在他的/能够-做/缺席的地方仍然要发号施令，尽管他在身体维度上拥有这个/能够-做/，可以将他的对手置于/被统治的/状态，但是他的权能在认知维度上却是失灵的，在认知维度上，他既无法迫使人们“听”，也无法迫使人们“不要慌”。他的行为极其简单，但是却不重要：他的能够表现出来，但是却无法付诸行动，高效的反-能够就在这个缺口中应运而生。

3. 二级话语

3.1 反解读（contre-lecture）

这个二级话语的开头有“我认为”的表达，它指出了话语推进时的**述真模式**，并且对认知做出了框定。

1）“我认为”首先是析取词，“普鲁士人”首先根据两个朋友的观点把他们认定为“垂钓者”，后来又根据自己的观点，提出了与之相反的截然不同的观点。

2）这个观点是 S_2（普鲁士军官）的观点，S_2 位于 S_1（两个朋友）的叙述程式上：该观点变成了这个叙事程式事件链条上的**反解读**。

3）“我认为”是 S_2 对 S_1 的“观点”，也是 S_2 的作为，它指出了 S_2 拥有的某种**知识**，这种知识属于**及物知识**。

4）这一表达无法对这一知识的模态性质做出判断："我认为"既不是假设的"我想"，也不是肯定的"我确定"。这个知识是让人好奇的"淡定的""非介入的"知识，它被呈现的方式是中性的，换言之，这个知识对应的模态是**悬置的**。

5）这个**悬置的知识**传递给了对话对象，它构成了述真式的同素复现，S_2的话语将会在这个同素复现上展开。

3.2 对S_1的叙事程式的解读

S_2生产出了它对S_1的程式，并将这个程式传导给了S_1。尽管这个程式经过话语的无时性处理（anachronisation），但是它的呈现方式清晰而又简明。

1）"是派来侦察我的"是叙事程式的句段，它源于逻辑层面的预先假定，它可以通过叙事现在时与话语事态一起实现重组。它包含着一些便于识别的叙事陈述文，下面就是其中的几个：

·命令（Dr→Dre：S_1）
·位移（S_1→S_1）
·有待实现的叙事程式（$S_1 \cap O$：关于S_2的知识）

2）"……你们两个是间谍"这句话严格意义上讲并没有完全覆盖一个叙事陈述文，而是对特定叙事键位上S_1的施事角色的阐释，也就是说，特定施事键位是该程式实现过程中特定时刻的施事键位。这一施事角色的主要构建成分包括：

·S_1的**述真地位**："你们两个是间谍"就是对"你们俩是垂钓者"的否定，换言之：你们的外表和实际不符（$e+\bar{p}$）。

·S_1的**价值地位**：S_1在S_2的空间中根据秘密模式行动，S_1不符合正向指示性，而是符合负向指示性；它从"英雄"的地位过渡到"叛徒"的地位。

3.3 阐释与经典（canon）

我们在跟进这个叙事程式的话语推进的时候，发现在两个句子之间存在着断裂：我们已经仔细研究过第一个句子，它的句法主项是“你们”，紧接的第二个句子的主项是“我”。这个话语断裂反映着叙事层面的断裂：争论性叙事文都由 S_1 和 S_2 两个叙事程式构成，话语层级和叙事层级的对应认同图示如下：

$$\frac{\text{“你们”}}{S_1\text{的叙事程式}} \quad \text{vs} \quad \frac{\text{“我”}}{S_2\text{的叙事程式}}$$

断裂所指出的正是叙事文的高潮点位，即两个主角的冲突之处。

实际上，“我捉住你们，就该枪毙你们”覆盖着两个主要的叙事结构段：

- 主要考验（S_2 胜利的结果）
- 增加荣耀的考验（结果：惩罚叛徒）

这一切都很好，但是，这与**阐释**地位不匹配，这是由 S_2 在 S_1 的叙事程式中进行反解读的结果，我们前面在进行第一步分析的时候就在本话语句段中指出了这种结果。事实上，如果**阐释性作为**是及物的，那么它应该聚焦在叙事程式的**已实现部分**之上（它也会逐步地聚焦于这一部分的叙事陈述文之上）。这个阐释性作为可以包含两个延展（prolongement）（参见“就该枪毙你们”），这两个延展是**认知作为**在阐释者的**语用作为**上的后期回音。如果我们此刻研究的句子是对这一**阐释性作为**的描写，那应该写成下面的这种形式：

我已经把你们抓住，我将枪毙你们

在这种情况下，断裂位于“抓住”和“枪毙”二者之间，位于叙事程式已实现的部分与它只受到现时化的部分之间。

动词时态的析取词在此处不再适用于对**阐释性作为**的描写；这个析取词有其他指涉，它被用来介绍经典性叙事程式。这个程式独立于“真实的”事件推进，也独立于认知主项内心中进行的阐释。军官试图向两位俘虏传递的信息被外显的语言表达出来，包含着述真内涵，它近似这种说法：我不一定相信我所说的，但是在战时状态下，事情就是这么发生的。

我们看到，S_2将经典性叙事程式展露出来，经典性叙事程式只是一个“近似的社会文化”（un vraisemblable socio-culturel）因子，只是一个**抽象的**组织结构，它被期待着，也可以被预见到。按照常规，它是事件和人类行为在组合层面上被刻板化（stéréotypée）的结果。这一经典的组合图式出现的时候是行为模式，它可以被应用于大量的具体情况，我们后面还会重新谈到这一点。

3.4 重返阐释

如果我们研究本序列的剩余部分，则会第一时间发现，剩余部分是对在第一部分已经出现的要素的扩展和再现，所以：

1）“你们两个是间谍”↔“你们假装钓鱼，是为了更好地掩盖你们的企图”

2）“我捉住你们”↔“你们落到我手里”

3）“就该枪毙你们”↔“也是你们活该；这是战争嘛”

在这种相似的大背景下，我们能发现大量显著的差别。我们对这些差别的分析也许会让我们发现冗余信息（redondance），这在莫泊桑笔下并不常见。

3.5 主题角色与主题过程

大家首先来比较一下1）中的两个句子，我们能发现某种等值性，大家似乎会认为这是两种表述相同内容的不同语法表述方式——名词性的和动词性的：在名词性的语法表述方式中，（被S_2看见并被阐释的）S_1叙事程式的特点持久地受到它施事角色的构成要素的限定，在动词性语法表达方式中，S_1发挥着符合自己施事角色的作为；在第一种情况中，S_1只接受到（“间谍”）**主题角色**的投入，而在第二个句子中，它就是以“间谍”身份在行动，同时完成了符合它角色的主题过程。

然而，第二个句子是对角色的谓词扩展，给我们提供了大量信息，远远超出了间谍行为所蕴含的信息。间谍的首要任务是掩盖他们的企图，也就是不能露出间谍的马脚来：间谍向所有潜在观众展示的述真地位要求他保守秘密/e+$\overline{p}$/：他是间谍，但是他不会显露出来。因为间谍需要“掩饰”，所以他的述真作为的根本任务就是对它的计划作为进行伪装，将他的/e+p/的地位过渡到/e+$\overline{p}$/的地位。

面具就会在这个节点上出现，这个面具就像前文中提到的那只猫的念珠，它戴上念珠就会把自己装扮成一位和尚。同样道理，进入间谍角色的两个朋友可能会伪装，他们有可能会穿上普鲁士的军服。事实上，他们没有穿普鲁士军服，而是选择了伪装他们的“作为”，而不是他们的“存在”：他们没有戴上面具，他们的“垂钓”过程被假设为“间谍”过程。垂钓过程就覆盖了/e+$\overline{p}$/的述真地位。

作为陈述接受者，我们很清楚，上述情况是虚假的，因为陈述发送者已经刻意向我们透露了实情：这两个朋友是货真价实的垂钓者。我们在此要建立起来的是间谍经典行为的拟像。我们看到，“间谍”为了掩饰自己的本体地位，它需要表现出一种替代行为，建构起“垂钓者”的现象性地位，换句话说，他应当施行一个指向潜在的 S_2 的**说服性作为**。

这个 S_2 是真实存在的，它就是普鲁士军官和他的士兵们，他们在看到（正在完成“垂钓”的）S_1 的作为后，开始了他们的**阐释性作为**。摆在 S_2 面前的问题是，他们观察到的现象究竟是“真正的垂钓”/e+p/呢，还是“假装的垂钓”/e+$\overline{p}$/呢？我们需要搞清楚的是，S_2 的阐释性作为是通过什么方式来运作的，以至于让他们认定这是一场**虚假的**垂钓，背后藏着**秘密的**间谍活动。

3.6 秘密的揭示

然而，如果我们认定 S_1 施行的说服性作为是一个叙事程式，它试图掩盖另一个叙事程式的话，那么我们可以预见这个程式要么以成功收场，要么以失败告终。如果它以成功收场，则 S_1 **说服性作为**的成功同时也是 S_2 **阐释性作为**的失败。如果它以失败告终，则说服性作为的失败要么得归咎于说服行为的“不完美”，要么得归咎于阐释行为的“出类拔萃”。这里的“不完美”有可能是刻意而为的，有可能不是。假如耶稣在进行寓言性话语生产时，类比层面的形象化覆盖会在隐藏的同素复现中只刻意表露某些要素，他的目的就是只让某些“愿意倾听的”受选的陈述接受者捕获到它们，此时的叙事程式就是“不完美的”；如果是另一种方式，比如在拉康式的话语中会有真实信息的升华，这样的叙事程式同样也是“不完美的”。

在其他情况中，秘密的揭示似乎同时应当归咎于陈述发送者知道-做的不足和陈述接受者的知道-做的“出类拔萃”。如果我们近距离地考察口语呈现中的经典性叙事话语，则会立刻辨认出被安置在其中的大量“痕迹”，它们的存在就是为了揭示秘密：诞生的痕迹、上天发来的信号、战斗中负的伤、被屠杀的龙的舌头，等等。它们散落在叙事文中，其使命就是揭示被遮蔽的秘密。换句话说——这是游戏规则——叙事文中的类比维度之所以建立起来，就是为了最终被破坏掉；秘密之所以是秘密就是因为它最终被揭晓了，就是因为诠释操作会位于同一文本中或远或近的地方，它们构成了被称为“剧情弹力”的手法。

也就是说，秘密和文本要素的多义性一样，它只能在更为宽泛的背景中才能得到解读和阐释，我们之所以这样说，是因为我们将秘密的揭示与解决模本模糊性的一般办法进行了类比，并且将秘密的揭示融入了多种位素文本的解读框架中去：为了能辨识出别的同位素性并确认它，仅有一定数量的在两个同位素性上都能辨认的双重价值的词项是不够的，还至少需要一个词项，它不一定就要处在起源的同位素性上，它只需与新同位素性的线性要素相兼容就行。“痕迹”在叙事话语中构成了这种断层、这种凹陷，在“痕迹”基础上的同位素性上秘密才具有可读性。

本着这一观点，通过伪装 S_2 的**阐释性作为**，我们从“你们两个是间谍”这句话出发，在 S_1 的叙事程式中通过回溯阅读的办法来寻找秘密的痕迹，来看看本程式中是否存在断层，至少是否存在着模糊的句段，使得我们能将它同时解读为“垂钓”和“间谍”活动。大家应当承认，对这篇短篇小说最初的解读是流于表面的，在我们的印象里，双重价值的解读可以适用于序列四“**找寻**”：两个朋友的说服努力会让观察者起疑心，文本会看起来更适合进行“谍战”解读。然而，军官在仔细研究后所说的话推翻了这种阐释：军官指责他们“假装钓鱼”，军官对他们的观察发生在他们钓鱼的时候，而非他们朝河流进发的时候。

为了寻求揭示秘密时无意识呈现的迹象，我们有必要对文本进行再解读，结果会令人大吃一惊。军官似乎并没有怀疑他们的“刺探”，恰恰相反，他对两个朋友的无辜非常确定，因为他们是“真正的”垂钓者：

1）军官在说到两个朋友对“间谍”计划进行掩盖时，事实上已经承认/秘密/的叙事程式并没有收到开始执行的指令；

2）当军官说“谁也不会知道（口令）的”的时候，他保证两位垂钓者可以“平平安安”回去了，军官这里指的是垂钓者而非间谍，如果是间谍，他们肯定会被要求招供，坦陈他们的任务。

3）到文本的最后，当两具尸体浮出水面的时候，军官低声说到“现在轮到鱼去结束他们了”，军官将两个朋友的死放到了“垂钓”的同位素性上。

我们没有必要寻找更多的证据来证明显而易见的事情。事实上，秘密的同位素性从来没有被辨认出来，恰恰相反，S_2的**知识**在证明“垂钓”同位素性的真实/e+p/，而不是证明它的虚假/ē+p/。

现在的问题是，S_2究竟是依据什么来进行“阐释”的，秘密作为凭借什么最后变成了显而易见的？因为这里的阐释并不是阐释性作为的结果。我们此处不得不参考另一个更为“抽象”的背景，这不再是S_1叙事程式所在的背景。S_2的**意识形态**背景建立在负向指示性的价值系统上，表现为一系列的行为和经典型叙事程式，上述要素组成了这一意识形态的“叙事近似因子”；我们在“我捉住你们，就该枪毙你们”中已经见识过这一叙事近似因子。换言之，通常而言，对秘密的辨认和解读可以通过两大主要渠道获得：要么是通过对主项（和它的叙事程式）的阐释来获得，这时候主项已经变成可供观察的客体；要么是通过我们对世界的常识来获取，这会是呈现在我们面前的一系列的意识形态结构。

3.7 责任的转移

如果句段“你们假装……”是对前述观察“你们两个是间谍”的扩展，并且推进了 S_1 想象过程在被揭晓秘密的同位素性上的进程，那么后续的两个句子 2）与 3）则是在对 S_2 已经提出的经典叙事程式的要素的发展：

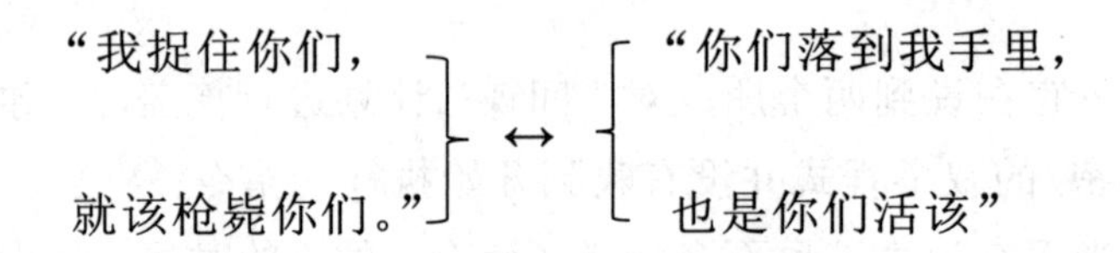

这一扩展——或者说这一循环重复——伴随着一些句子类转：

1）第一个句子的主项“我”被第二个句子中的“你们”取代；

2）谓词“捉住”被谓词“落到……手里”取代；

大家能看到，第一个句子直接表达的是“被捕”的叙事陈述文，其主项为 S_2，而第二个句子的主项是“你们”，“你们”被安置在主项的话语层面上，其功能是负责“被捕”的作为，并将 S_2 叙事程式的作为之责任转移给主项 S_1：不是普鲁士人“捉住”了两个朋友，而是两个朋友自己“落到”了敌人手里。

下面的句段彻底促成了这种责任转移：“也是你们活该”，它的含义是（根据《法语小罗贝尔词典》对这一表达的阐释）“很遗憾，但这是你们的错”。而执行者 S_2（“就该枪毙你们”）不仅“无辜”，甚至会对其行径感到遗憾。“我捉住你们，就该枪毙你们”**当场并立刻**应用于军官经典性叙事程式，我们对这一程式重新阐释的目的在于：

1）给 S_1 定罪

2）否定 S_2 的所有责任

所以这句话变成了对无人称“正义”的表达。

我们直到本序列的最后一句才看到真正的责任者：“这是战争。”事实上，普鲁士军官作为受委托者，他受到命令性委托，所以他自称“无辜”，也对别人诉说着自己的“无辜”：我们看到，**战争**是它的社会发送者。实事求是地讲，战争远远超越了他的指认：战争是普遍反发送者的社会呈现，它在形象化层面上由瓦雷利安山象征着，它通过散播死亡来炫耀自己的威力。这个反发送者对经典性叙事程式做出指令，S_1的叙事程式不符合经典，所以他应当受到超验正义的惩罚。

3.8 统治的意识形态

我们对至高律法的终极参照并不能完善我们此前对“也是你们活该”做出的阐释。如果这句话旨在指出S_1所犯的“错”的话，它同时也对“错”的实质做出了说明，他们的错仅仅是落入了敌手，身处战败者一方而已：**战败者的悲哀**（vae victis）[①]事实上就是阐释这一意识形态的道德律法。大家看到，这是权力的意识形态——两个朋友在序列四的讨论中（“人类永远都不能得到自由”）已经把它辨识出来了，其中道德层面的力量对比关系可以做如下图示：

$$\frac{/\text{统治的}/}{/\text{好的}/} \quad \text{vs} \quad \frac{/\text{被统治的}/}{/\text{坏的}/}$$

权力的两种状态事后受到这种内涵的价值操作，但是该内涵却没有能把这两种状态转化为价值，即使S_2把战争视作发送者，那也不是因为它把战争当作价值本身，而是他承认战争是**存在的**。“这是战争”想表达的只是：**权力**的主要美德就是存在，价值倒错（perversion axiologique）旨在将存在提升到价值高度。也就是说，它不仅会将存在与想要存在混为一谈，同时也要用其中的一个概念代替另一个概念，这样就会形成一种基于非价值的意识形态。

那些被称为科学的意识形态也是在误解的基础上建立起来的。只有正在发展的科学才具有价值：例如，**证明**地球是圆的，这是一个已经**被价值化的**作为，而**承认**地球是圆的这一论断的真实性则不是。

为了进一步阐明这个道理，我们可以明确地指出那些区分**权力意识**形态与**掌控权力**的意识形态的重要特征。例如，正在运作的马克思主义建立的前提是否定/存在/，主张一种/应该-存在/，也就是一种集

---

① 古罗马时期高卢军事首领布列努斯（Brennus）征服罗马后所说的话，这句拉丁文后来经常用来形容战败者任人宰割的境地。——译者注

体的/想要-存在/形式。如果它自认为是一种科学理论，它会在/应该-存在/基础上建构一种叙事程式，并将之视作**必要的**算法（un algorithme nécessaire），视之为**经典性**的叙事程式：它在“真实”层面有所斩获，在“价值”层面就会有所遗失。此时我们就能理解斯大林式话语的模糊性，它想要呈现出价值化话语的样子，会难以察觉地变为“真实的”话语，即按照现实中事物的样子来言说事物的话语。

在经过上述的理论分析大周折以后，大家现在来试着回答我们在专注地解读本序列时遇到的一些问题：我们在思考，普鲁士军官在**自证其行为的合法性**时有何依据？初看起来，事情显得很简单，就像后文中告诉我们的那样，普鲁士军官需要“口令”，以便潜入法国防线的内部，他想方设法想取得口令，但是忽略了单纯的暴力手段（例如酷刑），他想通过某种隶属于诡计的/知道-做/来获取口令，这个/知道-做/同时也建立在死亡威胁之上。到此为止，对这两个法国人而言，自辩性话语难道不是普鲁士军官刻意呈现的上流社会单纯的“优雅”（参见关于惬意垂钓的对话）吗？抑或是他对他的“真实”的解释（参见“我认为……”）？这是另一个层级的“真实”，它在等级上高于偶然情况，被普鲁士军官呈现为自反性知识，即关于自己的知识：战争是真实的（战争存在着），人们从战争中推导出来的行为也是有效的，因为它们事实上是**有依据的**。

3.9 信息性陈述行为

分析进行到此，我们需要区分两种不同的**阐释性作为**，我们可以将一种称为**归纳性的**，另一种称为**演绎性的**。大家已经见过，这种作为旨在从特定显现的现象层级出发，在本体层级对存在做出辨认或者确定。类比层级与表面层级不同，有两种方式可以识别类比层级：通过**普遍化的**方式，它会将调查扩展到整个文本中；通过**全局化的**方式，它的要义是先识别特定的现象，然后将它置于对世界的全部知识中去。这一作为的第一种情况基于话语的语用维度；第二种情况基于话语的认知维度。

我们在做出上述区分之后，现在可以考虑一下 S_2 的阐释了，S_2

从战争的律法出发，推导 S_1 的“间谍”叙事程式，但是它不具备与一般推导性推理等量齐观的形式地位：我们从特定的公理体系中推导的理论要素是**正确的**，从属于的严格意义上讲，它们并不**真实**，它们的真实价值完全取决于构成公理体系的各种叙事文的真实性。

这样说来，S_2 的阐释可能是正确的，但却不一定是真实的，我们不是通过滥用词汇来区分日常使用中的主观性真实与客观性真实，具体到普鲁士军官，我们不能说两个朋友也许在**主观上**是垂钓者，而**客观上**是间谍。

我们此时后退一步，不要忘记我们的分析只针对二级话语，这是由军官向两个朋友发出的话语,它可以被视作语段,并包含两个部分，在这个二级话语中，阐释性作为的结果先呈现出来，而推导这些结果的阐释模式后呈现出来。军官在这段话语中先知晓了他的知识和获取这些知识的方式，同时指出，这些阐释和事实只和他自己有关，只对他自己有效（参见：“我认为……”）。

上述特点也会赋予框定话语的陈述活动一个特点。我们甚至可以说，陈述活动的地位与语段的地位是矛盾的：话语的“正常”功能在于连接**阐释性作为**和**说服性作为**，阐释必须建立在真实的知识之上，这样它才能被传导给接收方，并被完整地接收到。这样一来，阐释就作为其程式的重要组合体融进了劝说活动中。

但是我们的分析却不是这种情况：话语的发送者并没有试图说服接收者，它对接收者的唯一要求就是积极的（“听我说……”）、不受干扰（“不要慌”）的接收。此前建立起来的阐释工具并没有得到利用——军官并没有要说服两个朋友接受普遍战争法则的欲望——此处缺少**说服性作为**（陈述发送者“使人相信”的陈述活动的模态化在这里处于悬置状态），意味着此处没有述真契约。我们可以说，这是一个**信息性陈述活动**，它只是一个简单的告知，接收者并没有介入其中。

要理解这样一个信息作为的存在理由，就得考察一下陈述行为的各种条件：我们已经注意到，陈述活动源自一段（用强制口吻发布的）命令：倾听，不能慌。陈述活动的结构在权力施行的轴距上的结构图示为：

$$\frac{\text{Dr}}{/\text{统治的}/} \simeq \frac{\text{Dre}}{/\text{被统治的}/}$$

很明显，统治者的意识形态与被统治者无关，统治者的真实也同样与被统治者无关：被统治者充其量就是在承受后果之前被告知了统治者的意识形态和真实而已。

序列九　拒绝

“但是，你们是从他们的前哨阵地过来的，肯定知道回去用的口令。把口令告诉我，我就饶了你们。”

两个朋友脸色煞白，并排站在那里，紧张得两手微微颤抖，但他们一句话也没说。

那军官接着说：“谁也不会知道的；说出来，你们就可以平平安安回去了。你们一走，这秘密也就随着你们消失了。可是如果你们拒绝交出来，那就是死，而且马上就死。由你们选吧。”

他们一动不动，一声不吭。

普鲁士军官依然平心静气，伸手向河那边指了指，说：“你们想想看，再过五分钟你们就要淹死在这条河里了。再过五分钟！你们想必都有亲人吧？”

瓦雷利安山仍旧炮声隆隆。

两个垂钓者始终站在那里，沉默不语。德国人用本国话下了几道命令。

1. 文本组织

1.1 序列的框定

尽管我们所研究的这个序列的内部组织具有坚实的结构，但是如果我们紧紧依据切分的形式标准，那么很难对它做出分节。本序列与前一序列的边界很明显，被逻辑析取词“但是”标示出来。然而这个“但是”却位于二级话语内部，我们已经对这个二级话语的第一部分做过分析。序列的尾部也没有被标明，恰恰相反，从书写上看，本序列的最后一个句子位于从属于下一序列的段落中。事实上，这是序列十的分界标识，它以一种循环复现的方式呈现：

德国人（用本国话）下了几道命令……
德国军官又下了几道命令

这句话用循环复现的方式标明了序列九和序列十的边界。

1.2 内部分节

本序列的内部分节是透明的：从书写上看，本序列分为六个段落（此外还应该加上一个专门用于表现瓦雷利安山呈现的间隔性段落）。这些段落根据各自句首的段落主项分列，最后呈现出 3+3 的格局：

1）那普鲁士军官……（序列七）	2）两个朋友……
3）那军官……	4）他们……
5）普鲁士军官……	6）两个垂钓者……

从表面上看，序列采用了对话的形式，然而其中的一个对话者（S_1）尽管位于交流轴线上，却表现出负向的行为来：“沉默不语”其实就是“不说话”的等价词，我们应该将它视为话语作为。

从叙事的角度看，对话可以视作**话语冲突**，每一方的对话者都有着目标化的行为，施展着一个属于自身的叙事模式。这是一个争论性的相互关系模式，两个叙事模式相互关联，并且互相切合在一起。如果我们出于分析便利的考虑，把这两个叙事程式分开来考察，那么他们的切合关系会无时无刻不显现出来，界定它们之间的关联性也是我们分析的重要任务之一。

2. 反主项的叙事程式

2.1 叙事能力

2.1.1 明示的叙事程式

军官在二级话语中心地带说出的析取词“但是”，意在标明他言语**场所**的改变：事实上，上一个序列意在向我们展示**普通的**经典性叙事程式，它的直观发送者是战争，而新序列的第一句段则给我们展示了一个**特殊的**叙事程式，该叙事程式的责任落在了 S_2（它将它发送者的意图具体化并传递了出去）的肩上。

这一新叙事程式可以通过价值客体的受到定义，这里的价值客体受到了聚焦，它不是别的，只是“口令”（参见“把口令告诉我”）。整个序列九（和序列十的部分内容）都是专注于此叙事程式的实现。

2.1.2 暗含的叙事程式

我们无须质疑某一价值客体的语义性质，就可以断言这个客体可以被还原成意愿客体，原因有二：

1）它可以受到自身的渴求，变成自主叙事程式所聚焦的客体；

2）其他叙事程式为了自身实现的需求，希望或者必须拥有这个客体。

这样，我们就可以做如下区分：

1）对金钱本身的热爱（参见莫里哀戏剧《悭吝人》）

2）需要金钱，用金钱来获取某物。

在第二种情况中，金钱表现出来的不是价值性价值（valeur axiologique），而是**使用价值**（valeur d’usage），它的获取可以与自身一起构成一个亚叙事程式，它作为一个可预见的组合体融入了主叙事程式中。按照这种思路，口头文学的一种特殊形式就这样对许多亚程式进行开发，探求从缝衣针到牛的各种客体的获得，或者进行反向的探求。

就我们的文本而言，很明显，“口令”不可能被反主项视作本来的价值——没有人在这点上会受骗，陈述接收方和拥有“口令”的主项都不会。“口令”只具有使用价值，反主项欲将这一使用价值利用于一个更为宏大的叙事程式，文本对这个更大的暗含的叙事程式一直缄默不语，这个程式是 S_2 突破敌人防线，甚至潜入巴黎的叙事程式。

在这个更为宏大的视野中，我们一眼就能看出来，旨在获得“通行证”的亚程序会在经典型叙事文中占据一个可预见性的键位，它在试图获得一个**助手**，这是**资格考验**的结果：反主项为了能持续推进主叙事程式，它自身需要获取资格。

然而，这个考验对 S_2 而言将是个失败，他无法获取口令，这一失败最终导致了叙事程式的终止。在这种背景下，鉴于争论性叙述结构会导入两个平行的叙事程式（S_2 的叙事程式和 S_1 的叙事程式），我们可以说——都用不着考虑投入的内容——S_2 的**失败**同时意味着 S_1 的**胜利**。

2.1.3 叙事程式的构建

这类复杂的叙事程式的构建要求具备一个知道和一个知道-做——我们这里所说的复杂叙事程式指的是囊括了一个或者几个亚叙事程式的叙事程式：它预设着对事件组织的某种普遍知识，也就是说，关于叙事程式存在方式的**知道**，**知道-做**聚焦着新的叙事客体，也就是说，**知道-做**是一种叙事能力。对我们来说，**叙事能力**只是一个拟像，“组合领会力”（intelligence syntagmatique）会在话语中表现出来，并且被安设在话语中，它在陈述行为的结构中具有逻辑性的预设地位，**叙事能力**体现的拟像功用在于展示“组合领会力”的运作机制。

为了更好地理解上述机制，我们需要区分两类不同的**知道**：

1）一方面是**叙事性知道**。普鲁士军官是这样推理的，“你们是从他们的前哨阵地过来的，肯定知道回去用的口令”。他的推理建构在一个不完全是语义性质的知道之上（这里的语义知道的依据是“过来”vs“回去”的对立范畴），它主要建立在叙事性知道之上，主要与位移的普通组织有关（/离开/vs/返回/）。

2）另一方面是**主题性知道**。如果要建构这个特殊的程式，我们还需要有一个主题性词典，它需要包含文本中规划的活动（如“前哨阵地”“口令”等词素)。这两种知道组成了它的**记忆**，构成了分格化编码，编程者（le programmateur）可以随意地利用它。具体到我们的分析中，这一**记忆**可以帮助 S_2 重组 S_1 的叙事程式。这是**阐释性作为**的一种具体形式，这一阐释性作为的某些细节都能被观察出来，它们会与普遍的知道（既具有叙事性又具有主题性的知道）会合，一起重组成严密的叙事程式（这是侦探小说的一个特殊类别）。序列八中存在着**演绎性阐释**的样本，我们此刻研究的文本句段中的认知作为却截然不同，它构成了**归纳性阐释**（不错，它里面也带有源自记忆的演绎性成分）。

叙事程式的建构要求在具备兼具叙事性和主题性的**知道-存在**（savoir-être）的同时，还应该具备一个同样重要的**知道-做**（savoir-faire），对它我们需要做如下区分：

1）一方面，它应当是一个**叙事性知道-做**，它的主要任务是从叙事记忆中发崛可资建构“项目”的要素，也就是建构新的潜在程式。这样的程式构建具有预先假定的属性：它从一个事先确定的“目标”出发，即从一个位于想要轴线上的价值客体出发，然后逐步上升，在此过程中，它将“记忆”提供的叙事性陈述文中的逻辑预设关系逐一呈现出来，这一过程一直持续到程式的“源头”为止，也就是一直到主项的现时和初始的键位为止，在此过程中，程式利用持续的组合连贯弥合了它的想要的主项与客体之间的距离，为了获得使用价值，程式还在此过程中插入了数量不定的亚程式。换句话说，如果叙事程式的**实现**呈现的是一系列叙事陈述文从主项到客体的定向过渡的话，那么它的**建构**路径恰恰相反，它从客体从发，指向了价值客体。

2）另一方面，它应当是一个**主题性的知道-做**，它应当对具有逻辑语法属性的叙事能力做出补充。主题性知道如果不是被当作词库（thésaurus）来开发就没有多大用处，词库的要素有可能相互组成组合聚合体，构成多种可能的主题路径。我们的叙事文中涉及兵法，它与鞋匠的艺术具有可比之处，这两者却不是（或者说不总是）经常被拿来分析的刻板的主题路径，二者指涉的知道-做是一个生发器，可以制造出“同一主题的不同变体”来，它既是再生产的源头，又是创造性的源头。

我们目前所研究的情况正是叙事创造性适应“具体环境”的例子。更确切地讲，它是在人类活动（或者互动活动）的普遍框架中嵌入了一个新构建的叙事程式，这些活动受到一些特殊叙事程式的左右，人类的活动会合、碰撞并相互激发。事实上，S_2 重新建构的事件系列（位于 S_1 的叙事程式之上），其作用有如“激发体”，引发了**类比性推理**（raisonnement analogique）：阐释者 S_2 通过维持 S_1 的叙事程式（此程式的高潮时刻是“出巴黎”与“进巴黎”）来构建自己新的叙事程式，此过程中出现了等值程式中的**主项替代**（S_2 替代了 S_1）。类比推理通过两种不同的方式助推了新程式的建立：通过开发受到现时化的叙事图式；通过为现时化的价值客体（潜入敌对防线）提供框架，此前价值客体只是潜在的。

大家看到，主题性构成要素，更确切地说是主题能力给叙事程式的构建带来助益，主题性能力覆盖了整个军事活动。不仅受到聚焦的终极价值（潜入巴黎）属于这一主题场域，旨在获取使用价值（“口令”）的亚程式也建立在此类价值使用模式的知识之上。

用于获得口令的亚程式提出了它自己的要求：为了获得价值客体（如果像文本中一样，拒绝使用暴力，比如酷刑的话），我们需要动用交换结构，在价值客体的位置上提供其他的价值。这一交换价值就是军官提供的“饶恕”。为了有机会提供“饶恕”，军官首先得给潜在的饶恕受惠者定罪，他们首先应当是“间谍”才能给他们定死罪。为了做到这一点，就需要对“间谍”的经典性叙事程式进行现时化，我们前面看到，这一程式占据了整个序列八：经过对预设系列的连续分析，我们终于看到了战争意识形态的叙事性原由。

很明显，上述对组合领会力的几点观察不足以让我们对兼具叙事性和话语性能力建立起一套理论。我们就此打住，先来总结一下特殊叙事程式建构所必须的主要预设逻辑的主要阶段：

1）对 S_1 叙事程式的阐释会凸显出主项的位移组织情况：/出发/→/返回/；

2）类比推理促成了价值客体（潜入巴黎）的现时化和主项之间的

替代；

3）亚程式融进了复杂叙事程式，成就了“使用价值”（“口令”）的获取；

4）在复杂叙事程式内部建构亚程式的过程中，复杂叙事程式获得了一种交换形式，用于获取等值或者更高的价值；

5）经典性叙事程式（“间谍”）的建构可以促成对交换价值“饶恕”的现时化；

6）权力意识形态通过外在化显现逐步得到确立，经典性叙事程式自证了存在的必要。

对特殊叙事文的分析暴露出一些局限。一方面，连贯的逻辑要求建构一个叙事程式；另一方面是叙事话语的有效推进，我们仍不能在二者之间建立起一个比较性的图表，来呈现各种明显的理论扭曲。读者的想象力可以补足这一不足。此外我们也试图指出：二者之间存在着鸿沟；符号学家要对话语生产过程中出现的显现[①]的各种路径进行明示和重组，这是一个艰巨的任务。

2.2 叙事运用

2.2.1 交流的主张

S_2要实现复杂的叙事程式，这一实现过程受到亚程式执行程序的影响，亚程式的目的旨在获得“口令”。这个亚程式可以图示为：

$$F\ 转化[S_1 \rightarrow (S_2 \cap O：口令)]$$

这一亚程式在话语形象的形式下得到发展，我们把这一话语形象称为**交换**。叙事程式围绕着S_2建构、发挥作用，序列的其余部分则属于交流的主张。

交换架构可以用下面的公式表示：

$$\frac{“把口令告诉我”}{反赠予} \quad vs \quad \frac{“我就饶了你们”}{赠予}$$

---

① “显现”为名词，符号学术语。

我们从中可以看到组合换位（permutation syntagmatique）：一般而言，提供赠予就会到来反赠予。

话语的公式化也主要用来强调契约性特点，契约性特点架构在**赠予提供者**之上：

1）“口令”是可以用来交流的知识客体，军官期待着一个话语作为：“把……告诉我”用来使知识客体实现物化；

2）同样道理，作为交换的“饶恕”是“对复仇的放弃”，它是 S_2 与价值客体之间的主动脱离。

然而，这种平等的交流特点被一个权力轴线否定了，这一轴线将契约的双方定位在了/统治的/vs/被统治的/范畴中：

1）军官要求的口气尽管被后续的馈赠减弱，但是它仍然使用命令式的口吻说出了“把……告诉我”；

2）军官提出的“饶恕”也只能由权力来施行。

相对而言，S_2 的建议具有模糊性：交换的建议同时也是明确的命令，它是笨拙的令人失望的劝说，只能被理解为 S_1 能够的表现。

本序列中 S_2 叙事程式的剩余部分具有如下特点：

1）在话语层面，S_2 叙事程式的剩余部分是对交换建议的扩展：“我就饶了你们”。

2）在叙事层面，它是 S_2 对其说服性作为的实施。

2.2.2 说服性作为

一般而言，说服性作为可以视作一种**认知**作为，也就是说，它和（操控价值客体的）语用作为截然不同，它的实施对象是与客体有关的知识。处在认知维度上的说服性作为会聚焦于一个或者数个运用（performance），这些运用的存在目的是建立一种**信用契约**，这个信用契约中包含着对话者的默许。当说服性作为的对象是述真的时候，陈述发送者的真实言说（le dire-vrai）（或者虚假言说、谎言）或者反客体（它的获取过程被掩盖了）主要存在于“信任”和“信用”中，或者更简单一点地讲，存在于陈述接收方赋予叙事文话语地位的“以为-真实”（le croire-vrai）中。这里出现了信用契约的一种特殊形式，我们可以将它命名为**陈述契约**（contrat énonciatif）或者**述真契约**（contrat de véridiction)：它以价值客体的身份出现在叙事文-话语中，通过模态化获取了价值。

在我们此刻研究的情况中，说服性作为实施的背景稍微有些不同。S_2试图说服S_1，想从它那里得到一个价值客体。出于这个目的，它首先提供了一个自己构建的交换结构，这一交换结构从属于它的作为的**语用维度**：欲先取之，必先予之。

这一语用操作却立刻出现在**认知维度**中：为了获取一个价值客体，最好能提供一个诱人的反价值的事物，就得执行一个说服性作为，让它来赋予上述客体必要的价值。为了让这个作为获得成功，它必须获得契约另一方的完全同意：对话者接受这个客体具有价值是远远不够的，在某种意义上讲，声称该客体具有价值的话语同样也必须具有信用，即这些话语是说话算数的。在这种情况下，说服性作为主要的目的就是建立信用契约。两种契约的不同之处在于：第一种契约意在巩固、保障真正的叙事话语，第二种契约要在话语中确立叙事程式；第一种信用契约属于**陈述行为契约**（contrat énonciatif)，第二种契约属于**陈述契约**（contrat énoncif)（这一陈述契约的结果是为语用层面的交换提供结论)。

2.2.3 实用叙事程式（PNd'usage）

说服性作为试图要把价值赋予交换客体，主动寻求对交换客体做出阐释，并且用**潜在交换价值**的词项来评估它，将交换客体纳入一个或者几个潜在的复杂叙事程式中来，在这些叙事程式中，交换客体获取的价值充当着助手或者中介的角色，其目的就是获取新的价值。我们可以说，说服性作为的其中一个运作模式就是向接受项(instanceréceptrice))建构、投射**实用叙事程式**。

结构化的推理方法应当属于普通的科学方法，而不属于“结构主义哲学”。结构主义哲学只是一种短暂且笨拙的推论。结构化的推理方法要求在/说服/词项的对立面必须有和它对立的词项出现。在我们的分析中，这个词项应该是/劝阻/。交流的模式应当是双极的，我们也可以期待发送项和接受项的词项会产生对应关系，这些词项都应当是恰如其分且具备对应认同的潜质。劝说或者劝阻既可能被接受，也可能被拒绝，如果我们承认这一点，那么我们可以用一个符号学矩阵来呈现这个关系网络：

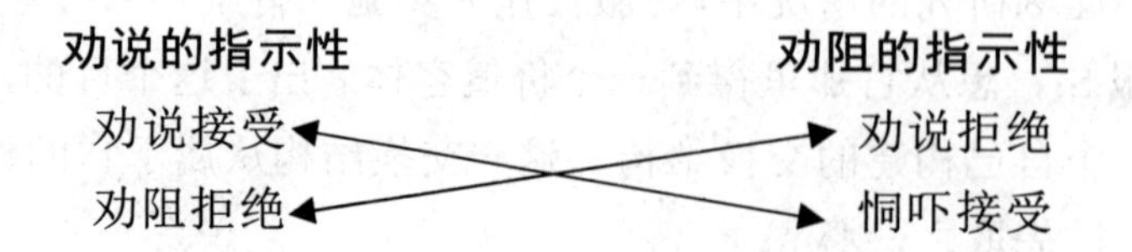

如果我们提供的分析工具是正确的，那么我们可以就此得出两点观察：

1）首先，我们能意识到，说服性作为只是主项发挥出来的根本的/**使-想要**/的扩展形式，这个说服性作为镶嵌在交流结构中（就像劝阻性作为属于/使-不-想要/一样）。

2）其次，大家能看到，这一分析工具只要经过一些修改就能应用于具备契约结构的任何叙事层级中：它可以用于分析陈述行为的建构，可以用于分析交换结构，也可以用于分析旨在借助于/使-想要/建立/想要-做/的发送者与接受者之间的关系。

2.2.4　进退维谷

如果我们按照这个视角来研究普鲁士军官提供的交换，则能注意到，他的话语中的第一段包含着交换的词项，而接下来的两段被用来对他的说服性作为进行文本化。事实上，其中的一个交换词项——“口令”一提出来就被序列的其余部分给遮蔽了：根据我们的模式，劝阻性作为可能减弱了口令获取的价值，获取口令完全没有价值。

而说服性作为却标明了它的两个能预测到的可能性：

1）在第二段中，它通过指涉实用性叙事程式中给予的/生命/的价值在劝导（S_1）接受（向 S_2 提供口令）；

2）在第三段中，它劝阻 S_1 去拒绝（这是通过对实用性叙事程式的解释对/不-愿意/的否定，实用性叙事程式源自对普鲁士军官提供的价值的拒绝）。事实上“饶恕”被终止后，经典性叙事程式重新开始发挥作用并在这个键位上预留了“惩处间谍”的功能，建构起了/死亡/的价值。

大家再一次看到了 S_2 话语重要的模糊性：S_2 没有将他劝说的两种

形式介绍为“优势”或者“不便”，而是把它们介绍为“诱惑”和“威胁”，并且对二者进行了极化处理，其结果就是由两个劝说程式提供的价值矛盾性凸显出来，我们可以对这些价值做如下的对应认同：

/接受/	“饶恕”/生/
/拒绝/	（惩罚）/非-生/

选择的自由转变成了选择的义务，交换结构深陷**进退维谷**的境地。事实上，对每个参与者而言，交换是物与价值的自愿替换，可以图示为：

提供口令　→　被饶恕

（接受）口令　←　（提供）饶恕

上述图示被切分开来，交换的两个词项也被否定了：

不提供口令　→不能得到饶恕（＝受到死亡惩罚）

潜在的交换的接受或者拒绝变成了对选择的“催告”（mise en demeure）。

这种归纳式的呈现方式仍有待进一步深入发掘。主项在面对交换建议时，它需要做出选择，对它来说，这同时也是种两难境地，这种**选择**是对处于认知维度的/能够-做/的施展。在我们的研究情况中，这个/能够-做/变成了一种可选项：一个**能够-接受**或者一个**能够-拒绝**。不管是交换还是两难境地，接受者都具备“选择的能力”，这种“选择的能力”是一种被模态化的作为。真正意义上的选择（就像在交换情景中做出的选择一样）和两难境地（它处于更为高级的层级，并且受到高度的前位模态化）之间的差别在于：**自由选择**可以理解为**能够选择或者能够不去选择**，而**两难境地**则是**不能不选择**（即选择的义务）。能够-做的两种模态结构的对应键位可以通过符号学矩阵来呈现：

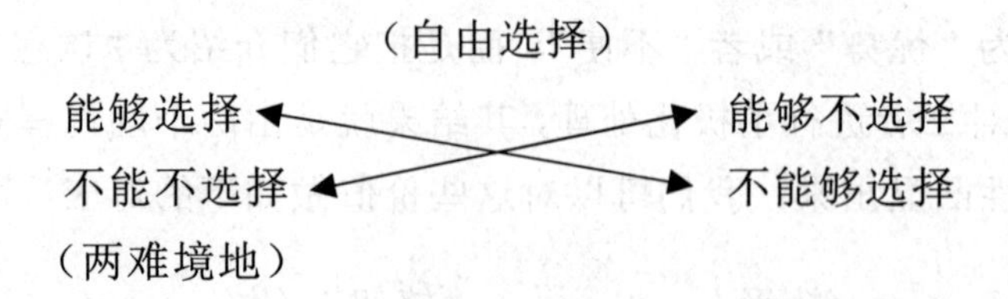

S_2的说服性作为将自由选择（军官提出交换时，自由选择的幻想就建立起来了）转变为两难境地，后者要求必须做出选择，它只是S_2的权力呈现而已，最终交换被变成了一种**命令式的契约**（contrat injonctif）。

2.2.5 转向文本化

当我们研究外显话语中“催告”模态化所表现出来的形象化表达时便能发现，交换契约向命令式契约过渡的痕迹特别明显。如果我们承认，时间化（temporalisation）是一种形象化形式，对于话语接受者（S_1）的强制（“强烈的义务”）通过它得以确立，那么我们可以发现，在完成决定的时间逐步缩短的过程中，选择义务却受到“绵延化”处理。

因为这个缘故，展现交换词项的第一句段并没有给接受交换建议的过程强加时间性限制。第一句段之后的时间性概念是这样组织起来的：

句段 2“马上”

句段 3“再过五分钟”

序列十中的句段 1“一分钟，多一秒都不给”

我们可以看到，尽管句段 2 迫切地要求做出选择，但是它却没有明确指出具体的时间延续，对时间的数量化处理（la quantification du temps）促成了短暂绵延从/不受限定/状态向/受限制/状态的过渡，事实上也就形成了一种收缩（参见句段 3）。在下一序列中，军官只给出一分钟的“赠予”：信息中精确的数字（“多一秒都不给”）彻底终结了自由选择的可能，将选择变成纯粹的勒令。

整个序列都带有同样的渐变特点。所以，句段 2 和句段 3 可以分别被视作“诱惑”和“威胁”两个实用性叙事程式的话语格式。这两个句段的话语形式具有可选择性：如果其中一个句段的词项处于扩展状态，那么另一个句段的词项就处于收缩状态。

“死亡威胁”被表达了两次，在句段 2 中表现为现在时，在句段 3 中表现为将来时。“死亡”的程式受到现时化处理，该程式分为两部分：纯粹的“死亡”和“死后”（在水中）。我们从中很容易就看到了陈述的**聚合化现象**（paradigmatisation）：

现时化		**实现**
句段 2：“死亡”		序列十“行刑”
————————	⇒	————————
句段 3：“死后”		序列九“淹没”

在结构性同一复现的共同背景下，大家能看到：

1）叙事层面：从现时化的完成到实现过程；

2）话语层面：序列中一个句段的扩展。

3. 主项的叙事程式

3.1 对馈赠价值的阐释

3.1.1 价值层面的不兼容性

S_2 的叙事程式覆盖着整个序列，它的主要任务是让**说服性作为**得以施展，该程式与 S_1 的叙事程式产生了关联，按照逻辑，后者应当发展为一个**阐释性作为**。对 S_1 叙事程式的分析困难在于，由于两个朋友的沉默，**阐释性作为**没有以任何方式在文本中表现出来。这样一来，我们只能依据两点来阐释这一阐释性作为：一方面是促成拒绝交换的知识，另一方面是陈述接受者 S_1 的全部信息：这些信息既蕴含在 S_1 在陈述文中的施事键位上，也蕴含在 S_1 承受的语义投入中。换句话说，我们的阐释性作为只依赖于我们对话语背景的知识而存在着。

然而，如果我们设身处地地站在 S_1 的位置上，全神贯注地解读 S_2 给他设置的潜在的实用性叙事程式，我们立刻会捕捉到二者的“世界观”存在着完全的不可兼容性。S_2“诱人的”实用性叙事程式在 S_1 看来完全令人“望而却步”，试图迫使（S_1）接受馈赠的实用性叙事程式却适得其反，最后促成了对馈赠的拒绝。我们可以用符号学矩阵来呈现：

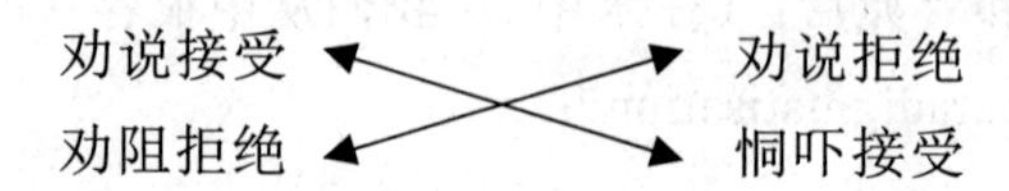

要解读 S_2 的建议，就应当阐释：

（1）/劝说接受/→作为→/恫吓接受/

（2）/劝阻拒绝/→作为→/劝说拒绝/

这里的劝说变成了恫吓，而旨在促成接受的诸多论据最后都变成了拒绝的理由。

3.1.2 依据谎言的主项

这样一来，“诱惑”的实用性叙事程式提出了“饶恕”，“饶恕”具有自由的外形，也就是说，这是一种位于语用层级的潜在转换，将**客体**（俘虏）转换为**主项**（自由人）：但是，该主项预设的述真地位立刻会限制发挥业已暗示的自由：

谁也不会知道的

（你们一走），这秘密也就随着你们消失了

这两句话让大家仿佛看到两个朋友的双重生活——公开的生活和秘密的生活。从显现的层面看，他们可以扮演自由人的角色；从存在的层面看，他们又是其他类别的存在。他们的主题角色是普鲁士军官饶恕的受益者、被宽恕的间谍、S_2 叙事程式单纯的执行者：在/非-被统治的/的主项的外表下潜藏着他们的/被统治/的实质。

普鲁士军官内心无意识，他无法摆脱自己的意识形态来看待事物，所以他走得更远，生产出一个新的具有模糊性的句子：

你们就可以**平平安安**回去了

这句话意味着普鲁士军官确保两个朋友能平安返回，并安享新获的自由。但是我们也可以对句子做出别的解读：“你们回去后大可不必担心”（暗示着：不会受到法国人的追究），这种解读自动地将两个朋友置于反发送者一边，并把他们作为潜在的“叛徒”给他们定了罪。

普鲁士军官的最后一个句子也有异曲同工之处：

你们想必都有亲人吧？

我们对这句话也可以做出双重解读：

1）初看起来，这句话要对析取的价值进行现时化，让它们具有诱惑力，让“饶恕”更加诱人；

2）但是，它被置于更为宽广的背景中，这样的提法只能坚定对“饶恕”的拒绝。

最后的模糊性来自对/秘密/和/谎言/的解读：事实上如果/显现/和/存在/两个层级一旦被主题化，那么对认知主项的确定（sanction）也就会确认以下两点：

1）秘密（e+p̄）是否具备述真地位：S_1 会变成“叛徒”，但是不会显现出来；

2）谎言（ē+p）是否具备述真地位：S_1 会显现出“自由人”的身份来，但是事实上他们并不自由。

大家看得很清楚，当军官在说“秘密”的时候，他的话可以解读为“谎言”，他提供的自由也只是**根据谎言**而存在的生活。

3.1.3 依据秘密的主项

对于“威胁”的实用性叙事程式也是同样道理，对话的双方之间存在着本质的误会。如果 S_2 发出的死亡威胁是真实的，如果它为 S_1 提供的实用性叙事程式可用，那么我们可以说，我们也可以对这样呈现的“死亡”做出双重解读。

你们想想看，再过五分钟你们就要淹死在这条河里了

1）很明显，这句话标明军官憎恶到极点的情绪，会产生决定性的震慑效果；

2)但是，对两个朋友而言，提出水淹对他们只会产生相反的效果：水是 S_1 的发送者之一（＝非-反-发送者）；在这个身份下，**水**以赠予的形式为两个朋友提供了生活的乐趣，我们还记得，在他们的价值空间的正向指示性上，水受到对应认同，处在/非-死/的键位上。

这样一来，对 S_2 而言的/死亡/威胁在 S_1 那里却变成了对/非-死/的邀约，对馈赠的恫吓接受变成了对馈赠的劝说拒绝。

对水的真正属性的知识很明显就是 S_1 的秘密，S_2 的馈赠在 S_1 眼中很可能会被解读为**依据秘密而来的非-死**。

"饶恕"只是对 S_2 和它的叙事程式的臣服，即对反主项的臣服，反主项代表着反发送者，在价值层面被对应认同为/死/，如果我们认可这一点，那么选择可以被视为：

1）对于 S_2 而言，这是关于**生**（"饶恕"）与**死**的选择；

2）对于 S_1 而言，这是在/死/与/非-死/之间做出的选择。

到此为止，两个朋友必须在价值投入中做出选择。他们是否会成为潜在的主项，则取决于他们对<u>想要-成为</u>的选择：

1）他们可能是**依据谎言**而成的主项；

2）他们也可能是**依据秘密**而成的主项。

3.2 对索要的反价值的阐释（l'interprétation de la contre-valeur demandée）

在前面的分析中我们已经看到，尽管交换结构要求它的两个词项并列，并对二者进行比较性评估，S_2 却只对其中的一个词项——"饶恕"施展了它的劝说活动，而对第二个词项"口令"一直遮蔽，只有两个地方提及：开场部分和说服性作为的尾部。但是我们有必要相信，这个词项在 S_1 的阐释性作为中一直在场：两个朋友的沉默只有一个意涵：拒绝"交出"（口令）。

"通行证"对于 S_1 成为潜在的交换客体之前，就是一个充当助手的客体，可以让 S_1 实现自己起初的叙事程式（返回巴黎）。因为他们受到抓捕，所以"通行证"的价值丧失了，不再具备现时性。

"口令"后来进入 S_2 的叙事程式，成为该程式的使用价值，这个时候情况发生了根本变化，“口令”成为 S_2 觊觎的对象，当 S_2 将这一信息告诉 S_1 的时候，“口令”变成了反主项从价值那里获取的/知识/，反主项在主项眼中的地位也改变了。

上述观察也能引发一些理论兴趣：到目前为止的分析中，我们认为，如果一个客体要成为价值客体，那么它需要处在与主项相连的想要轴线上，而且客体要与主项处于**析取状态**。主项与客体的**合取**能构成价值的实现，合取标志着旨在获得价值程式的完成。

我们不得不在此规划出一种新的可能性，即对客体进行**再次赋予价值**的可能性，在这种情况下，客体通过**知识**的模态与主项形成合取：就像你深爱的女人要离你而去，而你却想方设法把她留住一般，这里的知识似乎也要引发一个新的**想要**，并因此建立起一个新的叙事程式。

这个叙事程式是旨在拒绝与价值客体分离的程式，是一个能够在反主项叙事程式中将及物知识显现出来的**反程式**。对知识的获取会改变情势（参见亚里士多德的**辨认**），这样就会产生两种不同类型的**想要**，我们需要对它们加以区分：如果是上面提到的心爱的女人的情况，那么需要重新激发一个相同的**想要**；但如果是和口令相关的情况，这里需要一个相反的**想要**。事实上，目前情况的关键不是将口令留为己有——这没有任何价值——而是阻止敌人拥有口令。因为聚焦的客体不同，也就是说因为发挥主导作用的叙事程式不同，所以两个想要也截然不同：

1）第一种情况：（“心爱的女人”）＝想要（$S_1 \cup O$）

2）第二种情况：（“口令”）＝想要（$S_2 \cap O$）

大家能看到，在第二种情况中，价值客体及其叙事程式的结构让人立刻想到“**已经实现自身价值的危害**”（nuisance value）的表述，戴高乐将军在评价对美政策时经常使用这一表述。

“通行证”对于 S_2 而言只是用来实现一个更大的复杂叙事程式（突破敌人防线进入后方）的前位性助手，而对 S_1 而言，同一客体“通行证”是位于普通叙事程式中的一个**使用价值**，它被 S_1 用来**否定** S_2 的/统治者/权力，**确定**自己的/非-受统治者/的地位，也就是说，它要确定自己自由人的地位。

3.3 解放的叙事程式

3.3.1 S_1的复杂叙事程式

我们对 S_1 阐释性作为的假设性重组也许无法还原它的“思想轨迹”，也就是说无法从它的历史路径上加以还原。但这一重组能凸显该作为的粗线条特征，即它具有**否定器**（négateur）的特点：事实上 S_2 的说服性作为刚开始就被否定了，并被解读为一个**威慑性作为**。对“通行证”进行开发的实用性叙事程式后来受到自身“危害”程式的否定。

我们通过研究 S_2 提出的交换建议得知，这是一个充满模糊性的馈赠，它以**选择**的面目出现，但是经过阐释后变成了**两难境地**，也就是说变成了一种选择的义务，接受者 S_1 被置于/不能够不做/的模态键位上。这样一来，**阐释性作为**可以导向行动，而行动只能位于认知维度中，**身体作为**被排除在外，因为主项变成了价值客体（俘虏），S_1 的作为只能表现为对/不能够不做/的**否定**。上述操作可以用以下符号学矩阵来呈现：

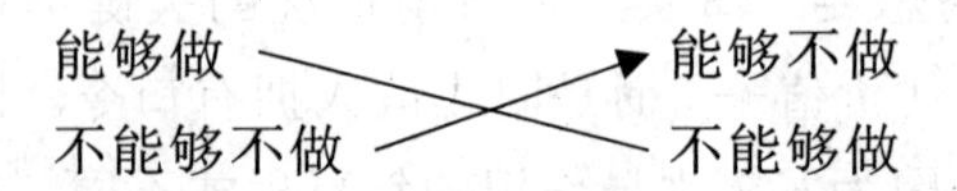

这一矩阵表明，对词项/不能够不做/的否定只能导出与之相对的词项，即/能够不做/。

对交换的第二词项（“口令”）的认知和对 S_2 实用性叙事程式上知识的获取给 S_1 提供了一个机会，使得它可以布局/能够不做/的新模态键位。这样一来，S_1 的**阐释性作为**便伴随着一个动力模式，我们可以对它按照下列的方式进行对应认同：

$$\frac{\text{对馈赠进行去价值化处理}}{\text{对要求再次赋予价值}} \simeq \frac{\text{否定/不能够不做/}}{\text{布局/能够不做/}}$$

（左：**阐释性作为**；右：**决定性作为**）

我们把刚才提出的阐释再审视一遍，很快就意识到 S_1 与 S_2 的冲突。问题的关键不在于是否会提供口令，而在于两个主项对彼此能力的相互揣摩：S_1 布局它能力的/能够不做/的同时，S_2 的/能够做/就被悬空终止了。因为这个缘故，与通行证不能分离的叙事程式是一个实用性叙事程式，它融入了前位性叙事程式中。

但是我们还应当注意到别的方面——**能够**的模态陈述文：我们前面观察到的/不能够不做/和/能够不做/分别是/否定/与/布局/的前位项，它们都属于叙事文-客体，主项的转化作为就通过它们来发挥作用。我们不应当将二者视作模态化谓词，而应该换种说法，称它们为**模态化价值**，我们可以进一步对一个词项进行否定同时对相反的词项进行布局，这种操作可被视作叙事句法层面的程式：

F 转换 $S_1 \rightarrow [S_1 \cup O_1$（：不能够不做）$\cap O_2$（：能够不做）$]$

这个图示向我们展示，转化的主项试图与模态化价值/不能够不做/脱离，然后与另一个和前者相反的模态化价值交合：/能够不做/。

这样构建起来的 S_1 的复杂叙事程式覆盖了整个叙事文，变成了**想要-能够（实现自由）**的程式，这一程式在序列六中两个朋友就能够的存在进行辩论时就有出现的可能，序列六中辩论的结论是“人类永远也不能够得到自由”，我们在当时的分析中，将它称为/想要-能够/的**价值现时化**，在这里，这一程式在意识形态层面上正在进行现时化，它的**实现**即将完成。

3.3.2 瓦雷利安山的介入

“瓦雷利安山仍旧炮声隆隆。”这一战争发生地以一个插入段落的形式再次出现了，瓦雷利安山的再现只是在覆盖整个叙事话语的聚合关系网络中的一个特殊再现，它可以引起我们的研究兴趣：在话语层面上，这里很明显是一个照应，这一照应操作通过插入序列九的一个句子段落得以实现，这个句子段落扮演着照应项的角色，它在照应着它的被照应项，即位于序列五中具体地描述瓦雷利安山死亡作为的句段。

这里被运用的照应操作具有特殊特点：它的功能在于连接话语的

形象化层面和**认知层面**，话语的形象化层面在叙事文的第一部分被用来呈现 S_1 的价值空间，而本序列正是在它的认知层面上展开的。这一照应操作也被用来覆盖瓦雷利安山代表的普遍的反发送者和它的被委托项 S_2。这样建构的照应关系一方面连接了陈述文的两个部分/R_1/与/R_2/，另一方面保证了基础同位素性的稳定性与叙事的完整性。

在我们的分析中，叙事文第二部分中瓦雷利安山的重现不是单一的，它受到了分段：在序列六中，两个自主句段被用来依据反发送者的存在和作为来呈现反发送者，在我们当前的序列九中，瓦雷利安山的作为被再次导入，在序列十一中，文本会再次提示它的**存在**。通过瓦雷利安山实现形象化的**死亡意象**（imago mortis），另二位垂钓者的死更具**榜样的**效应。

对照应操作分析之后，我们应当思考一下为何照应段落会出现在此处而不是别的地方。我们应该可以解答这个问题。仔细观察本序列，我们能发现：

1）军官提出词项“水”之后，瓦雷利安山紧接着就出现了：两个词项此时处于对立键位上，瓦雷利安山这一词项的出现强化了第一词项“水”，S_2 口中的“水”变成了 S_1 的**水**，这样 S_1 语义空间的价值相对项就构建起来了，选择就变得真正重要起来；

2）另一方面，当 S_2 的说服性游戏结束、/统治者/vs/被统治者/关系的真相展现出来的时候，馈赠的建议变成了两个主项的**权力对决**：瓦雷利安山是绝对的/能够-做/的体现，它被“站立着”的两位垂钓者**否定**了，此时瓦雷利安山所代表的不是不幸际遇的贡献者，而是普遍之恶的化身。

3.3.3 沉默的组织架构

我们现在需要从分析 S_1 认知作为的动力入手，着手分析本序列中最为棘手的句子。即使我们可以对 S_1 的阐释性作为进行重组，但是也不能忘记这个作为与决定性作为之间的关联，而决定性作为在认知维度上与叙事结构（也就是叙事程式的**实现**部分）的表现性组成部分相对应着。在我们的序列中，S_1 实现了它的叙事程式，同时也实现了它的主项地位。我们的假设是这样的：S_1 不仅仅是加缪式做出拒绝的英雄——因为它受到/能够不做/的模态化，它不仅仅是反抗的英雄，它不会满足于这个起始的键位，它会推进自己的叙事程式，进而实现/能够-存在/的主项。

S_1的认知作为在话语层面展现出来，大家已经看到，S_1“沉默不语”，也就是说，它在推进**否定性话语作为**，充当了**否定器**。这一作为位于对话的话语框架中。文字中，普鲁士军官是唯一的说话人，它的话语被**休止**分割为一些句段，这些句段带有陈述发送者的标识：

“那普鲁士军官笑着说：”

“那军官接着说”

“普鲁士军官接……说：”

这些休止构成了终止性的反驳。

对话是安置在叙事文中的陈述行为的拟像，它也得到很好的建构。一般而言，这种对话形式包含着两种要素：

1）属于陈述层级的**框定性**要素（参见“接着说”），在它的参与下，陈述发送者直接对拟像化的对话进行了组织；

2）**被框定的**要素，它将陈述行为进行了拟像处理，将它处理为具有两个陈述行为的行为者的话语。

大家能看到，S_2的被框定性要素非常饱满，而它的框定性要素却是空泛、冗长的（参见普鲁士军官的三次“说”）；而对于S_1来说，情况却恰恰相反，被框定性要素是空泛的，陈述行为围绕着框定性要素展开，同时又组织起了框定性要素与被框定性要素的功能替换。我们可以将框定要素解读为“号称”被框定的尾白。

我们在对框定话语单元进行重新分组的同时，很容易会发现一种重复的双元要素，每一个框定性单位包含着一些标记，这些标记有时处在话语层面，有时处在身体层面，他们都与S_1作为对话参与者的地位相关联：

	身体层面	**话语层面**
1）	“脸色煞白的”+“颤抖”	“一句话也没说”
2）	“一动不动”	“一声不吭”
3）	“站在那里”	“沉默不语”

备注：我们能观察到，身体标记每次都会先于话语作为的标记而出现。

S_1的模态地位一方面是叙事性的认知维度上的认知主项，另一方面又是话语维度上的客体或者被降级到/被统治/状态的非-主项，如果我们还能记得上述分析结论的话就可以承认，我们刚才辨识出的话语层面、身体层面与认知维度、语用维度之间存在着关联性，前者是后者的形象化表达：

$$\frac{\text{话语层级}}{\text{认知维度}} \simeq \frac{\text{身体层级}}{\text{语用维度}}$$

如果情况如此，那么我们可以从二者的互动与它们的推进角度来考察这两个层级，我们可以看得出叙事程式的渐进性实现过程非常明显，这两个层级被阐释为转换的模态位置，这一模态位置对S_1的地位产生了影响，将它转变为认知主项与语用性非-主项。接下来我们首先用完全本能的方式研究一下这种双极表现的各个阶段。

（1）文本拉近了话语行为“一句话也没说”与身体态度“煞白的”“紧张得两手微微颤抖”之间的距离，我们可以将二者视为**主动**主项和**被动**（即承受他者的动作的）主项的再现，或者将二者视为对一个**作为**的再现与对一种**状态**的再现。

（2）我们现在转向第二组相对项，则能发现在叙事程式组合分节层面的显著变化：一方面是承受动作的主项，另一方面是截然相反的“一动不动”主项，后者**控制**着颤抖。接下来大家能发现在话语表达与身体表达之间产生了一种换位：当话语作为开始具备身体态势“一声不吭”的特征时，一个身体语言似乎要取代话语作为来担当“意涵行为”：“静止性”似乎是话语作为的前位项，一切看起来似乎是“静止性”在主导着“没有开口”。

（3）第三句段以“沉默不语”的方式展现着话语层面，也就是说，这里涉及的不再是**作为**，而是一种最终获得的**状态**。站立的状态如与第二句段的静止相比，更像一个充满意涵的身体性作为，更像是 S_1

面对瓦雷利安山的“直面”，我们需要指出，这里的站立和静止都不是自然的身体态度——的确，在对抗的全过程中，两个朋友是站立着的——陈述发送者特意选择了这两个形象化表达，来象征身体静止性与身体站立以外的东西。

这样，叙事过程就完成了：“沉默行为”是/能够不做/的表现，它对应着加缪式的反抗者的态度，我们从这一点出发，终抵面对死亡、否定死亡的“站立”的主项：对于我们这代人来说，“站着死”会很奇怪地勾起我们对两次世界大战之间的和平主义口号的回忆：根据他们的说法，“站着死不如跪着生”。

我们对 S_1 的叙事程式的提前解读之后，可以进行更为严格的理论推理。我们可以将身体层级上叙事程式的推进呈现为一系列矩阵上完成的话语化（discursivisation）：

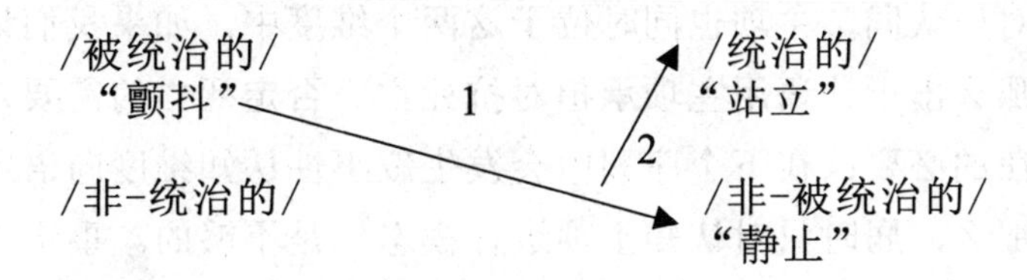

我们同时试着研究一下三个结构性词项：

/被统治的/ ⇒ /非-被统治的/ ⇒ /统治的/

我们可以将三个词项与前面考察过的三个句段-阶段进行对应。

（1）这样一来，如果我们认为身体层级只是呈现了语用层面上的主项地位，并将主项置于客体的情景中的话，那么主项的地位可以与我们矩阵中的/被统治的/进行对应认同。在同一句段中，这样的状态紧随着一个（由“沉默”引出的）认知作为，该认知作为向两个不同方向发挥作用：一方面，这是针对反主项的/能够不做/的发挥；另一方面，这是一个对自身叙事模式提出否定的作为，这一作为建构在刚刚获取的否定性权力模态之上。/能够不做/事实上只是/能够/模态的一个分支，它有可能会发挥转换操作者的作用。

（2）分析至此，我们很容易就能纵览程式的推进了：对/被统治的/状态的否定会自动地抬升出它的对立面，即/非-被统治的/状态，后者由“静止”表达出来，结束了“颤抖”的动作。

（3）然而，“静止”不仅仅是“颤抖”的终止，它同时是“意涵行为”，是对/非-被统治的/状态的布局：我们之前观察到的话语层级与身体层级的换位可以解释为身体对操作功能的再次运用，这次它具备了布局能力；/非-被统治/（通过由话语状态转变而来的身体状态“一声不吭”表达出来）的布局凸显出了假设的词项/统治的/。我们在此也感受到了/话语/ ⇄ /身体/的换位：“沉默不语”的表达肩负着对状态进行意涵的使命，而“站立”这一表达则是/死亡/（＝瓦雷利安山）的否定权力的操作者。

整个分析的棘手之处就出现在话语与身体的换位上，二者的换位发生在叙事过程的第二阶段。这两个层级可以与认知维度和语用维度实现对应认同，主项也同时位于这两个维度中，如果我们认可上述结论，那么出于让语用主项承担对抗死亡、否定死亡的需要，换位才有其存在的必要：在下个序列中会发生叙事性认知维度向语用维度的过渡，那么，届时只对认知主项进行模态化是不够的。事实上，两个朋友被引导至此，来经受圣方济各的“甜蜜的躯体死亡”（dolce morte corporale）。

序列十　死亡

德国人用本国话下了几道命令。然后，他把椅子挪了个地方，以免离两个俘虏太近。十二个士兵走过来，站在距他们二十米的地方，枪柄抵着脚尖。

那军官又说：“我再给你们一分钟，多一秒都不给。”

然后，他猛地站起来，走到两个法国人跟前，抓住莫里索的胳膊，把他拉到一边，低声对他说：“快说，口令是什么？你的伙伴绝对不会知道的；我就假装心软了。”

莫里索先生没有回答。

普鲁士人于是又把索瓦热先生拉到一边，向他提出同样的问题。

索瓦热先生没有回答。

他们又并排站在一起了。

那军官开始发令。士兵们举起武器。

这时，莫里索的目光偶然落在几步以外草丛里装满鱼的网兜上。

在一缕阳光的照射下，那堆还在挣扎的鱼闪着银光。他几乎要昏过去；尽管他强忍住，但还是热泪盈眶。

他结结巴巴地说：“再见了，索瓦热先生。”

索瓦热先生回答：“再见了，莫里索先生。”

他们握了握手，浑身不由自主地哆嗦着。

那军官喊了声：“开枪！”

十二支枪同时响起。

索瓦热先生脸朝下，一头栽倒。比较高大的莫里索晃了几晃，身子打了个半旋，仰面倒在他伙伴的身上；从被打穿的制服的前胸涌出一股股鲜血。

（德国军官又下了几道命令。）

1. 文本组织

1.1 序列的框定

上一个序列由军官和两位垂钓者的伪装对话构成，它完全排除了在场的士兵们，这些士兵在场，但是没有以任何方式呈现出来。他们的再次出现犹如舞台上新演员的出场，我们可以将他们的出现当作序列划分的标准。

在这个施事者数量构成的标准之外，我们还可以增加另一个前面已经用过的标准，那就是句子或者词素循环重复的标准。如果我们将“德国人（用本国话）下了几道命令”作为序列开头的话，那么会容易在序列的末尾注意到另一个开启下一序列的句子：

德国军官又下了几道命令。

从场所的角度看，这一循环重复具有重要意义：第一系列命令的结果是两个法国人被枪毙，第二系列命令导出了两个朋友沉尸江中。这样一来，序列十和序列十一在叙事层面会呈现为 S_2 两个连续的亚叙事程式的文本表现。

1.2 内部分节

在话语层面上，整个序列十可以通过外显的一系列命令来分节，军官的**决定性作为**之后每次都会有士兵们的**执行性作为**，执行性作为位于身体层面：

（1）“德国人……下了几道命令。”→“十二个士兵走过来，站在距他们二十米的地方，枪柄抵着脚尖。”

（2）“那军官开始发令。”→“士兵们举起武器。”

（3）“那军官喊了声：开枪！”→“十二支枪同时响起。”

这三个句段只呈现了在台上的施事者，由此开启了**语用性作为**，在其之后都伴随着一个自主句段来再现两个朋友。整个序列似乎由负责本序列生产的导演主导，他将摄像机先聚焦到一组演员，然后再聚焦到另一组演员身上。

我们现在就来分析这样摘取出来的三个句段：命令的发布与执行组成的三部分的结构非常牢靠，足以保证文本的自主性。我们可以通过本能来阐释各自的内容，将这三部分进行如下命名：

（1）最后的试探
（2）诀别
（3）殉难者

2. 序列的简练性

2.1 爱国主义的同位素性

序列十中出现了让人始料未及的 S_1、S_2 的新名称，这些名称迄今为止还没有被用过，初看起来会让人心生错乱：这里把军官称作“德国人”——这一称呼被我们用来厘清序列的框定结构，德国人的称呼第一次与“两个法国人”对立起来，我们用“两个法国人”来称呼两位垂钓者。这种爱国主义的同位素性也通过两个朋友身着的制服得到了确认：

$$\frac{\text{起初（散步）}}{\text{“制服的裤袋里”}} \simeq \frac{\text{结束（死亡）}}{\text{“被打穿的**制服**”}}$$

这一描写让人尴尬，不仅仅因为它表现了莫泊桑沙文主义的态度[①]——我们在此并不想对作家的意识形态做出判断，它之所以让人尴尬，是因为它会与文本的整体阐释相矛盾，进而让我们不得不怀疑文本的连贯性，根据这个文本连贯性，瓦雷利安山尽管在法国一侧，但

① 参与本研究的一位年轻的德国研究者也对此有相同的体会。

是却给参战的双方都带来了死亡和伤害，它是普遍的反发送者，是死亡的化身；而莫泊桑的叙事文却建立在一个有些简单化的价值二分法之上，将世界简单地划分为“善良的法国人”与“凶恶的德国人”。

要解释这一现象，我们似乎需要在顽强的1789年革命神话中寻找答案——这个神话的集体维度在“祖国”一词得到充分展现，当时的词典和文章中一直认为“祖国”就意味着“人类终得自由的国度”。随着法兰西共和国的再度建立（这篇小说写于1883年），革命神话再度复活，并一直延续至今（例如，1945年法德边境上面向德国的指示牌上会写着：这里是**自由**开始的国度）；爱国主义自有其历史背景，也应该从神话的角度来审视它，它是自由普世需求的附属产品。大家可以看到，陈述发送者通过导入“德国人”与“两个法国人”，悄无声息地将爱国主义同素复现导入了文本中，它事实上只是根本性同素复现的**前位性**呈现，而叙事程式“想要-能够自由”就建构在这一根本性同素复现之上。

2.2 上演

指出上述要点后，我们可以回到更为具体的序列组织问题上来。序列组织建构在一个牢固的架构之上，这一架构建立在已经就绪的军事部署的基础上，由军官的命令与士兵们的执行组成的三个部分构成，这一架构展现了集体行为者的运作机制。一般而言，这样的机制应当出现在 S_2 叙事程式的实现过程中，会以必要的接连方式呈现出来，S_2 的叙事程式是主导意识形态的经典性程式，在这里它包含着“惩罚间谍”的叙事陈述文。

每次执行命令后，都会有插入性句段，所以，作为“惩罚”的“命令执行”被分解为三个组合性层级，它们融入了一个运行中的程式，所以受到去语义化处理，呈现出**慢**镜头的特点。执行命令的身体作为用慢镜头的方式呈现出来，凸显出它的戏剧效应，这样就实现了对该程式意义的切分。这就像在舞台上表演的民间舞蹈，为了指称它的组合性架构，程式保留了它的最初意涵，同时，程式的组合图式在推进的时候表现出针对观众的舞台的特点，军事操练一方面遵守着第一程式，另一方面构成了针对两个朋友的恫吓场景。

备注：这一幕意义重大，此外军官的体距性操作伴随着这一幕，我们会在后面分析军官的体距性操作。

3. 最后的试探

3.1 催告（la sommation）

我们来研究一下本序列的第一部分，即包含军官双重活动的部分：军官一方面向它的士兵们下达命令，这些命令对两位垂钓者而言则是催告，我们能发现，这一部分事实上是序列九与序列十之间的**交叠**处。一方面，序列九通过交替使出**威胁**与**诱惑**的招数，继续推进它的组织原则，继续挖掘着插入性句段的内容；另一方面，军事部署和执行空间的戏剧化处理预示着序列十的到来，并导出了新的内容分节，在叙事层面，这些内容的组织意图是在构成 S_1 两个施事者之间实现**析取**，二者在死亡中实现了永远的**合取**。

参照对序列九组织架构的分析结果，我们很容易就能把第一个插入性句段分为两个亚句段，第一个亚句段代表最后的**威胁**，第二个亚句段呈现最后的**诱惑**。

催告是这样表达出来的：

“我再给你们一分钟，多一秒都不给。”

这句话是对前面三部分催告的总结，此外，它也让大家意识到序列之间的重叠部分：

（1）它首先是**话语**催告。这是军官面对两个朋友的最后发言，但是它已经与前面提到过的两难境地的词项没有关系了，它此处只与时间有关系，它是对“催告”的形象化表达，构成了最后的威胁。

（2）这一催告同时也是**舞台性**的。军事部署与执行扮演着恫吓的角色。

（3）它同时也是**体距性**的。军官通过挪动椅子在 S_1 与 S_2 之间创造出了距离，制造出了体距性内涵，意味着交换的终止，我们会在后面分析这一点。

这些不同性质的手段通过综合，试图起到说服的效应。

3.2 失败的分离

3.2.1 程式的个体化

用来介绍最后的诱惑的亚句段主要是想通过恐吓由两个个体施事者构成的集体行为者 S_1 来达到其目的：这两个个体施事者是莫里索和索瓦热先生，他们各自都融入自己专属的叙事程式中，此处受到召唤，要变成行为者 S_1（莫里索）和 S_1（索瓦热）。

这一集体行为者的分离会在话语层面产生后果，它会造成文本表达一分为二：**同一**个问题分别给两个施事者提出来，两个行为者分别给出了**不回答**的答复。文本表达被切分为问题与答复，也就是被切分为 S_2 与 S_1 的话语作为，这迫使读者分别思考两个主角作为的意涵。

这一新的叙事组织的共同特点就是**程式的个体化**：

（1）军官给两个朋友分别发送了新的馈赠，他们的回绝也是个体性的。

（2）对以项目形式出现的潜在程式而言也是这样的，我们先来看被承诺的**秘密**。秘密自身并不是程式：它总是被某个人保留着，必须得位于交流结构中。然而，序列九中“谁也不会知道的”提出的秘密是针对二人的秘密，而此处新的秘密形式“你的伙伴绝不会知道的”只是针对个体间的交流而言的。

（3）不-惩罚的诺言也遭遇了同样的命运：前面的“饶恕”是以国家的名义提出的，而此处以“心软”的形式登场的“怜悯”则是以内心的名义提出来的。

（4）假设馈赠接受后，随之建立起来的**默契**也遭遇了同样的命运：第一种情况中，军官自己成了非人称化正义的执行者，那么此处提出的默契是**被动的**；在第二种情况中，馈赠者要执行一个说服性作为，要在受骗的伙伴面前扮演“心软”的主题角色，所以，这里的默契是**主动的**。

我们可以分别观察到：

1）S_2 的亚程序聚焦在“分离”的语用性作为上，其后紧随着一个说服性作为，提供了默契；

2）S_1（莫里索）与 S_1（索瓦热）的两个亚程式通过暗示的阐释性作为与决定性作为构成了答复，面对个体化的催告，决定性作为代表着个体化的责任。

3.2.2 体距性游戏

S_2 的话语作为还叠加着一个特殊类型的身体作为，我们可以将这个特殊类型的身体作为称为**体距性作为**。一般而言，该作为不是发掘普通空间的能指，它会产生所指的意涵，构成一种空间语言，组成一个自然逻辑的构成性场域，在话语的形象化层面发挥着作用；但是依照我们给这个作为规定的狭义意义，它会是通过人体态度与动作构成的**能指**，覆盖并澄清行为者之间的关系。

我们在分析序列构成的时候也曾提到过这类空间表达，特别是提到它的戏剧效应特点。事实上，上演与体距性拥有很多共同的特点，二者之间的互补性也不强：我们在此不是要建构理论，只是要形成与体距性作为的运作相关的几点看法。体距性作为在本序列中要明确的行为者关系至少有三重：

1）两个朋友与士兵们之间的关系；

2）两个朋友与军官之间的关系；

3）两个朋友之间的关系。

我们近距离地分析一下这些关系：

（1）从意指过程的角度看，由军官主导的士兵们的舞台布局在双重角度上发挥着作用：一方面，这是受到程式化处理的**叙事作为**，该作为导向了对两个朋友的处决；另一方面，这是一个旨在恫吓的**交流性作为**。这一交流性作为与真正意义上的体距性作为不同，前者是建立在**内涵性命令**之上，事实上它建构在第一个话语作为之上：而后者却不是这样，体距性作为有可能被组成为一个自主性程式。

（2）军官通过动作和身体态度向两个朋友传递意涵，这符合我们对体距性规定的意义。

我们可以这样来分析这三个体距性范畴：

/远的/vs/近的/
/坐着的/vs/站立的/
/自反位移/vs/及物性位移/

前两种关系似乎存在着互补性：

/远的/+/坐着的/vs/近的/+/站立的/

备注：我们需要经过数次解读才能意识到，军官在远离两个朋友的时候伴随着/坐着的/姿势，这一姿势并非必须存在。

这两个范畴是表达性范畴，他们在内容层面存在着关联性：

$$\frac{\text{/远的/}}{\text{/敌对关系/}} \text{ vs } \frac{\text{/近的/}}{\text{/友情/}}$$

$$\frac{\text{/坐着的/}}{\text{/居高临下/}} \text{ vs } \frac{\text{/站立的/}}{\text{/平等/}}$$

备注：大家已经注意到，这些范畴受到背景的限制：两个朋友是站立的，但是并不能因为这一点，军官的站立就意味着平等。

说到位移，总共有两次，一次是军官自己的位移，军官的移动“引起了”两个朋友的先后位移，我们可以这样呈现两次位移：

$$\frac{\text{/自反性位移/}}{\text{/叙事程式的个体化/}} \simeq \frac{\text{/及物性位移/}}{\text{/叙事程式的互助/}}$$

范畴右边和右边的词项可以综合呈现在下列的义位（sémème）中：

义位 1＝/敌对关系/+/居高临下/+/叙事程式的个体化/

它的意义是“威胁”；

义位 2＝/友情/+/平等/+/叙事程式的互助/

它却相反，带来了“诱惑”的效果。

这样，我们就大概看清了体距性作为是如何将 S_2 的话语作为一分为二。

（3）作为个体施事者的两个朋友的空间关系并不是由他们自行组织起来的。他们只是这一空间关系的承受着，他们也从属于军官的作为。在表达的层面，这些空间关系表现为行为者之间的**析取与合取**，他们分为两个时间类型：

1）$S_2 \cap S_1$（M）$\cup S_1$（S）
   $S_2 \cap S_1$（S）$\cup S_1$（M）}

2）$S_2 \cup S_1$（S）$\cap S_1$（M）

这一图示表明，对 S_1 行为者的摧毁是个失败，S_1 行为者会在后面的句段中以更加明显的标志得到确立。

4. 诀别

4.1 聚合网

在上一序列瓦雷利安山再次出现的时候，我们已经辨认出了叙事文的聚合化现象，这种现象越接近文本结局就越频繁。文本的聚合化现象属于**陈述发送者**的技术作为，与它对应的是**陈述接受者**反复的回溯性阅读，这是旨在加强话语强度的邀约，它邀请读者跟随着陈述发送者尝尽文本带来的痛苦或者愉悦，文本变成了一个单纯的理解图式，“一个单纯的意指过程”。

我们注意一下位于军官最后几道命令的第二插入性句段，无须深入分析就能发现，截然相反的两个部分，每个部分都指涉着前面的一个文本片段。第一个亚句段指向了序列五中的**奇迹垂钓**，而第二亚句段则指向了序列三中两个朋友的相遇。这种文本的双重循环复现直接给我们提供了句段内部切分的标准。

4.2 价值比较

4.2.1 施事者还是行为者？

回忆垂钓的亚句段不出意料地也可以进行切分，它可以被分为一个认知作为，这个认知作为在身体层面也有影响。我们需要指出，在叙事文的紧要关头，这个认知作为只属于两个施事者中的一个：

“莫里索的目光偶然落在……”

特别是在两个朋友被试图分开之后“又并排站在一起了”的时候，“并排”可以视作空间层面上对集体行为者的重组。

然而，大家都能记得，莫里索在整个文本中都不扮演着积极要素，他是二人组合中的探索者（参见：“莫里索把脸紧贴地面”“莫里索回过头去一看，只见……”）：这样我们可以根据集体行为者/内向的/vs/外向的/这一范畴，将它进行功能性和特点性的划分。

这样的常识并不能令人完全满意：这是两位“有着相同的爱好和一样的情怀”的朋友，我们知道，对一位友人有价值的东西，必然对另一位也同样重要。所以，“莫里索的目光”暗示着索瓦热先生的目光，二者是平行且默契的。如果我们近距离观察则会发现，空间上由“并排”宣布了两个施事者合并为一个行为者，但是这种合并并不彻底。事实上，他们必须各自承受死亡：两个施事者各自给出了不回答的态度，面对生命价值他们都放弃了，在最后诀别的场景中，他们的“辨认”也是个人行为，这是一个被放大的、内涵得到填充的集体行为者，它此时与叙事文开头不同，二者面对死亡在进行重组。在叙事文的开头，两个施事者通过对话组成了二元行为者，而此处则似乎更应该安排一个可对比的合并过程，它应当处在更高的位置上，我们能看到，每个行为者都具备了能力，它们可以构成一个超级二元行为者，并能相互辨识。

4.2.2 主项与客体的价值

认知作为凸显了变成自主行为者的两个朋友的分离，它的个体化对应着另一个层面上以“巧合”形式出现的新的间断：莫里索的目光是“巧合地”而不是“自然地”落在装满鱼的网兜上。S_1的叙事程式以坚决找寻的形式呈现出来，它被一个行程中的事故中断了，比“死亡还强烈的”**恒在性**在随机的人的生命所代表的**偶发性**面前展开了，我们有必要对两种价值体系做一个比较性评估。

两个价值体系属于一个双重判断：对**主项**的判断，它因为模态化而具有了价值；对**客体**的判断，它作为价值投入的处所，通过即时的合取操作，使主项具备了价值。这种结构对立通过类似“从头到脚”的表达在文本的其余部分多次呈现出来，它在莫里索的认知过程中得以实现，我们通过介词“在……之上”（sur）的空间析取来加以考察：

$$\frac{/\text{高}/}{\text{“目光”}} \rightarrow \text{“落在……之上”} \rightarrow \frac{/\text{低}/}{\text{“装满鱼的网兜”}}$$

通过这个图示，我们建立起了两个价值之间从/统治的/到/被统治的/的关系。

4.2.3 存在性价值的现时化

“目光”既是认知作为的运作信号，同时又起着同位素性之间的**连接器**的功能：“目光”立刻使读者想到位于话语中的认知主项，它也同时提示，它的认知作为将会在特别的感觉层面，即视觉层面发挥作用。这样一来，作为知识客体的“目光”将导入以**空间形象化**词项为形式的价值体系要素。

在陈述发送者建构整体的价值体系的时候，我们已经对象征化层级进行过分析，在此没有必要再重复这一分析。但是我们有必要在此凭借记忆重温一下形象化的某些特征：

（1）首先应该注意到，莫里索的目光在“离他几步以外”的地方落到了鱼兜上：鱼是S_1价值空间中构成性**潜在**价值的下位项，它与主项**脱离**，但是作为价值，它受到目光的**现时化处理**。

（2）下位项“鱼兜”在文本中反复出现。这一名词性组合体在于S_1（如在本句段中的情况）或S_2（如在上一序列中的情况）发生关联时，我们要特别留意它所受到的语法处理：

$$\frac{\text{与 } S_1 \text{ 发生联系}}{\text{“装满鱼的网兜”}} \quad vs \quad \frac{\text{与 } S_2 \text{ 发生联系}}{\text{“网兜”}}$$

这是一个按照范畴/生命/vs/事物/而形成的对立关系，它在暗示着截然不同的观点。

（3）鱼作为生命体，是水的**赠予**，按照这种理解，它是根本性价值词项/非-死/的下位项。但是在我们引用的两种情况中，鱼分别被这样来形容：

“**还在**挣扎的”

“趁……还活着”

这两种修饰在轴距上的意涵是：

/非-死/⇒/死/

根据距离原则，“鱼”更接近词项/非-死/，鱼作为水的下位项地位得到了确认。

（4）表达方式“一缕阳光”凸显出太阳的下位项“阳光”来，众所周知，太阳的价值投入是词项/生/，阳光照射下鱼儿闪光，这从下位关系层面上促成了接合：/生/+/非-死/。这一接合覆盖了 S_1 价值空间的整个正向指示性。

备注：“闪闪发光”（参见：“银光闪闪的小东西”）突出了颜色的价值，我们可以看到/闪烁的/vs/没有光泽的/范畴。

（5）S_1 的存在性价值出现在其正向指示性上，受到莫里索先生的认知作为的**现时化**，因此，它也受到**知道-存在**的**模态化**处理。认知作为包含着阐释体，阐释体开启了本作为的一个新阶段——估量阶段。两个朋友不会愚蠢地死去，他们对死因非常清楚，他们的死凸显出了莫里索名字的反语特征。

4.2.4 对主项的二分法处理

在一缕阳光的照射下，（那堆还在挣扎的鱼）闪着银光
他几乎要昏过去

如果我们要研究这两个句子的承接关系，那么会遇到几乎无法克服的困难。

在文本的整个行程中，我们不是用读者“直觉性”目光审视着文本所展现的人物的暗示性知识，而是用语言学家的目光，来审视这两个“构造完备”的句子，试图找到二者之间的关系，它们之间的关系构成了话语的理解障碍。根据按照**此后谬误**（post hoc ergo propter hoc）的原则，我们就断定两个句子之间（在“看见鱼”与观者的“晕厥”之间）存在因果关系，这样做是没有意义的。

如果我们将所有的句子级联（concaténation）置于文本的表层，这是不可能的，甚至是荒谬的，在这一层级，话语是不具有“可读性”的。与句式语言学家的普遍假设不同，表层层级既不是外延性的，也非首要性的。在（由许多标记链条续接起来的）文本表层经常会出现一系列间接否定的表达，它们借助深层的文本同位素性关系和变化的转格关系实现了渐次接续，这才是文本表层的“现实”。但是这不适用于单纯的诗歌文本，因为诗歌文本是“语义反常”的堆砌；但是这适用于所有的“正常”文本。在我们眼里，莫泊桑的文本是这种“正常性”的代表作品。

依据我们目前的话语过程的知识，很难确切地说出这两句话之间缺失了哪些链段，因为现有的链段都是暗示性的。我们需要让话语在线性中具有可读性。我们曾经对第一个句子做过解读，它是对存在性价值的前位性再现，S_1 的认知作为就是这样来理解的。第二个句子：“他几乎要昏过去”从聚合的角度看指涉的是“他内心喜滋滋的”。我们需要对此做出分析：

（1）尽管“喜悦”受到文本框定的强烈的类比化处理，但是它仍是身体作为的结果（这个身体作为将网兜和鱼搬上了舞台）；而“晕厥”

（défaillance）则是一个认知作为的结果（尽管这个认知作为聚焦在同一个鱼兜上）。

（2）谓词“穿透”（pénétrer）是惬意的（至少是中性的）；而“侵入”（envahir）则带有不悦的内涵。

（3）这两个谓词实现了形象化模式上的**被包含体**与**包含体**中一个施事者之间的合取，被包含体处在情绪层级的身体内在性上。大家会期待着第二幕中出现一种不悦的“痛苦”来平衡第一幕中出现的惬意的“喜悦”，“喜悦”是第一幕中的施动者。

然而，（根据《法语小罗贝尔词典》）“晕厥”不是一种“痛苦状态”，而是“体力即时的、严重的减退”“衰弱”“失能”：它是以否定形式对**能够**模态化的同义阐释。这是真正的“语义反常”。

我们再来研究一下特定叙事键位的“事物的状态”。这种状态蕴含了 S_1 的两类**知识**：

1）对存在性价值的知识；

2）对这些知识立刻或者潜在缺失的知识。

两种知识指向了主项与客体之间的**析取**，这是受到主项意愿支撑和牵张的析取。在第一种情况中，鱼-价值的现时化加强了意愿，意愿是**惬意的**；在第二种情况中，意愿无法实现现时化，所以它是**不悦的**。意愿的两种内涵在强度上存在着比例关系：价值客体的受渴盼程度越高（如“喜滋滋的”），意愿带来的失望也就越大。

S_1 的精神状态得到法语词素“遗憾”的形容，它指一种“因丧失所有物而引起的痛苦的内心状态”。我们又遇到了“痛苦”的词项，它曾经与词项“喜悦”接近过，但是在文本中没有得到实现。这一被称为“遗憾”的痛苦却位于认知维度上（这是一种“内心状态”），它不是由“丧失了所有物”引起的，而是由对即将到来的缺失的感知而引起的。

两个互相呼应的句段之间存在着对称性，陈述发送者暗示了二者的接近，我们可以这样来对它们进行重组：

奇迹垂钓		**死亡**
$S_1 \cap O$：鱼	⇔	$S_1 \cup O$：鱼
语用性接合	⇔	认知性析取
身体性“喜悦”	⇔	认知性“痛苦”

我们通过补充这一缺失的链块——在认识层面上被感知到的强烈的痛苦——才能设想去解读两个句子之间的原因关系，设法将“晕厥”阐释为本体层面的痛苦在身体层面的余波，将它看作层级的切换标志，即从被可能的意愿层级切换到不-能够的层级。

侵入了主项的“晕厥”不是能够的缺失，也不是对它的否定，而是一种自主的**反-能够**（anti-pouvoir），这个反-能够使得身体机器遵照/不能够不做/的模态执行着身体的作为，所以“还是热泪盈眶”标明了身体作为，另一句话“浑身不由自主地哆嗦着”也带有身体作为的痕迹，后一句话同时也标明了认知作为以及认知作为引起的后果，两个朋友分担了这种后果。

大家能观察到，一方面，身体的自主运作并没有受到本体权力试图干预身体的影响；另一方面，尽管“强忍住”，但是眼里饱含泪水，两个朋友的颤抖也是“不由自主”的。主项的二分法处理的结果是让身体主项的/不能够不做/与主体主项的/不能够做/并列起来。主体主项并没有否定身体主项，它无法被否定，身体主项只是实现了析取和自动化，然而它完全有能力去直面自己的死亡，死亡却对主体主项束手无策，主体主项的否定权力在自由地发挥着。

4.3 双重行为者的重组

4.3.1 双重行为者的两个键位

如果我们近距离观察一下军官下令“开枪”之前的一幕，就会震惊地发现一个文本近似的网络，本场景与叙事文开头有大量的相似之处，我们且按照记忆来列举一下：

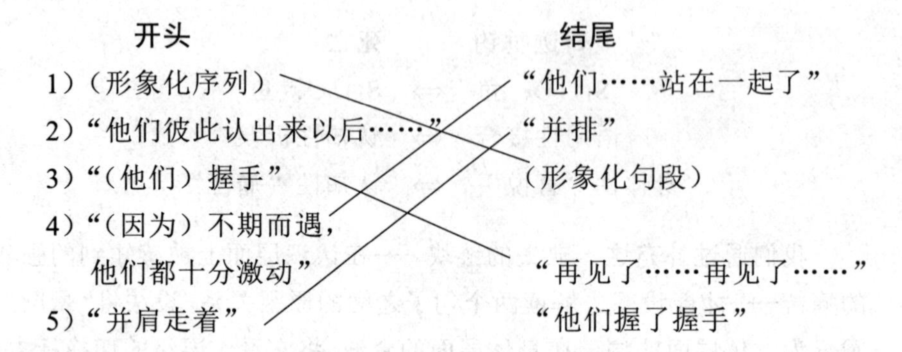

我们可以看到，除了两个例外以外（我们会在后面分析这两个例外），两种情况中的文本布置几乎是一样的：最后的场景几乎是开头场景的重现。不期而遇，他们都十分激动

两个场景的第一处差异是标识“重逢”与“并肩”的组合处所不同，二者在开头的场景位于文本布置的末尾，而在结局的场景中却位于文本布置的开头位置。两种情况中，这两个标识的作用都是提示两个施事者接合的空间再现。通过研究两个再现中的空间义素，我们看到了呈现在语义层面上的区分化要素。两个朋友的空间键位可以这样来图示：

开头		**结尾**
/运动/ （“行走”）	vs	/静止/
/水平性/	vs	/垂直性/ （“站立的”）

主项在它的叙事程式中主要特点通过**空间性**词素表达出来了：在第一种情况中，/运动/主要指向叙事程式的**始动性**和主项之前的**作为**；而第二种情况中，/静止/指明了叙事程式的**终结**体以及主项的**存在**。同样道理，/水平性/对应着主项的**想要-做**，而/垂直性/则对应着它的**能够-存在**。

这些标识的组合键位的差异也一起表达出来了：在开头的场景中，

对本体主项的重构是为了实现共同的身体程式；在结局的场景中却恰恰相反，身体接合的重构要先于对本体主项的确认。

4.3.2 互相辨认

第二个差异出现在语义层面上：开头场景中两个朋友的互相“辨认”与结局场景中的“诀别”相对应。我们现在需要厘清，这一差异是建立在范畴性析取之上，还是说它只是文本表层的文体学手段。

在这个诀别的场景中，对“先生”感情化的运用会吸引读者的眼球：

“再见了，索瓦热先生”
“再见了，莫里索先生”

这里“先生”的称呼性用法与文本的“先生”不同，从书写上看，它把整个词都写出来了（没有用缩写“M.”），文中书写是首字母也没有大写。

如果我们采用回溯性阅读的办法，对文本中“先生”的称呼做个梳理，那么可以看出：

1)在导入两位施事者的序列中，陈述发送者将它们分别介绍为“莫里索先生”（M. Morissot）和“索瓦热先生”（M. Sauvage），这样就赋予了它们共同的社会地位。

2）在文本的后续部分情况发生了变化，陈述发送者将二者分别介绍为“莫里索”和“索瓦热先生”，这样，这种差别就在“自由公民们”内部区分出社会等级的差异：

·索瓦热先生是一位**商人**，而且是**共和派**；

·莫里索是**手工艺人**，他与前者不同，是**无政府主义者**。

3）这一称呼的第三种用法是复数的：

“喂，先生们”，这是由军官说给两位俘虏听的，这一称呼词具有嘲弄人的内涵：从文体学的角度看，它属于反词手法，莫泊桑的**反词**几乎总是“真实的”（参见“咱们就请他们吃一顿生煎鱼”）。

事实上，普鲁士军官在不情愿也不知情的情况下说出了一个文本的真实情况：后续的事件会流露出这一点来，两个朋友是“先生们”，

“先生们”还是价值层面重组起来的重新实现语义组成的义位（sémème resémantisé），我们应当从这个角度来解读在诀别场景中出现的“先生”。

到此为止，我们终于明白，两个朋友的称呼变化只是一个新的“辨认”，这一辨认呼应着巴黎林荫大道上实现的重逢时刻的辨认，不过这两个辨认的话语实现程度有别。二者之间还是存在着显著的差别：第一个“辨认”聚焦在两个施事者的“存在”之上，即在它们共同的价值升级（出现于插入性形象化序列中）中表现出来的“存在”；新“辨认”重复了旧辨认（以“鱼”的前位形式出现的形象化句段之所以将价值体系导入，并对它实现现时化，其中的一个原因就是这里对旧辨认的重复），它同时从属于两个行为者（不再是施事者）**对作为的知识**。

我们在此可以得出两点观察结论：

1）参照普罗普图式——我们认为普罗普图式的修正版参照起来很方便，我们看出，作为**主项作为上的使-知道的辨认**会在后续出现，它是**荣誉考验**的结果：在前一个句段中，身体的晕厥并没有撼动主项的决定，该句段的功能意义变得清晰起来了；S_1（莫里索）与 S_2（索瓦热）两个主项都做出了各自的选择，它们都是**保留依据秘密而成立的主项**的身份，这种辨认是相互的，存在于主项之间的。

这样一来，叙事文的第二部分（R_2）在话语层面上的最大特点就是 S_2 的作为持续的主导地位。但是在更深层的叙事层面，S_2 的作为表现成了 S_1 叙事程式全面的过程：S_1 叙事程式最后的键位是“荣耀”的键位，它与 S_2 叙事程式的起始键位“资格丧失”相对应。

2）在对 S_1 这个集体行为者分解然后再重组的过程中，我们的解读会伴随着犹豫的情绪，这一序列的插入性句段试图分解二元行为者，但是以失败告终，所以我们有理由认为，两个朋友通过握手订立了新的契约，重新构建起了集体行为者。尽管前后两个集体行为者有差别，但是从模态化的角度看，后者明显要比前者更加丰富，等级层面上更高级。大家还记得，在叙事文开头构建双元行为者的时候，它主要依托一个价值与意识形态层面的同一性。在跨越两次双元行为者构建的时间里，一些新的事件介入了，我们需要重新进行个体化的键位确认：

两个朋友以个体行为者的身份确认他们的/能够不做/和/能够-存在/。而我们的句段末尾出现的新的集体行为者则是建立在两个主项之间的契约之上，这是两个有能力的、经过个体模态化的**自由主项**。

5. 殉难者

5.1 最后的对决

我们只剩下分析本序列的最后句段，即描述两个朋友之死的句段了。

我们就此需要回答两个问题。首先我们要搞清楚这个段落的普遍意义，更确切地说，要搞清楚本段落中叙事要素的形式意涵是什么。经过分析得知，前一个句段是两个主项实现“秘密的”主项之间的辨认的场所，也是两个主项实现汇合，形成的集体行为者的场所，我们还可以考虑一下该行为者是否与叙事文的总体简练性存在着某种联系。要回答的第二个问题与陈述发送者在生产本句段时所选用的话语形式——“描写”的形式有关。大家在前面已经见过，“描写性片段”是表层的表达法，它们可能会覆盖位于更深层级的、性质迥异的语义与叙事组织。

为了给后一个问题做出解答，我们需要首先留意“描写”的不合惯例的特点，之所以说它不合惯例，是因为“描写”不是按照19世纪的文学经典惯例使用“未完成过去时”写出，而是用“简单过去时”写就的：这里的描写不是单一的描写。如果我们从语义层面来解析这里面的动词性谓词，我们能辨识出两种类型来：

1）与身体倒下相关的谓词主要有“倒下”（tomber）、“突然摔倒”（s’abattre）。在文本的这个地方，词项“身体”有些不合时宜，因为句式主项（“索瓦热先生”与“莫里索”）明确地标明这里的主项不是物，而是生命体的运动，他们就是活生生的人。我们可以马上断言，从叙事的角度看，这些运动就是/位移/，它们的目的性，也就是它们的意涵，能在完成性的体性中得到体现，换句话说，它们试图在身体经过位移后的键位中寻求得到体现。

2）（在说到“血”的时候）所用的谓词“涌出”（s’échapper）与上述谓词具有同时性，该谓词代表着一个积极的作为，它也可以被解读为/位移/。

因为这里的主角是活生生的人，也就是可以完成作为和叙事程式的行为者，我们就可以在更加宏阔的文本叙事背景里界定它们的作为。这个叙事背景由两个既平行又关联的叙事程式在推进过程中形成：如果此时我们要从 S_1 的叙事程式出发，要理解本句段的功能意义会遇到困难，那么从 S_2 的叙事程式出发，问题就轻松了许多，因为它的叙事位置非常清晰：军官在开头的经典性叙事程式中说“我要枪毙你们”开启了“惩罚（间谍）”的叙事，此处只是对“惩罚（间谍）”叙事的定位。

如果我们将**惩罚**解读为一种剥夺，也就是在特定的情况中，我们将之解读为“缩减”，解读为对反主项存在的消灭，那么我们就可以将枪决视作一种转化：

/生/⇒/非-生/

我们也可以将它解读表层句法层面上主项与词项/非-生/的合取，它可以这样图示：

F 转化［S_2→（$S_1 \cap O$：/非-生/）］

在我们研究的文本中，价值性词项/非-生/与句法键位/非-发送者/发生了对应认同，**天**在形象化的层面上代表着句法键位/非-发送者/。S_2 在形象化层面上的谜底是实现非-发送者“天”与 S_1 的合取。

二元行为者在此处积极地发挥着它的作为，这一作为的模态承载是否定性权力/能够不做/——不错，它位于认知维度中——我们可以确认，本句段构成了 S_1 与 S_2 叙事程式即二者的作为的交汇点：

- S_2 在语用层面上试图**促成** S_1 与 Dr（天）的**合取**；
- S_1 在认知层面上试图对**这一合取的否定**做出解释。

5.2 天的空泛

（我们在前面的分析中已经得知）主项 S_1 受到二分化，被分为身体主项与本体主项，有鉴于此，我们可以说，它们各自的叙事程式在两个不同的维度上推进。我们不会对此感到尴尬，恰恰相反，这个结论有助于我们更好地理解空间范畴的陈述发送者所做的发挥。S_2 与 S_1 在枪决场景中的冲突属于语用作为，从空间上位于**水平层级**：两个主项在这一轴线上针锋相对着。我们在本句段中观察到 S_1 的“主动位移”，在此之后，两个“倒下”的实施者构成了新的**垂直轴**，以至于莫里索“面朝着天”（两个朋友也曾站立着）。

为了更好地理解两个朋友对天空代表的发送项的态度，我们可以参考一下另一个同样体现陈述发送者（莫泊桑）意识形态的文本。我们特别想引用另一篇著名短篇小说《绳子》。在这篇小说中，“犁地贵族”的行为借助于类似的空间形象化得到了描写。是故，在说到象征着地主老财财产的被解开的车子的时候，莫泊桑这样写道：“有的车像人**朝天**举起双臂似的高高翘着车辕，有的车**头冲地**车尾朝上撅起。”

这段例文与我们分析的文字在形象化层级上的相似性显而易见：S_1 作为的终结体状态表明，莫里索“仰”天，而索瓦热先生却“脸朝下”，二者方向相反。

如果我们回溯前面的文本，将赋予“天”的价值汇集起来考察，大家会发现，除了它以“微风”的形式呈现出失望者的角色以外，其他所有的呈现中，“天”都是一个**空泛的处所**，它好像可以被别的事物填充满——光或者太阳的血，它本身不具备任何内在属性。这种天的空泛使它变成了一种不在场（non-lieu），这与非-发送者的定义完美地吻合了。

这个时候我们就能理解从胸膛“涌出的一股股鲜血”了：“血”作为“太阳”的下义词，提示着词项/生/的复现，大家能看到词项/生/紧随着对词项/非-生/的否定，而对词项/非-生/的否定是在形象化层面上发生的，它通过身体机制得以实现，身体机制既意味着非-发送者的冲突，又意味着对非-发送者承载价值的摈弃。

对形象化层级的发挥，特别是对**身体形象**的分析，旨在让**身体形象**凸显本体主项的活动，这是19世纪“象征主义”的一大特征。

5.3 基督教寓言

我们在谈论“天”的时候必然会涉及“天”的基督教内涵。这属于集体信仰，同时又是兼具价值性和意识形态特点的场域，它是界定陈述发送者莫泊桑的**个体言习**时必须参照的**社会言习**。乍看上去，文本中之所以出现“天”的基督教想象似乎只是为了**否定**它，进一步将它与基督教中“天”饱满丰富的语义投入相对立，凸显出空泛和缺席的效应。

这一仓促的判定总体上是正确的，但是我们还需要对它加以区别，重新审视。如果我们近距离地观察这一个描写性段落，如果我们不过于专注于施动者作为的结果，也就是说不专注于这一作为之后的空间形象，那么大家就能注意到，索瓦热先生个子小，而莫里索则是个大个子，后者“仰面倒在他伙伴的身上”，他们俩构成了一个**十字架**形象。莫里索的身体张开着，“胸口的血”涌了出来，很奇特地让人想起受难的耶稣的形象。唯一不同之处在于我们的这位活人殉道者面冲着他所否定的“天”。

如果我们的分析正确，那么这里出现的是一个非常奇特的程序，它通过开发探索基督教社会言习性内容，以个体言习性的方式，否定其他所有的基督教内容；换句话说，大家在这里看到了一个依据基督教模式创立的反基督教的或者是准基督教神话。

我们在此处遇到一个新的理论问题。在对本句段做出新的阐释的同时，我们确认存在着一个阅读的**新的形象化同素复现**，它在提示着第一个同素复现，前者也是形象化的。但是这个新的同素复现目前与句段的维度还不相称，它的存在只有**可能性**，而非**必要性**：这个新的同素复现要被接受，就得满足：1）重新解读，拓宽文本的边界；2）新的同素复现不能凸显和第一个形象化同素复现相矛盾的语义性或者叙事性内容。

我们如何从潜在的**同位素性连接器**——十字架的形象出发，以文本定位为基础来进行同素复现的拓展呢？我们在这里提出几个经验性建议，试图让它们形成一个更为完备的**策略**。

（1）连接性形象周围的要素可以确认这种类比性：两个朋友在临近死亡时的晕厥提示着十字架上的耶稣的悲痛，瓦雷利安山这座“冒着烟的山”让人想起耶稣死时笼罩在其周边世界的昏暗。

（2）这只是一些可能的类比。更为重要的是叙事文第二部分（R_2）中主项行为中表达出来的**沉默**，它与耶稣受难之前受审时的沉默同样意味深远。如果我们按照这一思路再回想一下反主项的行为——一方面是诱惑作为，另一方面是军官和本丢·彼拉多[①]（Ponce Pilate）要判决的“至高”理由——考虑到R_2的总体简练性，重新阅读是水到渠成的。此处出现的类比性已不再位于形象化层级：更为重要的是这里的形象化依托着对比中能力主项的模态同一性，这是受到/能够不做/和/能够-存在/限定的主项。

（3）行为者的比较性一旦建立起来，我们可以试着重新解读一下文本的第一部分（R_1），思考一下莫泊桑选择的普通形象化同素复现——莫泊桑让**垂钓者**来承担施动者的角色——的时候是否在指涉耶稣最初的门徒，他最初的门徒们也是渔夫，我们也应该思考一下文本中反复出现的重要的“鱼”的形象是否在指涉早期基督教会的重要象征[②]。

（4）这样的联系一旦建立起来，我们就可以自由地重新解读文本，根据读者的心情和灵感，大家处处都能辨认出新的多义性：为什么不能将耶稣的下葬与两个朋友的淹没做个对比呢？尸体入水时引起的颤动，尸体上系着的“石头”具有浓烈的象征性，为什么不能就此对比一下本文与耶稣受难中的情景呢？

这里提出的问题首先是读者的**接受能力**，他是否有能力在他的阐释性作为的符号学操作的帮助下，以陈述发送者的外显的同素复现来

---

① 本丢·彼拉多（Ponce Pilate）是耶稣被捕时期罗马驻犹太行省的总督。——译者注

② 在早期的基督教的象征体系中，“鱼”的形象非常重要，因为在希腊语中，“鱼”的拼写“Ι Χ Θ Υ Σ”是以下这句话每个单词首字母的集合：Ι Η Σ Ο Υ Σ（耶稣）Χ Ρ Ι Σ Τ Ο Σ（基督）Θ Ε Ο Υ（神的）Υ Ι Ο Σ（儿子）Σ Ω Τ Η Ρ（救世主）。所以“鱼”就有了“耶稣基督是神之子、救世主”的文化内涵。——译者注

发现新的形象化同素复现。如果我们认为一切都取决于读者的主观能力，认同“无限解读”的理论，那么我们就错了。恰恰相反，陈述发送者可以不费吹灰之力地辨识出具备复合同位素性文本（des textes pluri-isotope）的能力。寓言性话语只是对这种能力的工具化使用和操纵：“讲寓言”只不过是将一个形象化同素复现阐释为别的同素复现。“神话”话语——就像法国文学中维尼的《摩西》呈现的那样——依托着同样的平行形象化同素复现的生产原则，这一平行形象化同素复现没有表达出来，它包含着一定数量的连接要素，读者的阐释性作为可以依据它们做出自由阐释，这里的读者不是“创造者”。我们认为，莫泊桑的“象征主义”写作应当纳入扎扎实实建构起来的19世纪“神秘”传统中去。

序列十一　葬礼

德国军官又下了几道命令。

他手下的人散去，然后带着绳子和石头回来。他们把两个死者的脚捆在一起，然后把他们抬到河边。

瓦雷利安山还在轰响，现在硝烟已经像一座小山压在山头。

两个士兵抓住索瓦热先生的头和腿，另外两个士兵同样地抓住莫里索先生。他们用力荡了几下这两具尸体，便把它们远远抛出去。尸体画了一道弧线，系着石头的脚冲下，站立着落到河里。

河水溅了起来，翻滚了几下，颤动了片刻，又逐渐恢复了平静，微微的涟漪一直扩展到两岸。

水面漂浮着一点鲜血。

始终泰然自若的军官低声说："现在轮到鱼去结束他们了。"

（然后他向那小屋走去）

1. 文本组织

1.1 序列的框定

我们要研究的这个序列从书写上是由许多长度相等的段落构成的。通过与框定它的其他序列的比较，我们能得到它自身清晰的轮廓。第十序列由军官的"命令"统摄，第十一序列则由"新命令"语段开启，而第十二序列结束了叙事文，它通过明显的分界词实现了自动化：

开头："然后他向那小屋走去。"

结尾："然后他又（抽起烟斗来）。"

我们要研究的这段文本被两个序列边界包围着，它包含着两个旨在表现 S_2 话语作为的段落：这两个段落位于军官的命令与命令执行后军官的评论之间；位于对葬礼的描述与为葬礼画上句号的悼词之间。我们在文本的表层看到了仪式的推进。

1.2 内部分节

仪式是对逝者的操弄——如果我们站在 S_1 的角度上看，仪式也是 S_1 逝后的"变成"（devenir），仪式构成了本序列的实体。它本分为三个句段段落，从书写的角度（在文本表现的层级上）与空间的角度（在叙事组织的层级上）看，这三个句段之间是析取关系，在三个句段中，S_1 每次的指称都不同，它们都分别对应一个空间：

$$\frac{\text{“两个死者”}}{/\text{地}/} \simeq \frac{\text{“两具尸体”}}{/\text{地}/+/\text{水}/} \simeq \frac{\text{“一点鲜血”}}{/\text{水}/}$$

大家能看到，在空间层面上从/地/到/水/的过渡是通过一个复杂的空间（河边）的中介才得以实现的，大家还记得，这里的"河边"是两个朋友的**乌托邦空间**。

葬礼三段式的推进曾经两次被形象化类型的段落中断，同时将主项 S_2 与 S_1 的发送者摆到了前台上来：

$$\text{瓦雷利安山} \simeq Dr_2 \simeq /\text{死}/$$
$$\text{水} \simeq Dr_1 \simeq /\text{非-死}/$$

大家能看到，这样被推出来的两个发送者分别与/地/与/水/对应着，而/地/与/水/则与经过"变成"之后两个朋友产生了关联性。二者的关系形象化地通过/位移/和空间之间的过渡的形式表现出来，它们的过渡符合下图所示的转变：

$$/\text{死}/ \Longrightarrow /\text{非-死}/$$

2. 变容（la transfiguration）

2.1 遮蔽的程序（la procédure de l'occultation）

在上一个序列中，对军官命令的动作性执行给人留下了舞台布置的印象，引发了“慢镜头”的效应，在本序列中也存在着类似的情况，我们会观察到对动作性（更确切地说，应该是身体性的）作为的**组合性分解**手法，这会造成奇异和无用的效应，会促使我们寻求其他的意义。

乍看起来，这是对话语根本性质的一种特殊开发，话语会随时受到扩张或者压缩处理。我们在分析“法兰西精神”的时候，已经见过对话语运作的这种灵活的文体学发挥：“精神性”存在两个话语深度的不同层级，它可以通过扩张生产出我们留意的句段来；在更深的层级上，它经常以间接肯定的手法进行话语的压缩，来处理话语的场所空间。

我们的分析中所用的步骤与此有所不同，至少我们的文本同时生产并表现出两个具有关联系的叙事程式：当我们将属于 S_2 叙事程式的语用作为进行扩展处理，并使之产生慢镜头效应的时候（我们还搞不明白 S_2 叙事程式的意图），S_1 的叙事程式在读者看来似乎被遮蔽了，它是本体性的，似乎承载着“深刻的”含义。我们没有提及这个平行性程式，但是它可以通过类比的方式被人感知到。

大家能看到，这种遮蔽的方式只是用另一种方式拉伸了围绕着 R_2 的沉默：这种写作手法在外显性文本中凸显出了言外之意的价值。

2.2 浸没（l'immersion）

在分析本序列整体的文本组织的时候，我们已经注意到葬礼微型叙事文中的三段式切分法，这个三元结构对于保持/地/与/水/之间的中介场域是很有必要的。

如果我们停留在文本表层，跟随着 S_2 叙事程式的推进，我们能观察到，士兵们的作为主要是对作为身体主项的 S_1 的操弄，这就是说，S_1 在被捕后，它只具有客体地位。两个序列中使用的谓词具有平行性，所以谓词的提示功能明显：

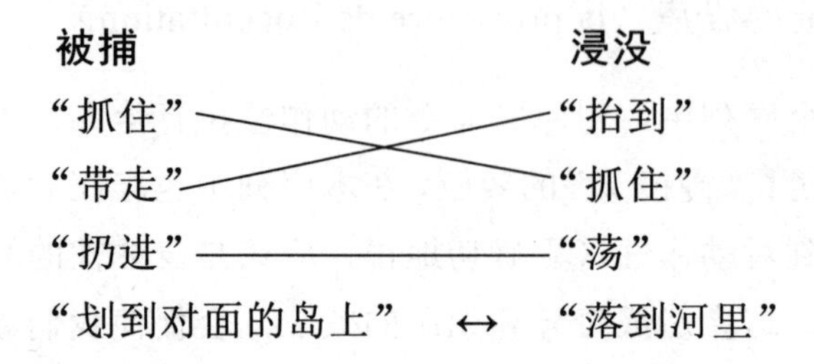

大家能看到，士兵们的动作几乎是使用相同的词项描写出来的，位移的不同是意图的差别：在第一种情况中，其目的聚焦在与土（“岛”）的合取上；在第二种情况中，则是聚焦在与水（“河”）的合取上。经过上述比较，我们发现，真正具有意义的不是对身体-客体的操弄，而是对两个空间的不同的开发与发挥。

向岸边的位移施事上暗示着 S_1 向**乌托邦空间**的回归，对整个叙事文而言，乌托邦空间都是在两个朋友身上发生决定性事件的处所，他们会感受到“喜悦”这种存在性体验，但它不是一个“混合性”的处所，没有发生可以为转化创造条件的/土/与/水/的聚合。

第二句段可以图示为：F[S_2→（/土+水/∪S_1∩/水/）]，这个句段拥有一个令人好奇的句法组织机构，这引起了我们的注意。

该句段由两个句子组成。在第一个句子中，S_1 占据着句子宾语的键位，而在第二个句子中，它充当着主项。而说到他们的命名，情况正好相反：在第一句中的“莫里索”和“索瓦热先生”在第二段中却变成了“两具尸体”：

“莫里索”+“索瓦热先生”	⇒	“两具尸体”
句子宾语		句子主项

分析到这一步还不够。如果我们观察第二个句子，则能看到，主项“尸体”先后受到两个谓词的修饰：

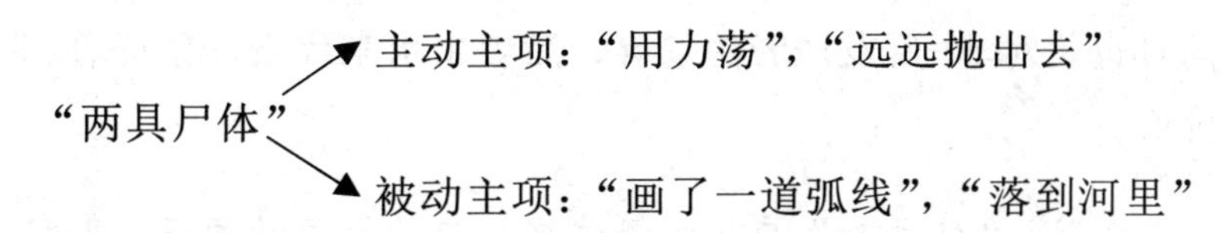

我们观察到两种"异常"：1）S_1被命名为"尸体"的时候，它变成了句子主项；2）在句子内部描写"抛出"的时候，S_1（"两具尸体"）实现了从被动主项向主动主项的转变，我们应该意识到，它在表层实现了一个重要的转变，这一转变逐渐深入到深层。事实上，当"尸体"位于/土/与/水/之间的时候，它才变成了主动主项，它为了执行一个新的作为，实现了"复活"，这个作为就是"画了一道弧线"，"落到河里"。从前的**身体性主项**是被动的，被当作客体处理，现在却变成了**本体性主项**，它的能指是词项"尸体"，它已经清楚了原来的内容，在新的形象化层级上运行着。

在形象化层级上，本体性主项要完成两项操作。第一项是"画了一道弧线"：这一操作由位于水平轴线上的前趋性动作构成（"尸体……被抛到远处"），它同时也位于垂直轴线上（落到河里）。大家应该还记得，这样"画出来"的曲线与寻求生命价值时的"下降"相互对应，与生命价值相关的两个词项/前趋性/+/下部/构成了**惬意空间**（在序列四中）。R_2对R_1做出了补充，并为其画上了句号。

第二项操作是**站立着**沉入河里。词项"站立着"出现在这里至关重要，不仅仅是因为对葬礼细致的描写会以该词的出现收场，而是因为它本身就是一个反复出现的词项，它再一次出现在这里，是为了强化与另一个经常复现的表现——瓦雷利安山的对立关系。我们不打算在此处展开细致的分析，以求在"站立着"词项中得出这样的结论："站立着"表明了对否定性沉默的身体替代。"被复活的"尸体受到召唤，来充当本体性主项，这一分析已经确定了"站立着"是对否定性沉默的身体替代的观点了。我们只须说明：第一个"站立着"是向"炮声隆隆的"瓦雷利安山说不，它此时在发挥着自己的/能够-做/；第二个"站立着"也以同样的方式否定"轰响的"瓦雷利安山，发挥着它的/能够-是/。这个反发送者与/死/在价值层面上进行过对应认同，它同时也是对非-反发送者的追寻，后者由水来代表，象征着/非-死/的价值。

备注：“站立着”应当被视作这个句子最后的词项：事实上，“系着石头的脚冲下”只是一种文体手段，莫泊桑（和福楼拜）经常利用“现实主义”概念来抹去写作的“象征主义”效应。

S_1变成了本体性主项，它的叙事程式旨在在新建构的形象化层级上实现S_1与其最后发送者之间的惬意契合。

3. 辨认

3.1 水的表现

描写尸体抛入水里、水接纳尸体的段落由单个句子构成，它又可以被分为两个部分，第一个部分由一系列简单过去时呈现的谓词构成，而第二部分只由一个未完成过去时的谓词主导着。我们还需要注意到，第一个分句中的谓词都从属于一个符合主项“水”，而第二个分句中的谓词却依附于一个非连贯性的主项“微微的涟漪”，我们可以断言，整个段落是个语法的交错配列，状态与作为、连贯性与非连贯性都在文本中交错着。

如果对第一个分句的谓词做一分析，那么我们可以看到，它首先是对水的一系列源自外部的反应的表达。事实上，使用简单过去时可以表明主项“水”的准时性动作，而水的动作从“溅了起来”开始，在外部的“压力”下展开。另一方面，这些谓词以下列方式分布在体的轴线上：

“溅了起来”	→	“翻滚了”“颤动了”	→	“恢复了平静”
/始动体/		/重复体/		/结束体/

谓词从总体上看是对**事件**的时间性表达。我们快速地看一下它们的组成要素：

1）根据《法语小罗贝尔词典》的释义，动词“溅起”（jaillir）的定义为“以突然和强有力喷射的方式喷出”，我们能看到，在我们的语境中，该词指的是水从“自然”空间的喷射，它要与形象化分类学中的其他成分去接合。

2）这次“喷射”后要完成的合取有两种类型：与生命热量（太阳）的合取，这一合取引发了“翻滚”；而与致命性寒冷（瓦雷利安山）的分离性冲突恰恰相反，造成了“颤动”。这两类接触构成了水的**动作**，二者相对相生，它们指涉着**相反的**词项，这些相对的词项构成了纷乱，其目的只是帮助烘托出“激烈的情绪”来。这样，我们就对动词“翻滚”与“颤动”中内含的表面相反的意涵做出了解释，两个动词通过词尾的时态，表达出了动作的准时性；通过词根意涵，表达出了纷乱态势的重复性状态。

3）由两个动词“翻滚”与“颤动”并列凸显出的纷乱态势很快平息了。太阳与瓦雷利安作为**积极的发送者**，可以呼风唤雨（也就是说，它们可以“制定”法则）；而水与天不同，它们是**消极的发送者**。前者从属于正向指示性，指向了“静”；后者属于负向指示性，具有“空”的特点。积极发送者是始动性的，可以激发运动与行动；消极发送者是终结性的，它接受动作的结果。

水的这种反应的总体意义会在结论中显现出来：主项与它的发送者之间的合取构成了事件的形式，我们可以据此感知到，这一合取既是“接纳”，又表达出了“愤慨”之意，事件本身只是恒在性中突然出现的偶然性。

分析至此，我们可以看出，第二个分句呈现的是水的作为带来的后果，水面的纷乱造成了“涟漪”。这个分句的形象化呈现是非常透明的：延展到岸边的涟漪是为了呈现发送者的/使-知道/，履行了它的“辨认”功能。在宇宙层级上的事件与在人的层级上的回声之间存在着距离，只有“涟漪”可以在形象化层面上覆盖这一距离。

3.2 “水面漂浮着一点鲜血”

这是一个非常简单的句子，我们似乎没有必要对它进行评述，但是考虑到文本在前面的投入——文本不会遗漏任何细节，我们还是对它做几点观察，探究一番它自我生产的缘由。

我们在前面已经指出，本序列由一系列长度相等的句子组成，从原则上讲，这种书写布局意在突出：每个段落与其文本维度无关，都在序列中占有着和其他段落一样重要的位置：十五年来，我们为了标明符号学或者语言学文本的分节与亚分节而引入了列举方法，列举方法的目的就在于此。这个引起我们关注的小句子相当于一整个段落，我们应当在分析文本简练性的时候给这个句子留出必要的位置来。

大家能注意到，这个句子段落是“葬礼”的三元组织的第三个词项，它构成了本序列的骨架。我们能看得出来，这种组织证实了对空间的三重操纵的合理性：

/土/→/土+水/→/水/

同时也证实了主项 S_2 与 S_1 不同表现的合理性：第一句段突出了 S_2“士兵们”，他们作为主项在操纵着客体（两具尸体），吸引我们注意力的句段三只是以形象化的形式——“血”将主项 S_1 表现出来。

乌托邦空间“水边”位于中间的句段，“水边”此时变成了同时完成句法转变与符号学转变的处所：这个句段一分为二，在前一部分中，“两具尸体”由 S_2 主导着（“被荡起”“被扔出去”），而在后一部分中“两具尸体”作为 S_1 登上舞台发挥作用（它们“画了一道弧线”，“落到河里”）。同样道理，在第一部分中，词项“尸体”在运作中变成了“死者”的**身体性所指**；而在第二部分中，同一个“尸体”却变成了本体性主项的**身体性能指**。

这个位于中间的句段担负着**转换枢纽**（pivot transformationnel）的角色，它不仅促进了“尸体”这个本体形象的建构（“尸体”与“**两个**朋友”“**两位**垂钓者”不同，该项指的是“尸体”，而不是“**两具**尸体”），而且同时证明了对被转化的主项“一点鲜血”的本体性解读。

我们注意到“血”在文本中出现的三个连续键位上的**部分**递减：在第一次出现时，“在夕阳照射下天空如血”，这里的“血”具有**整体性**的特点，从属于生命发送者太阳；“一股股鲜血”只是在人的层级上实现的下义词，它已不再位于宇宙层级了；“一点鲜血”尽管位于符号学存在的层级上，已经不再是一个部分，而只是一个**部分的下义词**（un partitif hyponymique），它作为/生/的要素，代表着整体的太阳之血。

我们在分析插入性形象化序列（序列二）的时候，曾经分析过秋日之死的前兆性特点，我们在此再就此做一个回顾：大家还记得，天空中发生的宇宙悲剧曾经在两个朋友之间的“像血一样红”的水面上得到映照。对陈述发送者而言，这两个场景完全可以对应认同、相互重合，人类的悲剧只是宇宙变化的偶然性实现：就像太阳的“年轻化”一样，两个朋友在水边的停留不是死亡，而是重生的应许。

我们不计划在此处衍生我们对基督教同素复现的解读，“尸体”与“血”的形象以下义词的形式覆盖着，在这个层级上，基督教同素复现已经非常明显了：

$$\frac{\text{“尸体”}}{\text{/非-死/}} + \frac{\text{“血”}}{\text{/生/}}$$

4. 悼词

4.1 反主项的价值

我们只剩下研究序列的最后一个句段了，它至少在表层上是由军官低声宣读出的悼词构成：“现在轮到鱼去结束他们了。”这个悼词有些怪异：读者没有事先得到通知，军官会伴随着死者；读者也不习惯军官“低声”说话，使用“内心引语”。

这一句段可以和表现水的反应的段落互相呼应，在叙事层级上，表现水反应的段落的第二部分与主项作为上的发送者的/使-知道/相对应着。顺着这一思路，军官的话则是针锋相对的另一个/使-知道/，它以委托的方式以反发送者的名义陈述出来。事实上，只要两个平行叙事程式中接续的事件能在表层中表现出来，那么由经典性叙事文安排的“辨认”的叙事键位也完全有理由分为两节。理论上，这种分节可以进行以下的图示：

$$\frac{\text{“揭示英雄”}}{\text{“揭示叛徒”}} \simeq \frac{\text{“Dr 赋值”/使-知道/}}{\text{“Dr 的去值”/使-知道/}}$$

这个图示一旦用于分析，一个新的文本阐释的维度就会显现出来：鉴于这是军官第一次开口自言自语，展露他的内心想法，这件事情本身并不令人惊奇。但是 S_1 与 S_2 之间的沟通隔阂却让人惊讶——我们已经注意到了这一点——这是 S_1 与 S_2 揭示的语义空间之间的彻底的不可兼容性表现。

军官的句子“现在轮到鱼去结束他们了”可以引起多种不同解读。第一种解读大概可以是这样的：“我已经完成了我的工作，现在轮到鱼了。”事实上，在序列九中对两个朋友的渐进式威胁想告诉他们，在死亡威胁之后，“淹死在这条河里”会是发生在他们身上最糟糕的结局。在执行枪决的时候，因为不便明说的原因，浸没的仪式也紧随着枪决。

对这一反复出现的现象只有一种可能的解释：处在 S_2 象征价值体系中的水位于负向指示性中，水更在施事布置中进一步地代表着词项反发送者，代表着对叛徒（从 S_2 的角度看，是反主项）最高的惩罚是叛徒与 S_2 的接合。但是我们得继续推进我们的阐释：鱼被视作水的下位发射项，作为反发送者的积极受托者被树立起来，它被召唤来完成 S_2 已经开始的毁灭。这样，一个反主项的价值系统就建立起来了，尽管反主项也在使用与主项同样的形象化术语，但是它与主项所处的价值体系已经有所偏离了：上述观察的结果对于构建形象化价值体系理论和语义空间的符号学理论而言是不容忽视的。

4.2 权力的意识形态

我们对同一语段进行第二种解读，它不会与第一种解读相互矛盾，这不仅能对叙事文的第二部分（R_2）做出厘清，而且能对整个文本做出结论：第二种解读不是要对 S_2 的**价值体系**进行阐释，而是要澄清它的**意识形态**框架。对第二种解读而言，军官的话可以总结为“你们曾经来钓鱼（R_1），现在轮到鱼（来消灭你们了）”。

大家能看到，这句话有一箭双雕的功效：一方面，它是对故事-叙事文的阐释；另一方面，它折射着反主项普遍的世界观，它今天被我们称为“哲学”观，它是一种意识形态在具体事例中的体现和应用。这种被我们称为“以眼还眼”“终有所报”的道德是建立在暴力与对抗基础上的人类社会的道德，是军官执意要向两个朋友解释的战争意识形态。我们顺便提一句，它构成了**经典性叙事框架**的主要**枢纽**，叙事文在个体复仇与社会正义之间具备了内部错位的倾向。

两个朋友的故事是对“内在正义”（第二解读）的实现，二人先与水形成合取，然后他们的尸体被鱼破坏掉（第一解读），尸体的毁坏形成了最终的确认（sanction）。

4.3 知识的再分配

权力意识形态的偶然性执行出现在叙事的语用维度中，从述真的角度看，它是**现实的同位素性**，自由的意识形态与**权力的意识形态**针锋相对，后者位于本体和认知维度，只能与**幻想的同位素性**进行对应认同。这就是从反主项角度对事件做出的解读。

陈述发送者就在这个时刻介入了，来完成词项的倒置：陈述行为的拟像对军官说出的短句进行了框定，S_2的修饰性句段“始终泰然自若的”通过接合的手法指向了话语的主项。在典雅的法语里，（根据《法语小罗贝尔词典》）“泰然自若”指的是“既**纯洁**又安静的状态”，并且“这种安静来自于一种**高贵**或者不可扰乱的**道德安宁**”。我们还记得，对军官进行第一次形容时，所有的句法结构与这一次是相同的，二者所处的陈述背景也是相同的，对军官的第一次形容是“依旧平心静气的”，他接下来就发出要把两个朋友“淹死在这条河里”的威胁，大家看到，计划与实现之间的距离位于“依旧平心静气的”→“始终泰然自若”之间。也就是说它位于互补性获得（acquisition）中，它建立在“安静”的基础上，两种状态既“纯洁”又具有“不可扰乱的高贵”。“始终泰然自若的军官低声说”导入了陈述行为的语段，我们应当在反语的层级上理解它，这是莫泊桑文字中再普遍不过的手段了。

大家看到，陈述发送者自己打乱了游戏规则，将 S_1 与 S_2 的部分性知识叠放在一起，这也是发送者本人超验的知识，他让我们这些陈述接受者们分享他的超验性知识。但是他更进一步：陈述发送者通过 S_1 的知识将其自身的知识与读者的知识做了同一化处理，这样，他就通过简单的范畴倒置，通过将在 S_2 眼中的幻觉转化为更牢固的**超-现实**，使得 S_1 注定只是一个彻底的**不-知道**。

序列十二　叙事文的终结

然后他向那小屋走去。

他突然看到草丛里的那兜鱼。他捡起鱼兜，欣赏了一会儿，微笑了一下，呼道："威廉！"

一个穿白围裙的士兵连忙跑来。那普鲁士军官把两个被枪杀的人钓来的鱼扔给他，吩咐道："趁这些小东西还活着，赶快去给我煎一煎。味道一定很美。"

然后他又抽起烟斗来。

1. 文本组织

1.1 序列的框定

最后要研究的序列看起来拥有坚固的框架。它的开头与结尾分别通过两个时间副词"然后"的重复来标明，在某种意义上，这一时间副词指出了"叙事文之后"的时间，两个动词中的前缀 RE-（又、再）确认了这一判断：

然后，他（**又**）（向那小屋）走去

然后，他**又**抽起（烟斗来）

这个前缀每一次都指明了军官回复到先前的情景中去。属于结束体的体性分界词标明了文本的结束与叙事文的终结。

从空间的角度看，一个强烈的析取将最后一个序列与整个文本分割开来：S_2的/位移/同时意味着**空间**的根本性改变：叙事文从 S_1的乌托邦空间（河边）转向了 S_2 的乌托邦空间（小岛）。主项与反主项的叙事程式就在空间上产生了析取：

/土+水/

S_1∩/水/ ← → S_2∩/土/

如果我们还能记得，/水/与/土/的空间在形象化价值层面是两个矛盾的词项，那么两个叙事程式的分离则是永恒的，每个主角都被抛给了它们各自的命运。

1.2 内部分节

两个连续的副词“然后”将序列分切成两个自重的句段，这个副词又为每个自主句段导入开辟了分离的文本空间，这个文本空间与两段文字不相等的文本维度是没有关系的。

两个句段各自都以始动性指示标识开始（“突然”与两个简单过去时），二者的叙事形式立刻展现出了差别：第一个句段展现的是 S_2 的**作为**，第二个句段是它的**存在**。这个叙事层面的差别受到军官不同**身体姿势**的暗示：

作为	≃	存在
/站立/		/坐着/（没有明说）

我们认为这个序列是整个叙事文的终结，根据这一看法，两个叙事程式分别主导了文本的两个部分 R_1 与 R_2，而这两个句段分别是对这两个程式的终结：

R_1：/和平/＝“垂钓”	≃	R_2：/战争/
句段 1：“煎鱼”		句段 2：“抽烟斗”

2. 享用鱼

2.1“喜滋滋的”经历

军官孤独地回到他的乌托邦空间，他要在他的乌托邦空间中完成自己的作为，这是针对价值客体“鱼”的作为，他的作为会让我们想起另一个对等的作为，即两位垂钓者在他们的乌托邦空间中的作为，两个朋友通过与“鱼”的合取，体验到了存在性的“喜悦”。此处出现了珍贵的循环重复：我们在文本中遇到过两次“délicieux”（“喜滋滋的”或者“美味的”）这个修饰项，第一次是用来形容两个朋友的“喜悦”，第二次是对军官即将享用“鱼”时的形容，这就进一步确认了我们即将用来分析的句段的图式。这是对主项与客体的合取，合取将产生极限效应，我们可能会遇到两种等量齐观的经历，它们可能是平行且矛盾的，我们刚才辨识出了两个叙事程式终极性的析取，就凭这一点，我们也能得出以上的结论来。

2.2 认知作为

根据我们已经使用过的文本生产的程序，本句段可以分为两个表现性的亚句段，一边是 S_2 的认知作为，另一边则是紧随其后的语用作为。

这一认知作为的起始词“看到”（apercevoir）使该作为具有了主动接受性的特点，这个作为开启了主项与潜在的价值客体之间的**认知合取**。大家能看到，它的作用会更大：它将认知主项的个体**知识**推射到**被开发的**空间中，它通过认知脱离，将陈述发送者的普遍化知识中继下去。这样大家就能看到，被军官看到的客体“鱼兜”本质上并不是客体，甚至都不是被陈述发送者设置好的客体，它只是 S_2 **目光的对象**。我们在这个地方就意识到军官看到的“一兜鱼”与莫里索目光遇到的“满满一兜鱼”之间的差别了：莫里索看到的是“欧鲌”，而普鲁士军官只看到了“渔网”：前者“象征着”鱼；后者对鱼进行了物化

（réifier）。

备注：随后的动作作为只是加强了这种对立：两个朋友“小心翼翼地把鱼放到一个织得很密的网兜里”，而军官却“捡起鱼兜”，“扔给了”士兵。

我们可以将这一接受性的认知作为称为**信息性的**认知作为，它会发展成一个阐释性作为，二者的差异并没有我们想象得那么明显。事实上，军官对欧鲌的“检查”是一种辨认、一种评估，其目的是使假设的价值“规范”与偶现的客体产生同一认同。此后，军官的微笑——他只一边观察鱼一边笑，只笑过两次——只是一种称赞（satisfecit），通过它，客体得到辨认，变成了价值客体。

这样辨识出来的价值客体变了名称，从“事物”进入了“动物”的行列（“这些小东西〈动物〉”）。价值客体同时也融入了语用价值的行列，而语用价值是由消费或者积蓄的对象构成的（即杜梅齐尔第三功能中的神圣客体）。这样，我们就对 S_2 渴盼的价值客体的地位做出了详细说明。

2.3 语用作为

2.3.1 战士的奖赏

我们应当注意到，此处军官的行为有些反常：我们得事先说明，军官的作为在整个文本中都是决定性的，执行的角色被委托给了士兵们。此处，军官第一次在位置做事。他的身体作为可以分解为：

$$\frac{\text{“捡起”}}{/S_2 \cap O\text{：鱼}/} \rightarrow \frac{\text{“扔”}}{/S_2 \cup O\text{：鱼}/}$$

我们已经指出，这两段语用陈述直线都有认知性操作：军官看见一个物体，就把它捡起来。经过检查后，他又将这个价值客体扔（给士兵）。通过与自身分离，军官在语用层面而不仅仅是认知层面将它建构为价值客体。我们首先感到了，陈述发送者通过将客体置于语用维度来在认知层面上构建价值客体的必要性，通过加固“鱼”的实用客体地位，打消所有对它做出价值阐释的可能性，这似乎要让“鱼”彻底摆脱模糊性。“扔”是一个贬义词项，佐证了我们刚才的分析。

此外，军官一反常态的身体动做出现在自主叙事程式上，它与社会发送者“战争”主导的程式没有关系。这里的个体叙事程式聚焦于获取一个已经选择好的价值客体。我们能从陈述发送者在对普鲁士军官支配的士兵的安排上得到对上述观点的确认：在总叙事程式中，执行军官命令的士兵的数量总是偶数的或者以偶数的团组出现（2、4、12、20），单个士兵“把满满一网兜鱼放到军官的脚边；他倒没忘了把这鱼兜也带来”，这句话开了一个非常奇特的先例；单个士兵又为了军官的“快乐”而去煎鱼。还有更充分的信息：这是个唯一有名有姓的士兵，他叫威廉，这是德国皇帝的名字。角色的倒置是这样出现的——一个无名的士兵将鱼放在他的长官脚下，给他进献；“穿着白围裙的”名叫威廉的主祭在准备祭祀的祭品，角色倒置促使我们做出这样的思考：我们所研究的句段是否旨在展现对英雄的**回报**与**荣耀**的功能，这一功能由社会反发送者的委托项承担着。如果说旨在突破敌人防线深入敌后的个体叙事程式归于失败的话，那么符合战争法则（“我捉住你们，就该枪毙你们”）的经典性叙事程式却大获成功，负责这一程式的主项理当获得回报。军官似乎一直在指挥，事实上，这只是表层的显现：实际上他是一个**赠予**和一个/使-知道/客体的受益者。

2.3.2 油煎的赠予

如果叫作莫泊桑的陈述发送者箭上只有一根弦的话，这样的解读则是非常正确的，它还有可能令陈述接受者满意。事实上，我们考察的文本中还有另一个极易被忽视的奇怪事情：它涉及组合组织的模态与 S_2 认知作为的获得的顺序：我们已经注意到，/知道/模态的获得先于/想要/模态的获得，前者支配着后者。从模态自身来讲，这并不令人意外，这一/知道-想要-能够/系列模态化符合兼容性原则；令人意外的是，这一个关于价值的知道生成了一个想要，而这个想要将这些价值进行了价值化处理，而陈述发送者却将这一个知道界定为/不-知道/。在 S_1 与 S_2 的两个平行的叙事程式之间，陈述发送者在与我们分享它关于世界知识的同时也做出了自己的选择，将支配 S_1 叙事程式的知识认定为符合陈述活动的宏观知识（méta-savoir），并将**超现实**（sur-réalité）的地位赋予了 S_1 所在的述真性同素复现。S_2 将自己的作为与它觊觎的价值置于这一现实性的同素复现之上，这个同素复现只能是关于不-知道与**非真实性**（l'irréalité）的同素复现。

解读中出现了数个图素复现的叠合，也出现了通过反语（为了保持在变形的模态中，我们也可以认为是通过“倒错”的方式）实现的同素复现之间的过渡与倒置，大家能看到，这并不是现代性写作的新发现。自在地变换同素复现的“鱼”的蹦跳就是这方面的最好例证：鱼首先代表了消费价值，军官通过自己的语用作为自以为获取了它的消费价值，“鱼”却很快就变成了一个形象化词项，它代表着对反发送者**赠予**的叙事陈述，而这个赠予是通过委托的方式实现的。

“鱼”尽管变成了馈赠的客体，但是它仍然是一个模糊的客体：它是什么人给出的赠予？它是反发送者发出的吗？还是作为主项的两个朋友在他们幻想性的找寻中计划送给普鲁士人的“生煎鱼”？如果是后者，那么“鱼”在新的同素复现中又代表着什么呢？难道“鱼”是“喜悦”的形象化、换喻性的代表吗？难道它是对根本的存在性价值的代表吗？

“咱们就请他们吃一顿生煎鱼。”这个著名的句子中包含着赠予的诺言和计划，赠予已经实现了，这个句子是通过反语和驱魔咒的方式说出来的。它属于反语，同时也属于预言，如果预卜是真实的，并且已经得到了实现，那么这个预言也是真实的。如果这种假设属实，那么我们只能通过反语式解读来分析莫泊桑的文本，也就是说解读一定要符合陈述行为设置的根本性同素复现。

叙事文的意指过程再一次被打乱了：它不在是对存在性价值的探寻，这些价值一旦被获取，很快就被遗弃了，它们会被层级更高的模态价值所取代，即被对自由的新探寻所取代，如果我们只考虑 S_1 的叙事程式的话，这一意指过程很容易得到分析。但是文本中存在着两个叙事程式，且 S_2 的叙事程式对 S_1 的叙事程式做出了补充：英雄如果要名副其实就需要一个“叛徒”，这个叛徒在某种程度上就是英雄的“目标助手”（adjuvant objectif）。

一种交换结构似乎在支配着这两个程式，二者似乎是相互赠予和反-赠予：S_1 为了获取自由付出了生命代价，作为交换它把生命交付给了 S_2，这一交付曾经用“生煎鱼”的形象化形式许诺过，它代表着/生/与/非-死/的存在性价值。S_1 本身曾经两次从语义上被定义为/生+不死/：第一次发生在“奇迹垂钓”时刻，它与“鱼”发生了合取；第二次发生在于水的合取中（“尸体”与“血”与水的合取）。有鉴于此，实际上“生煎鱼”的赠予在本体层面上是自身的上位性赠予。

2.4 基督教同素复现的再现

军官在说到“鱼”的时候，曾经使用过两个解释性的表达方式：“鱼兜”和“这些小东西”。我们会在同一文本中遇到第三个指鱼的表达方式，它被置于反主项的认知空间之外，直属于陈述发送者的作为：它就是“两个被枪杀的人钓来的鱼”。它是照应项表达，它通过与叙事的两个“高潮时刻”建立联系融入了整个文本中去：它通过提及“两个被枪杀的人”（而不是“两个朋友”或者“两位垂钓者”），直接指涉着二者的“垂钓”；它通过“钓来的鱼”隐秘地提及了“奇迹垂钓”。

这样，我们能吃惊地发现，奇迹垂钓中闪现着耶稣奇迹的痕迹，《约翰福音》在附录部分记录了复活的耶稣在助手的帮助下于河边进行的最后一次垂钓。对本文本进行再次阅读后，我们能发现文本可以由两个自主性序列组成。第一个自主性序列呼应着《路加福音》或者《马可福音》中的“奇迹垂钓”，这个序列至少在表层与第二序列没有任何关联。第二序列描述的是分享面包和“炭火”上烤制的烤鱼（但是这和文本中垂钓而来的鱼没有关系），该序列也记录了耶稣的门徒们使用这些食物，暗示着耶稣使面包和鱼成倍地增长。我们在此没有能力讨论《圣经》释经学的尖端问题，也不可能就圣体圣事的象征意义做出解释，尤其不可能对用“鱼”来代替圣餐中的一个主要类别（“葡萄酒”）或者两个主要类别（“葡萄酒”和“面包”）做出解释，但是我们可以用符号学矩阵来分析一下：

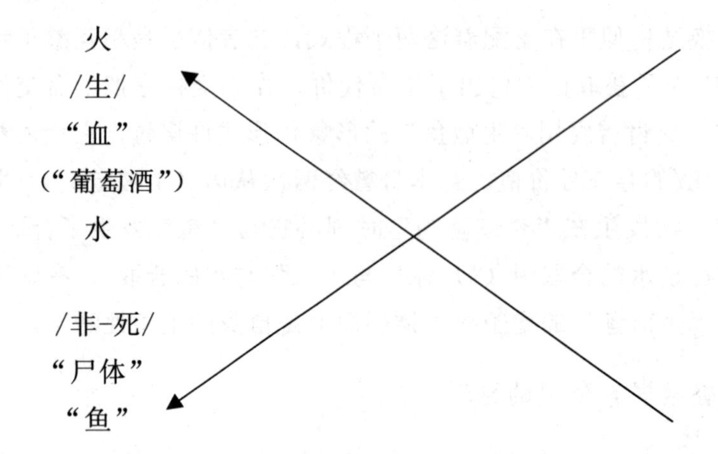

这一矩阵很容易就能对价值的正向指示性上词项的词汇化做出解释；事实上复杂词项代表着整个的指示性，复杂词项有可能同于能指“鱼”来实现词汇化，它对应着主要考验之前或之后叙事键位上的/非-死/词项；它也可以通过对/生/的决定性确认时刻的“葡萄酒”来实现词汇化。在这两种情况下，“面包”也会成为组成部分，它有时与“葡萄酒”结合，有时与“鱼”结合，只起着辅助功能，它标志着被遮蔽词项的存在，保存着“混合结构”。

《圣经》文本与我们的文本具有惊人的相似性，也说明，我们完全有理由利用基督教同素复现来研究我们的这篇小说。“两个被枪杀的人”经过变容后，在元-能指（méta-signifiant）层级上以“尸体”与“鲜血”的形式出现了，现在该出现“垂钓”的收获（顺便提一句，在我们提到的两个文本中，“垂钓”的收获都与“火”发生了合取），也就是两位殉难者的赠予被消费掉的场景了。

然而，两个文本在一个根本点上发生了根本性分歧，这个根本点就是**陈述接受者**：在《圣经》文本中，耶稣把“鱼”分给了他的门徒们；而在我们的文本中，“鱼”却被提供给了反主项。大家知道，发主项就是/死/的象征。在形象化的“受难”场景中，主项向天发出了挑战/≃非-生/，陈述发送者一方面让主项遵守了馈赠“生煎鱼”的诺言，另一方面却销蚀了发向死亡代表的生的信息，这是一则中途便消失了的信息。我们已经看到，这不是一条仅仅发给军人的信息，而是发给全人类的信息，所以陈述接受者无法接收这条信息。

陈述发送者导向的阅读具有很深的基督教性质，同时也充满了渎圣倾向。

3. 事件的耗竭

最后一个句子段落的叙事键位非常明显。在句子“他又（抽起烟斗来）”中的点状谓词与第一句段中的“他（向那小屋）走去”中的谓词具有可比性，它们都是始动性的体的特征的表现。大家知道，点状特性（ponctualité）是持续性中闪现出来的绵延断裂的标记，依据我们现在采用的文本解读方式，时态的点状特性可以看作动词的始动性，它宣示着事件的开始；它也可以被视作终结体，标明事件的耗竭：属于何种情况，将最终由位于体的表现性上的过程（procès）来决定。

然而，“抽起烟斗来”毫无疑问是**安静**状态的形象化表现，它既没有身体性的干扰，也没有本体性的扰乱。大家可以做出这样的想象，句段的意涵就是向起初的木然的回归。这一根本性的状态从来没有被扰乱过：大家已经看到，军官“依然平心静气”，“始终坦然自若”，他一直知道如何应对事件，懂得如何“本能地”保持镇定——我们解读这两个插入性表达的时候就应该顺着这个思路来理解。

S_2 有一个恒久的特点，那就是它在**存在**层面的坚持。除此之外，我们还可以再加上一点，他“抽烟”的形象是对他的发送者瓦雷利安山的毫无争议的模仿，大家应该还能记得瓦雷利安山，它吐着“死亡的气息”，喷出“一朵白絮”。这是由权力界定的存在所表现出来的恒在性，这里的权力就是**权力的存在**（être du pouvoir），就是结局为死亡的权力行为的潜在性。我们可以说，如果事件（≃叙事文）是倒置死亡的能够-做的结果，那么事件的耗竭与一个叙事键位对应着，我们可以将这个叙事键位定义为**转化成能够-存在的能够-做的潜在化**（la virtualisation du pouvoir-faire qui se transforme en pouvoir-être）。

按照这一思路，我们可以说，从叙事的角度看，我们读到的叙事文是一个**保守叙事文**（récit conservateur），它的最终状态与起始状态相同，它是对最初状态的回归，从它的**意识形态**的组织结构，即它的叙事形式的内涵上看，它的状态就是**死亡映像**（imago mortis）的持久性，事件对这一死亡映像进行着持久的现时化。

但是事件却一直是模棱两可的，两个主项的汇合与相反的作为的对抗也能说明这一点。假如说，骑在椅子上泰然自若地抽着烟斗的军官是至高权力的平静体现的话，那么大家不要忘记，军官受到一个超越他的作为的聚焦：他是幻觉的牺牲品，他变成了想要的主项——生煎鱼到此为止只是一个计划和诺言而已——他毫不怀疑地在期待着作为赠予的鱼。

就这样，我们的解读被悬置起来了，我们无法做出结论：追求“超越死亡”本身不也是一个出奇的谬误吗？

最后的说明

1

我们对文本做了组合性的、线性的分析，其间多次中途停止，经历了多次可以被称作“实践练习”的回环转折。之所以称之为“实践练习”，不是出于我们的谦虚，而是要指出它是一种方法论层面的方法。

这种方法首先是**自我-教导的**（aoto-didactique）。我们已经对尽可能多的文本事实进行统揽，具体到每一句段、每一序列的时候，我们也尽可能地改变视点与着重点，充分考虑到文本和方法论的多样性。也就是说，我们在分析的过程中避免了使用一切深入分析所要求的各种**重复性机制**——当然在深化某一论题或者完善新变量的时候没有这样做：这是一种自动分析的拟像机制，其结果是我们的分析篇幅增加了三到四倍。然而，我们的分析也暗示性地表明了这种分析思路的必要性以及既有复杂的文本组织分析思路的不可能性。

通过上述有限的、部分的分析，我们似乎可以提出一种解读方式，一种在当下最适合符号学研究策略的**方法论的范式**（modèle méthodologique）：我们每次在面对有待分析的现象时，这种解读方式都能通过再现的方式进行建构，建构起超越分析对象所要求的普遍性的范式来，以至于有待分析的现象变成了这个范式中的一个变体。这样一来，建立在理论观点之上的文本分析才能超越个体特征，将“议题”转变为可操作性概念和方法性参数，最后自然而然地得到确认和肯定。

2

我们首先对文本根据归纳性与阐释性方法进行了分节，在此基础上展开文本分析。如果采用建构性方式，文本分析可能会被延伸，产生出符号学客体的或多或少被格式化的逻辑-语义表征，给出符号学客体生产的拟像。但是出于理论原因，我们并没有这样做，原因有二：其一，除非我们具备可以生成文本客体的话语语法，除非我们具备哪怕是假设性的话语类别的类型学，在其帮助下制定出规范标准，否则上述建构的符号学地位就无法得到保障；其二，如果我们再多写一百多页，对同一材料按照别的思路进行重新分配，也并不能对书写此类建构的专家带来多少助益，对怀有无尽的良好意愿的读者而言，这显得有些冗余。

(1)文本的叙事组织框架在解读的过程中逐步露出了庐山真面目。我们看到，文本首先分成了两个连续的叙事文，每一个叙事文的主导话语主项各不相同；其次，每个叙事文表现出两个关联的叙事程式，即主项与反主项的叙事程式，这两个叙事程式在深层组织着叙事文。然而，随着文本解读的推进，尽管在第二个叙事文中 S_1 的叙事程式被遮蔽，尽管在第一个叙事文中 S_2 发生了身体性缺位，我们还是发现了更为深层的多个同素复现，它们使得两个叙事文在程式上产生了一体性，其中的每个主项都完整地覆盖着文本。

我们也发现，这些程式受到述真同素复现的支撑，只有这样，上述程式才能得到解读。所以，从结果上看，S_2 的叙事程式在显现层面上看是一个胜利，而在存在层面却是失败；与之相反的是，S_1 的叙事程式看起来是个失败，但是盖棺论定的话，它是真正的胜利。由内部构建的述真游戏并没有就此停止，连接陈述发送者与陈述接受者的契约凸显出其中的变化，主导从幻想向现实甚至是超现实转变的同素复现的模态化也由此凸显出来。

要在整体程式主导的总体叙事框架中展示出轮流出现的部分性叙事程式是困难的，但是并非完全没有可能，我们可以辨认出两类部分性叙事程式：一类是**实用性**叙事程式，具有组合性质，它们具有规划性，可以方便对初始程式的探求；另一类是**替代性**叙事程式，具有聚合性质，它们的形象化发展（如“垂钓”）或者主题性发展（“友谊”）是对可辨识的叙事组合体的补充。

（2）我们也可以反思一下区块化分析的自我-教导性结果：乍看起来，这些分析是令人满意的，我们也会为花费在它们上面的时间而感到遗憾。然而，这些求全尽善的分析更像完成好的学校作业。

一个新情况会逐步展露出来，即叙事性的**认知维度**的存在，认知维度会超越叙事文的整体，我们在经过摸索与部分性阐释后，通过它与**语用维度**的对立和关联，最终确认了认知为敌的自主性。语用维度是由对施事者的描述、组成事件系列的身体行为组合而成的。

被命名为“能力”的叙事组成部分与英雄或者叛徒的“运用”相对，能力包括对知道-能够-想要-做或者存在模态的获取和操纵，获取与操纵先于作为，也先于存在，它们通过在普罗普图式中缩减性的存在逐步分离出来，站在现代文学文本的角度看，获取与操纵是自主的组成要素，甚至是过度发展的组成要素（请参见 J.-C.克盖对克洛代尔的分析）。从口头文本向书面文本的过渡要求我们对认知维度进行辨认，认知维度可能包含着自己的程式、对能力的获取、对运行的执行，换句话说，认知为敌自己建构起自身的多个形象化层级。

我们对这个新维度做出了辨认，但是眼下还无法看清它整体的配置，这会导向新的探索场域。在叙事想象层级上对能力的分析会提出主项与它的模态地位问题（模态地位会表现在话语内部，也可能表现在交流中）。同理，认知分析也有助于区分具体的话语形式和由认知作为的说服性、阐释性模态主导的话语类别。现在提出非形象化的话语潜在类型学为时尚早，更为重要的是，我们应当将认知维度纳入具有形象化特点的叙事话语中：不管话语叙事组织具有什么样的表现模式，也不管为了达到话语实现的目的，话语叙事组织优先选择了什么构成要素或维度，将认知维度纳入叙事话语中可以保障话语叙事组织的**一体性**原则。

3

为了搞清楚文本不同深度之间的关系，更确切地说，为了搞清楚文本在话语推进中的显现其事实的符号学组织之间的叙事性和语义鸿沟，如何来丈量文本不同深度的层级之间的距离，我们该建构什么程序，这是围绕着我们部分性分析的反复出现的问题。

某些组织性原则很容易就能辨识出来。叙事性符号学因其结构具有经典性，所以可以建构文本解读的同质、循环出现的层级，话语的恒在性似乎很大程度上建立在**照应**程序之上，它们有时是语法性的，有时是语义性的；在文本中，它们是对语义扩张与缩合普通原则的应用，主导着所有的语言生产能力。这是在表层主导整个文本节奏的脉冲，它们就像“文本记忆”的中继站，无时无刻不保障着话语的语义获取之前的交流。

从文本生产的角度看，“话语化”的机制以深层的符号学时位为起点，最终在层级与形象的各种变体中展现着文本，我们对这一机制的了解还很有限。我们目前只能界定两种话语单元的生产模式——就像我们在莫泊桑的作品中看到的那样：首先是**脱节**与**接合**的程序，这些程序会在陈述活动时位与陈述时位之间造成多样、不等的距离，它们可以建构自主的话语单元，这些话语单元能通过语法生产模式来界定；其次是**同位素性连接**的程序，尽管存在着语义表现的抽象的、具体的不同层级，这些程序还是保障着话语的一体性。

在我们研究的文本中，这两类语法的、语义的程序似乎构成了话语单元的限定性（限定性仍然不足）结构要素：“描述性”“对话性”“叙事性”单元是三类传统上认可的话语单元，它们通过脱离/接合的模式得到界定，也通过文本符号学维度之间以及话语单元之间的场所关系得到界定。

不同类型的**写作**都可以分解成这样的话语单元，这些话语单元在形式上经受了超级限定，属于文本规定的社会言习空间；描述性单元凸显“浪漫主义”写作，音韵特点非常明显；对话性单元因为对小资产阶级的套路有系统性的开发，所以它是“现实主义”写作的标本；叙事性单元经常使用间接否定法与形象化描写，所以它具有“古典主义”特色。以上三种情况都是对话语形式的操纵，而这些话语形式又从属于文化背景，对话语形式操纵的目的就是得出个人言习的具体性。

异质的话语单元串联在一起，就会从整体上构成一个**话语显现**的单一层级：这个层级会出现在对文本的解读中，似乎只是为了指涉别的事物：波德莱尔赌气式的描写呈现的是“灵魂状态”的形象化再现，俗套出现在交流中只是为了向我们展示更为深层的智慧或者世界的销蚀，描述事物与事件状态的叙事文其实只是话语形象、文本的介入点而已。话语的显现通过无数的影射最后指向了符号学文本的**存在**，这个存在成了文本的内部参照。

文本组织所产生的总体效应是清晰的：文本即信号，它的话语切分成多个形象化同素复现，文本本身只是能指，它邀请读者来对所指做出解读。这样，莫泊桑的“象征主义”就从属于一种文化所采取的内涵性符号学态度，其目的就是揭示人与作为能指的宇宙之间的关系。

1972—1975